존경하고 사랑하는 국민여러분,

김윤기 건설교통부 장관과 강동석 인천국제공항공사 사장을
비롯한 공사관계자 여러분,

그리고 이 자리에 함께하신 여러분!

오늘은 우리 국민여러가 보고 가슴 설레이는 날입니다

오늘 저는 동북아시아의 중추공항이 될 인천국제공항의 개항
을 국민 여러분과 함께 기뻐하며 축하해마지 않습니다.

8년전 망망대해였던 이 곳을 최첨단 시설의 세계적 공항으
로 변모시킨 모든 공사관계자 여러분께 깊은 감사와 치하의
말씀을 드립니다. 여러분은 참으로 민족사에 영원히 남을 대업을 이룩하신입니다

그동안 예기치 않은 난관과 많은 어려움이 있었을 것입니
다. 부인과 함께 공사장 임시숙소에서 6년동안 생활하며 공사
를 지휘한 분도 있다는 소리도 들었습니다. 참으로 수고가 많
았습니다.

단군이래 최대사업이라 일컬을 만큼 인천국제공항에 거는
국민적 관심과 기대가 매우 큽니다. 그 동안의
열매를 맺기 위해서라도 이러한 국민의 기대에 부응하는 인
천국제공항이 되어야겠습니다. 8년여의 大役事를 이룬 집념과
열성을 가지고, 나타날 수 있는 모든 문제에 대해서 철저하게
점검하고 완벽하게 대비해 주실 것을 강조해마지 않습니다.

아울러 그 동안 불편을 감수하며 협력을 아끼지 않으신 정

가. 인천 지역주민과 애정어린 관심으로 성원해주신 국민 여
러분께 마음으로부터 감자의 말씀을 드립니다.

존경하는 국민 여러분!

오늘 우리는 21세기 우리의 후손들이 세계의 중심에서 살
아갈 희망의 시대를 향해 출발합니다. 오늘의 인천국제공항의
개항은 경의선의 복원과 함께 우리 민족사에 커다란 의미를
갖습니다. 삼면이 바다이고 북으로는 휴전선에 가로막혀 있던
우리가 바다와 육지와 하늘에 걸쳐 민족의 웅대한 뜻을 펼쳐
나가는 첫걸음인 것입니다.

역사적으로 우리나라는 강대국들에 둘러싸여 동북아시아의
주변국가로 인식되어 왔습니다. 또한 바다와 대륙을 잇는
정학적인 위치 때문에 이 땅에서 러·일, 청·일전쟁의 참화를
겪어야 했습니다. 급기야 일본의 식민지가 되었습니다. 해방
후에는 동족간의 전쟁까지 치렀습니다. 고난으로 점철된 일
백년이 었습니다.

그러나 이제는 상황이 다릅니다. 한반도 주변의 美·日·中·러
등 4대 강국은 우리의 거대한 시장과 자원의 공급지가 되고
있습니다. 우리는 동북아의 중심에 위치해 있고, 대륙과 해양
을 중계하는 핵심적통로 이기도 합니다.

이러한 조건을 최대한 활용하면 한반도는 동북아시아는 물

10주년 기념 스페셜 에디션

대통령의 글쓰기

대통령의
글쓰기

김대중,
노무현
대통령에게
배우는

사람을
움직이는
글쓰기
비법

강원국
지음

말과 글의 혼돈 시대,
김대중과 노무현 대통령이 그립다

《대통령의 글쓰기》를 펴낸 지 벌써 10년이 되었다. 그동안 이 책은 독자분들에게 과분한 사랑을 받았다. 특히 박근혜 대통령의 국정 농단 사태를 계기로 날개 돋친 듯 팔려나갔다. 어느 날 한 여인이 난데없이 "대통령 연설문 고치는 게 취미다"라고 말했을 때 사람들은 의아했다. 대체 대통령 연설문이 어떤 경위로 써지기에 민간인이 그걸 대신할 수 있다는 말인가. 박근혜 대통령은 자기 말이 없었다. 그래서 누군가 그 자리를 대신 채웠다. 이 황당하고 어이없는 일이 사실로 밝혀지자 국민은 분노했다. 내가 뽑지도 않은 누군가가 대통령 권력을 행사했다고?

국민은 알고 있었다. 대통령은 말과 글로 국정을 운영하고, 말과 글이 곧 대통령 권력이란 이 엄연한 사실을 말이다. 많은 독자가 이를 확인이라도 하려는 듯 《대통령의 글쓰기》를 찾았다. 2017년 5월 특별판을 발간하며 나는 '감사의 말'에 부디 새 정부에서는 이 책이 잘 팔리지 않기를 바라는 마음을 담았다. 그렇게 대통령의 말과 글로 인해 불행한 역사가 되풀이되지 않기를 희망했다.

그런데 2024년, 국민은 다시 김대중, 노무현 두 대통령의 말과 글을 찾고 있다. 왜 그럴까? 다시 대통령의 말과 글이 위태롭기 때문이다. 지금 윤석열 대통령의 말에는 자기가 없다. 남을 심판하고 정죄하려고만 할 뿐, 자기 잘못을 인정하거나 사과하지 않는다. 남 탓만 한다. 국정 최고 책임자로서 대통령은 보이지 않는다. 자신과 생각이 다른 세력에 대한 존중은커녕 대화 상대로 인정조차 하지 않는다. 끊임없이 편을 가른다. 남의 말을 들으려 하지 않고, 자기가 하고 싶은 말만 한다. 국민통합은 안중에도 없다.

그야말로 말과 글의 혼돈 시대다. 말과 글이 갈등을 해소하고 문제를 해결하지 못한다. 도리어 갈등을 부추기고 문제를 야기하고 있다. 말과 글의 위기는 대통령의 위기이고, 대통령의 위기는 곧 대한민국의 위기다.

역사는 반복된다고 했다. 발전과 퇴보가 끊임없이 반복되면서 앞으로 나아간다. 하지만 퇴보의 역사를 되풀이하지는 말아야 한다. 그러기 위해 과거에서 배워야 한다. 특히 대한민국의 미래를 짊어진 젊은 세대들이 과거에서 교훈을 얻어 잘못된 역사의 전철을 밟지 않아야 할 것이다. 이 책《대통령의 글쓰기》가 젊은 세대들에게 조금이라도 도움이 되기를 바라는 마음이다.

10년 전 《대통령의 글쓰기》를 읽은 첫 독자는 아내였다. 출판사에 원고를 보내기 전 아내에게 먼저 보여주었는데, 반응이 의외였다. "이 책은 글쓰기 책이 아닌데? 글쓰기를 매개로 삼았을 뿐, 연설문 쓰는 사람의 눈으로 본 두 대통령의 관찰기 같아." 그런데 그 시선이 날카로우면서도 따뜻해 읽는 사람으로 하여금 미소를 머금게 한다며, 틀림없이 좋은 반응이 있을 것이라고 장담했다. 8년씩이나 매일 청와대로 출근하는 남편을 곁에 두고도 두 대통령에 관해 이 책을 읽고 비로소 제대로 알게 되었다면서 말이다. 부창부수夫唱婦隨라더니, 이 무슨 남편 편드는 소리인가 싶었다.

당시만 해도 글쓰기 책이 요즘처럼 독자들의 관심과 사랑을 받던 시절이 아니었다. 그런데 책이 나온 2014년 《한겨레신문》과 《조선일보》가 올해의 책으로 뽑을 만큼 반향을 일으켰고, 이후 글쓰기 책들이 봇물 터지듯 쏟아져 나왔다. 이 책을 읽은 수험생, 입사지망생, 회사원, 공무원들이 자기소개서를 쓰고 논술시험을 치르는 데, 직장에서 보고서를 쓰고 기획안을 작성하는 데 큰 도움을 받았다고 고마움을 전해왔다.

또한 대통령이란 자리가 얼마나 막중한지, 그 자리에 있던 김대중, 노무현 두 대통령은 평소 어떤 생각과 심정으로 국정에 임했는지, 우리가 들어서 아는 대통령의 말이 나오기까지 어떤 과정과 고뇌의 시간을 거쳤는지 알게 되었다는 분들과, 이후로는 대통령의 취임사와 연설문을 허투루 듣지 않게 되었다는 분들이 많았다. 무엇보다 두 대통령이 어떤 분이었는지 이제야 비로소 알게 되었다면서 우리나라에 그 두 분이 있어서 정말 다행이고, 고맙고, 보고 싶다는 분들이 많았다. 나 또한 그렇다.

2024년 올해는 김대중 대통령의 탄생 100주년이다. 민주주의의 위기, 민생의 위기, 한반도 평화의 위기라며, 벽에 대고 욕이라도 하라며 절규하던 김대중 대통령이 그립다. 그리고 절실하다. 1981년 사형수 신분으로 중앙정보부 수사관에게 "말로 물으면 말로 대답해주고, 글자로 물으면 글자로 대답해주는 시대가 온다"며 인터넷과 인공지능 시대를 예언하던 대통령. 언제 죽을지 모르는 상황에서, 자신은 누려보지도 못할 세상이지만 그런 날이 오면 우리 국민은, 그리고 대한민국은 더 발전하고 행복하기를 간절히 바랐던 대통령. 그리고 그런 김대중 대통령을 누구보다 존경하고 국민을 사랑했던 노무현 대통령. 두 대통령이 보고 싶다.

두 대통령이 떠나고 5년 가깝게 지나서 쓴 《대통령의 글쓰기》는 내 인생을 바꿔놓았다. 지난 10년 동안 10권의 책을 내고 강연자로 방송인으로 살게 됐다. 이 길을 터주고 새로운 삶을 선사해준 《대통령의 글쓰기》 독자 여러분께 머리 숙여 감사드린다.

이번 10주년 기념 스페셜 에디션에는 김대중, 노무현 대통령을 직접 경험하지 못한 20대 젊은 독자를 위해 일부 내용을 다듬었다. 부디 젊은 독자분들 또한 대통령의 글쓰기 비법을 얻는 것에서 더 나아가 대한민국에 김대중, 노무현 두 분 대통령이 있어 정말 자랑스럽다는 마음을 가질 수 있기를 바란다.

과천에서

청와대에서 걸려온 전화 한 통

2000년 6월 13일. TV에서 김대중 대통령이 연설을 하고 있었다. 역사적인 6·15남북정상회담을 앞두고 서울을 출발하면서 인사말을 하는 장면이었다.

민족을 사랑하는 뜨거운 가슴과 현실을 직시하는 차가운 머리를 가지고 방문길에 오르고자 합니다.

아내에게 무심코 한마디 했다. "대통령 연설문은 어떤 사람들이 쓰나? 나도 저런 연설문 쓸 수 있는데…." 간절하면 이루어진다고 했던가. 일주일 후 청와대에서 전화가 걸려왔다. 고도원 연설담당비서관이었다. 정말 믿기지 않는 일이 일어난 것이다.

고 비서관은 우선 연락받은 것 자체를 보안으로 하라고 주의를 주었다. 메일로 보내는 내용을 참고하여 광복절 경축사를 써서 보내란다. 메일에는 그해 광복절 경축사 기조가 적혀 있었다. 일종의 작성 가이드라인 같은 것이었다. 철통보안(?) 속에 몰래 숨어 경축사를 써서 보냈다. 얼마 후 면접 보러 오라는 연락이 왔다. 당시 나는 청와대가 어디 있는지조차 몰랐다. 무작정 택시를 잡아탔다. 청와대로 가자는 말이 나오지 않아 광화문에서 내렸다. 물어물어 청와대를 찾아갔다.

"몸은 튼튼해요?"

청와대 박선숙 공보기획비서관이 물었다. 글을 쓰겠다고 온 사람에게 몸 상태는 왜 묻는지 의아했다. 출근하고 사흘이 지나지 않아 그 이유를 알았다. 대통령 연설문을 쓰는 일은 '노가다'였다. 몸이 튼튼하지 않으면 할 수 없는 일이다. 거꾸로 얘기하면 몸만 튼튼하면 누구나 할 수 있는 일이란 의미이기도 하다.

삶은 우연일까? 필연일까? 글과의 인연은 1990년으로 거슬러 올라간다.

"강원국 씨, 글 좀 쓰나요?"

대우증권 홍보실 상사가 내게 물었다. 나는 그때 갓 입사한 신입사원. 이 물음에 대한 대답이 그 후 내 인생의 행로를 바꿨다.

나는 원래 글쓰기에는 젬병이다. 그저 서툰 정도가 아니다. 글 쓰는 게 두려웠다. 초·중·고를 그렇게 다녔다. 대학 때는 시험답안 쓸 때 말고는 글을 써본 기억이 없다. 그런 내가 꿈만 야무져서 기자가 되려고 했다. 당연히 시험에 떨어졌다. 미련을 갖고 홍보실을 자원했다. 신문을 마음껏 볼 수 있다는 계산 때문이었다.

　인생은 뜻대로 되지 않는다. 입사한 그해는 대우증권 창립 20주년이 되는 해였는데, 20주년 사사社史를 만드는 일이 내게 주어졌다. 예순 중반의 퇴역 언론인 작가를 보조하는 게 내 임무였다. 자료를 챙겨주고 수발을 들었다. 그런데 얼마 후 그가 다른 회사 사사를 베껴 보낸다는 걸 발견했다. 상사에게 얘기했더니 가서 따지고 계약금을 돌려받아 오란다. 한사코 부인하는 걸 증거를 들이대 계약금 절반을 받아왔다. 문제는 그다음이었다. 시간이 없으니 나보고 쓰란다. 이제 입사한 신입사원에게 말이 되는가. 기한 내에만 쓰면 된단다. 쓰라니 썼다. 괴발개발 썼다. 겉만 그럴싸하게 만들었다. 고급 장정에 컬러 사진을 잔뜩 넣었다. 글을 보는 사람은 없었다. 잘 만들었단다. 나는 그 순간, 글 잘 쓰는 사람이 되었다. 20년 사사를 단숨에 써 내려간 글쟁이가 되고 만 것이다.

　대우증권의 '글쟁이'가 된 후 사보와 사내방송 일을 했다. 일은 하다 보면 늘게 되는 법. 글 쓰는 게 두렵지 않게 될 무렵, 대우 김우중 회장이 전경련(전국경제인연합회) 회장이 되었다. 나는 회장비서실로 자리를 옮겨 김우중 회장의 연설문 작성을 보좌하는 일을 맡았다. 그리고 그 인연으로 김대중 대통령 연설비서관실에 합류하게 되었다.

　그 후로 3년 가까운 시간이 지난 2002년 겨울, 뜨거웠던 대통령 선거가 끝나고 노무현 당선자와 만났다. 지금의 외교부 청사에 꾸려진 인수위원회 당선자 방에서였다. 아침 이른 시간, 당선자는 메이크업을 하고 있는 중에 웃으며 내게 한마디만 했다.

"글로 보여줄 거죠?"

글쓰기와 관련하여 내 인생에 던져진 세 번째 질문이었다. 그 후로 그의 임기 5년, 아니, 내가 죽는 날까지 잊을 수 없는 인연이 시작되었다.

1

비서실로 내려온
'폭탄'

글쓰기 두려움에서 벗어나는 법

야구 선수는 어깨에 힘이 들어가면 공을 칠 수 없다. 글쓰기가 어려운 이유도 딱 하나다. 욕심 때문이다. 잘 쓰려는 욕심이 글쓰기를 어렵게 만든다. 그렇다면 당대 최고의 문필가였던 김대중, 노무현 대통령은 욕심을 안 부렸을까. 전혀 그렇지 않다. 글에 관한 한 욕심이 대단했다. 두 분 모두 '이 정도면 됐다'가 없었다.

'국민의 정부' 당시만 해도 김대중 대통령과 직접 만나 얘기를 들을 기회가 없었다. 연설비서관은 물론, 그 위 직급인 공보수석조차 연설에 관해 대통령과 직접 만나 대화하는 일은 매우 드물었다. 모든 소통은 필문필답. 연설문을 출력해서 대통령 부속실에 올려주면 그 종이에 대통령이 직접 수정해주었다.

　김 대통령은 그 바쁜 와중에도 연설문만은 꼼꼼히 챙겼다. 그리고 깨알 같은 글씨로 고쳐서 되돌려주었다. 한 자도 고치지 않은 적이 단 한 번도 없을 만큼 연설문에 대한 관심과 열의가 대단했다. 혹여 수정한 내용을 연설비서관실에서 알아보지 못할까 봐 다음 글이 어디로 이어지는지 화살표로 표시하는 자상함을 보여주기도 했고, 자신이 고친 것을 재수정할 때는 일명 '화이트'(수정액)를 쓰기까지 했다. 그럼에도 한글과 한자가 뒤섞여 있는 데다, 한자를 약자로 흘려 썼기 때문에 이를 해독하는 데 애를 먹곤 했다.

　김대중 대통령의 수정 정도에 따라 연설비서관실 나름의 등급도 매겼다. 단어 몇 자 고쳐서 내려오면 만점 수준. 한 단락을 긋고 좌우 여백에 다시 쓰면 그것 또한 매우 양호. 한쪽 전체에 가위표를 치고 뒷장에 다시 쓰면 좀 심각하다. 더 큰 문제는 녹음테이프가 내려오는 경우다. 대통령이 고쳐보려 했지만 어찌 손을 댈 수가 없을 때는 직접 녹음을 해서 테이프를 내려보낸다. 이것을 우리는 '폭탄'이라고 불렀다. 연례행사처럼 1년에 한 번씩은 폭탄이 터졌고, 연설비서관실 구성원 모두 폭탄 하나 정도 맞는 아픔을 겪었다.

　김 대통령은 '폭탄'을 녹음하기 전에 부속실에 물어봤다.

　"이 연설 몇 분짜리지요?"

　녹음테이프에서 들려오는 첫마디 육성은 연설 제목이다.

　"이것은 국군의 날 연설문입니다."

놀랍게도 녹음은 한 번도 끊어지지 않는다. 연설 시간에 꼭 맞는 분량으로 끝이 난다. 우리는 김 대통령의 육성을 실연문(대통령이 연설 현장에서 직접 읽는 것으로 글씨 크기를 크게 하여 출력) 형태로 다시 옮겨 작성한다. 그러면 대통령은 그것을 들고 가서 연설을 했다.

김대중 대통령은 연설비서관실에서 감당할 만큼만 일을 맡겼다. 어느 수준까지 감당할 능력이 있는지도 정확히 알았다. 연설비서관실에서 보고한 초안이 아예 마음에 들지 않을 때는 자신이 직접 작성하거나, 시간이 없어 도저히 쓸 수 없을 경우에는 부속실에서 쓰게 했다. 따라서 김 대통령에게 한 번 보고한 초안을 연설비서관실에서 다시 쓰는 일은 없었다. 하지만 내가 쓴 초안을 되돌려받지 못할 때가 다시 쓰는 것보다 100배는 더 힘들었다.

연설에 대한 열의는 노무현 대통령도 마찬가지였다. 노 대통령은 연초부터 1년 동안의 연설을 구상하기 시작했다. 신년 연설부터 시작해 3·1절, 4·19, 5·18, 현충일, 광복절로 이어지는 주요 계기마다 어떤 메시지를 담을 것인지 미리부터 고민했다. 하지만 연설문은 연설이 시작되는 그 순간까지 완성되지 않는다. 고치고 또 고치고, 생각에 새로운 생각을 더한다. 광복절 경축사와 국회 연설문이 특히 그랬다.

2005년 2월, 국회 연설 하루 전날 밤 10시쯤 노무현 대통령이 나를 찾았다. 관저(대통령이 하루 일과 후에 머무는, 집 같은 공간. 대통령은 이곳에서 휴일이나 아침 이른 시간, 늦은 밤, 혹은 아침,

저녁 식사를 겸해 거의 매일 회의를 했다)로 올라갔다. 깜깜한 복도 저쪽에서 대통령의 노랫소리가 들린다. 회의실에 들어오자마자 대통령은 연설문을 전면 수정해야겠다며 미안하다는 말부터 꺼낸다. 한 시간 가까이 구술이 이어졌다. 대통령 얘기가 귀에 들어오지 않는다. 주문한 내용으로 다시 쓰면 국회 연설 시간에 맞출 수 없다. 머릿속은 이미 자포자기 공황 상태.

사무실로 돌아와 쓰기 시작했다. 죽을 둥 살 둥 허둥대고 있는데, 새벽 3시 30분 노무현 대통령이 전화를 걸어왔다.

"어디까지 됐나요?"

"3분의 2쯤 됐습니다."

"내게 보내세요. 마무리는 내가 할게요. 수고했고, 고마 주무세요."

대통령도 마음이 놓이지 않아 잠들지 못한 것이다. 이윽고 새벽 5시 30분.

"아, 이제 다했네. 나도 눈 좀 붙일 테니 뒷일은 알아서 해주게."

몇 시간 후, 대통령은 국회 본회의장에 섰다.

노무현 대통령은 이렇게 연설문에 관한 한 지치지 않았다. 끊임없이 더 나은 연설을 하기 위해 고민했고, 대충 양보하는 법이 없었다.

앞서 욕심이 문제라고 했다. 그렇다면 글에 관한 대통령들의 욕심은 어떻게 이해해야 하나? 답은 의외로 간단하다. '어떻게 쓰느냐'와 '무엇을 쓰느냐'의 차이다. 어떻게 쓰느냐, 다시 말해 어떻게 하면 멋있게, 있어 보이게 쓸 것인가를 두고 고민하는 것은 부질없는 욕심이다. 그러나 무엇을 쓰느냐에 대한 고민은 많으면 많을수록 좋다. 글의 중심은 내용이다. 대통령의 욕심은 바로 무엇을 쓸 것인가의 고민이다. 그것이 곧 국민에게 밝히는 자신의 생각이고, 국민의 삶에 큰 영향을 미치는 정책이 되기 때문이다. 하지만 글쓰기에 자신 없다고 하는 사람 대부분은 전자를 고민한다. 어떻게 하면 명문을 쓸까 하는 고민인 것이다. 이런 고민은 글을 쓰는 데 도움이 되지 않는다. 오히려 부담감만 키울 뿐이다.

노래방 가서 빼는 사람들이 있다. 자기가 가수인 줄 착각하는 경우이다. 노래를 못 부르면 어떤가. 열심히 부르는 모습만으로 멋있지 않은가. 글의 감동은 기교에서 나오지 않는다. 애초부터 글쟁이가 따로 있는 것도 아니다. 쓰고 싶은 내용에 진심을 담아 쓰면 된다. 맞춤법만 맞게 쓸 수 있거든 거침없이 써 내려가자. 우리는 시인도, 소설가도 아니지 않은가.

관저 식탁에서의
두 시간 강의

노무현 대통령의 글쓰기 지침

2003년 3월 중순, 노무현 대통령이 4월에 있을 임시국회 국정연설문 준비를 위해 담당자를 찾았다. 노 대통령은 늘 '직접 쓸 사람'을 보자고 했다. 윤태영 연설비서관과 함께 관저로 올라갔다.

대통령과 독대하다시피 하면서 저녁식사를 같이 먹다니. 김대중 대통령을 모실 때는 상상도 할 수 없는 일이었다. 이전 대통령은 비서실장 혹은 공보수석과 얘기하고, 그 지시 내용을 비서실장이 수석에게, 수석은 비서관에게, 비서관은 행정관에게 줄줄이 내려보내면, 그 내용을 들은 행정관이 연설문 초안을 작성했다.

물론 김 대통령도 권위주의에서 벗어나기 위해 많은 노력을 했다. '각하'라는 호칭을 없애고, 모든 관공서에 걸려 있던 대통령 사진을 내리도록 했다. 심지어 휘호를 쓰는 것조차 하지 않았다. 재임 중에 유일하게 쓴 것이 국정원 원훈인 '정보는 국력이다'다.

탈권위주의는 연설문에서도 여실히 나타났다. 김은정, 강태완이 2004년 발표한 논문 〈역대 대통령의 연설문에 나타난 수사적 특징과 역할 규정〉에 따르면 대통령이 위기상황에서 '권력 행사'를 시사하는 언어를 구사한 비율이 박정희 49.6%, 전두환 34.0%, 노태우 13.2%, 김영삼 6.4%, 김대중 3.9%, 노무현 0.9%라고 한다.

노무현 대통령은 권위주의와 천성적으로 맞지 않았다. 나아가 권위주의 타파를 시대적 과제로 인식했다. 그뿐만 아니라 일을 효율적으로 하기를 원했다.

"앞으로 자네와 연설문 작업을 해야 한다 이거지? 당신 고생 좀 하겠네. 연설문에 관한 한 내가 눈이 좀 높거든."

식사까지 하면서 두 시간 가까이 '연설문을 어떻게 써야 하는가?' 특강(?)이 이어졌다. 밥이 입으로 넘어가는지 코로 들어가는지 몰랐다. 열심히 받아쓰기를 했다. 이후에도 노무현 대통령은 연설문 관련 회의 도중에 간간이 글쓰기에 관한 지침을 주었다.

다음은 그 내용을 정리한 것이다.

1. 자네 글이 아닌 내 글을 써주게. 나만의 표현방식이 있네. 그걸 존중해주게.
2. 자신 없고 힘이 빠지는 말투는 싫네. '~ 같다'는 표현은 삼가게.
3. '부족한 제가'와 같이 형식적이고 과도한 겸양도 예의가 아니네.
4. 굳이 다 말하려고 할 필요 없네. 경우에 따라서는 질문을 던지는 것으로도 연설문이 될 수 있네.
5. 비유는 너무 많아도 좋지 않네.
6. 쉽고 친근하게 쓰게.
7. 글의 목적이 무엇인지 잘 생각해보고 쓰게. 설득인지, 설명인지, 반박인지, 감동인지.
8. 연설문에는 '~등'이란 표현은 쓰지 말게. 연설의 힘을 떨어뜨리네.
9. 때로는 같은 말을 되풀이하는 것도 방법이네. '나에게는 꿈이 있습니다'라고 한 킹 목사의 연설처럼.
10. 짧고 간결하게 쓰게. 군더더기야말로 글쓰기의 최대 적이네.
11. 수식어는 최대한 줄이게. 진정성을 해칠 수 있네.
12. 기왕이면 스케일을 크게 그리게.
13. 일반론은 싫네. 누구나 하는 얘기 말고 내 얘기를 하고 싶네.
14. 치켜세울 일이 있으면 아낌없이 치켜세우게. 돈 드는 거

아니네.

15. 문장은 자를 수 있으면 최대한 잘라서 단문으로 써주게. 탁탁 치고 가야 힘이 있네.

16. 접속사를 꼭 넣어야 된다고 생각하지 말게. 없어도 사람들은 전체 흐름으로 이해하네.

17. 통계 수치는 글의 신뢰를 높일 수 있네.

18. 상징적이고 압축적인, 머리에 콕 박히는 말을 찾아보게.

19. 글은 자연스러운 게 좋네. 인위적으로 고치려고 하지 말게.

20. 중언부언하는 것은 절대 용납 못하네.

21. 반복은 좋지만 중복은 안 되네.

22. 책임질 수 없는 말은 넣지 말게.

23. 중요한 것을 앞에 배치하게. 사람들은 뒤를 잘 안 보네. 단락 맨 앞에 명제를 던지고, 뒤에 설명하는 식으로 서술하는 것을 좋아하네.

24. 사례는 많이 들어도 상관없네.

25. 한 문장 안에서는 한 가지 사실만을 언급해주게. 헷갈리네.

26. 나열을 하는 것도 방법이네. '북핵 문제, 이라크 파병, 대선자금 수사…' 나열만으로도 당시 상황의 어려움을 전달할 수 있지 않나?

27. 같은 메시지는 한곳으로 응집력 있게 몰아주게. 이곳저곳에 출몰하지 않도록.

28. 평소에 사용하는 말을 쓰는 것이 좋네. 영토보다는 땅, 식사보다는 밥, 치하보다는 칭찬이 낫지 않을까?

29. 글은 논리가 기본이네. 멋있는 글을 쓰려다가 논리가 틀어지면 아무것도 안 되네.

30. 이전에 한 말들과 일관성을 유지해야 하네.

31. 여러 가지로 해석될 수 있는 표현은 쓰지 말게. 모호한 것은 때로 도움이 되기도 하지만, 지금 이 시대가 가는 방향과 맞지 않네.

32. 단 한 줄로 표현할 수 있는 주제가 생각나지 않으면, 그 글은 써서는 안 되는 글이네.

노무현 대통령은 생각나는 대로 얘기했지만, 이 이야기 속에 글쓰기의 모든 답이 들어 있다. 지금 봐도 놀라울 따름이다. 김대중 대통령도 자서전에서 글은 어떻게 써야 하는지 밝히고 있다.

연설문은 누가 들어도 알 수 있도록 쉽게 쓰려고 노력했다. 문장은 명료하고, 예는 쉽게 들었다. 미문은 경계했고, 오해 소지가 있는 문구는 배격했다. 그리고 중요한 내용은 되풀이해서 전달했다. 청중들이 싫증을 낼 만큼 반복했다. 그래야 비로소 청중들이 '김대중 연설'로 인식했다. (중략)

무슨 일이든 내가 잘 알아야 남을 설득할 수 있었다. 연설문을 작성하는 것은 일종의 공부였고, 현안에 대한 나의 입장을 정리하는 기회이기도 했다. 그리고 연설문은 진실해야 했다.

말의 유희나 문장의 기교에 빠지면 나의 가치와 철학, 그리고 의지가 없어지고 만다. 나는 내 연설문을 역사에 남긴다는 생각으로 썼다. 그래서 늘 진지했다.

― 김대중,《김대중 자서전》, 삼인

노무현 대통령은 언젠가 글쓰기를 음식에 비유해서 얘기한 적도 있다.

1. 요리사는 자신감이 있어야 해. 너무 욕심부려서도 안 되겠지만. 글 쓰는 사람도 마찬가지야.
2. 맛있는 음식을 만들려면 무엇보다 재료가 좋아야 하지. 싱싱하고 색다르고 풍성할수록 좋지. 글쓰기도 재료가 좋아야 해.
3. 먹지도 않는 음식이 상만 채우지 않도록, 군더더기는 다 빼도록 하게.
4. 글의 시작은 애피타이저, 글의 끝은 디저트에 해당하지. 이게 중요해.
5. 핵심 요리는 앞에 나와야 해. 두괄식으로 써야 한단 말이지. 다른 요리로 미리 배를 불려 놓으면 정작 메인요리는 맛있게 못 먹는 법이거든.
6. 메인요리는 일품요리가 되어야 해. 해장국이면 해장국, 삼계탕이면 삼계탕. 한정식같이 이것저것 나오는 게 아니라 하나의 메시지에 집중해서 써야 하지.

7. 양념이 많이 들어가면 느끼하잖아. 과다한 수식이나 현학적 표현은 피하는 게 좋지.

8. 음식 서빙에도 순서가 있다네. 글도 오락가락, 중구난방으로 쓰면 안 돼. 다 순서가 있지.

9. 음식 먹으러 갈 때 식당 분위기 파악이 필수이듯이, 그 글의 대상에 대해 잘 파악해야 해. 사람들이 일식당인 줄 알고 갔는데 짜장면이 나오면 얼마나 황당하겠어.

10. 요리마다 다른 요리법이 있듯 글마다 다른 전개 방식이 있는 법이지.

11. 요리사가 장식이나 기교로 승부하려고 하면 곤란하네. 글도 진심이 담긴 내용으로 승부해야 해.

12. 간이 맞는지 보는 게 글로 치면 퇴고의 과정이라 할 수 있지.

13. 어머니가 해주는 집밥이 최고지 않나? 글도 그렇게 편안하고 자연스러워야 해.

이날 노무현 대통령의 얘기를 들으면서 눈앞이 캄캄했다. 이런 분을 어떻게 모시나. 실제로 대통령은 대단히 높은 수준의 글을 요구했다. 또한 스스로 그런 글을 써서 모범답안을 보여주었다.

　노무현 대통령의 대선 후보 당시 연설문을 도맡다시피 했던 이병완 전 청와대 비서실장은 그의 책 《박정희의 나라, 김대중의 나라, 그리고 노무현의 나라》에서 이렇게 술회한다.

"노 후보 캠프에서 무엇보다도 어려운 일 중의 하나는 연설문을 작성하는 일이었다. 노 후보 자신이 글에 대한 안목과 인식이 깊은 데다 어느 경우에도 똑같은 문장의 반복이나 수사적 표현을 거부하는 특징이 있기 때문이다. 후보 이후 100여 편이 넘는 각종 연설문을 작성하는 일을 맡아 해냈지만, 원문이 수정 없이 통과된 적은 《매일경제신문》이 주최한 세계지식포럼에서 행한 연설문 딱 한 번이었다."

나는 마음을 비우고 다짐했다. 대통령을 보좌하는 참모가 아니라 대통령에게 배우는 학생이 되겠다고. 대통령은 깐깐한 선생님처럼 임기 5년 동안 연설비서관실에서 쓴 초안에 대해 단번에 '오케이'한 적이 단 한 번도 없다.

3 대통령과
축구경기 한 판

생각의 숙성 시간을 가져라

두 대통령에게는 공통점이 많다. 그중 하나가 생각이 많다는 것이다. 독서를 하고 산책을 하며 늘 생각, 생각, 생각을 했다. 멀리 보고 깊이 생각했다. 그게 맞는지, 맞다면 왜 그런지 따져보고, 통념과 고정관념에서 벗어나려 했다. 한쪽만이 아니라 다른 관점, 여러 입장을 함께 보고자 했다. 무엇보다 사람과 사물에 대한 애정과 관심이 컸다. 그래서일까. 어떤 주제, 어느 대상에 대해서도 늘 할 말이 준비되어 있었다. 모든 사안에 대해 자신의 견해와 주장이 있었다.

2006년 신년연설 준비회의 때도 노무현 대통령은 막힘이 없었다. 참모들이 내심 감탄했다. 대통령이 물었다.

"내가 자네들보다 머리가 좋을까?"

대답하는 사람이 없었다.

"아닐세. 나는 자네들보다 열 배는 더 생각을 많이 할 걸세. 어느 때는 자다가도 일어나 메모를 하네. 잠자리에서 생각난 것을 잊어버릴까 봐 그러네."

실제로 그랬다. 노무현 대통령은 회의 자리에서도 골똘히 생각에 잠기곤 했다. 그래서 회의 중에 잠시 대화가 끊기는 어색한 분위기가 만들어지기도 했다. 하지만 곧이어 쏟아지는 대통령의 말은 모두의 예상을 뛰어넘는 것이다. 누구도 미처 생각하지 못했던 원인 진단에서부터 대안 제시에 이르기까지 하나의 사안을 전후좌우로 헤집으며 의견을 내놓았다.

김대중 대통령 역시 "내가 좋아하는 사람은 의견(생각)이 있는 사람이고, 좋아하지 않는 사람은 의견이 없는 사람이다"라고 할 정도로 생각을 중시했다. 생각과 관련한 세 가지의 '세 번 원칙'도 있었다.

먼저, 무엇을 하려고 할 때 세 번 생각한다는 것이다. 첫째, 이 일을 하면 어떤 점이 좋은지 생각한다. 둘째, 나쁜 점은 무엇인지 생각한다. 셋째, 하지 않으면 어떻게 될 것인지 생각한다.

다음으로, 상대가 있는 경우다. 그때에도 세 번 정도 생각을 했다. 첫 번째는 이 사안에 대한 내 생각은 무엇인가? 두 번째, 나와 다른 생각을 가진 사람들은 무슨 생각, 어떤 입장일까? 세 번째, 이 두 가지 생각을 합하면 어떤 결론이 나올 수 있을 까? 심지어 장관이나 참모들에게 의견을 물어 세 번 이상 본 인 생각을 얘기하지 못하면 인사를 고려할 정도였다고 한다.

김한정 전 부속실장은 "김 대통령은 심각한 보고 도중에도 골똘히 생각에 빠지는 경우가 있었다. 그런 경우 어떤 장관은 보고를 마치고 땀을 뻘뻘 흘리며 내게 대통령의 의중을 묻기도 했다. 한번은 어느 장관이 보고를 열심히 마쳤는데, 대통령이 별말씀 없이 잘 가라는 인사를 대충하고 다시 보고서를 펼쳐 들었다. 나중에 대통령께 여쭤보니 보고서 내용 중에 참신한 아이디어가 있어 그 대목에 눈길이 가서 생각에 잠겼다는 것이다"라고 말하기도 했다.

김 대통령은 잠자리에 들기 전 늘 생각하는 시간을 가졌다. 하루 동안 읽고 듣고 겪은 것을 자기 것으로 만드는 시간을 가진 것이다. 이 독서법은 화초를 가꾸거나 동물을 관찰하면서 체화된 것이라고 한다.

16세기 프랑스 사상가 몽테뉴는 《수상록》에서 "글을 잘 쓴다는 것은 잘 생각하는 것이다"라고 했다. 두 대통령의 글쓰기 힘 역시 생각에서 나왔을 것이다. 정보는 널려 있다. 따라서 글감은 많다. 구슬을 꿰는 실이 필요하다. 그 실을 어떻게 얻을 수 있는가? 바로 생각이다. 생각이 글쓰기의 기본이다.

두 대통령은 서로 다른 점도 많다. 그중 하나가 생각이 변화하는 주기다. 김대중 대통령은 여간해서 생각을 바꾸지 않는다. 새로운 것을 받아들이는 것은 좋아하지만, 한 번 정립한 생각을 쉽게 바꾸지 않는다. 이에 반해 노무현 대통령은 어떤 생각에 관해 얘기를 하는 순간에도 생각을 진화시킨다.

그렇다면 어느 분의 연설문을 쓰는 것이 쉬울까? 당연히 김대중 대통령이다. 다른 사람의 연설문을 쓰는 건 안개가 자욱하게 낀 상황에서 과녁에 화살을 맞히는 것과 같다. 그 시기에 그가 무슨 생각을 하고 있는지 정확히 맞혀야 하기 때문이다. 그런데 노무현 대통령의 과녁은 정지해 있지 않다. 계속 움직인다. 그것도 빠르게 움직인다. 그러니 맞히기가 얼마나 어렵겠는가.

생각을 많이 하는 것은 글을 잘 쓰기 위해 반드시 필요한 과정이다. 특히 써야 할 글이 정해지면 그 글의 주제에 관해 당분간은 흠뻑 빠져 있어야 한다. 빠져 있는 시간이 길수록 좋은 글이 나올 확률이 높다. 물론 컴퓨터 앞에 앉자마자 단번에 일필휘지하는 사람도 있다. 부러울 따름이다. 그러나 이런 천재는 많지 않다.

와인이 부드럽고 깊은 맛을 내기 위해서는 숙성 기간이 필요하듯이, 글도 생각의 숙성 시간이 필요하다. 그러니 단박에 써 내려가지 못하는 것에 대해 조바심을 가질 필요는 없다. 생각이 안 나면 머리 어디쯤엔가 잠시 내버려둬도 좋다. 컴퓨터를 끄고 산책을 나가는 것도 방법이다. 때로는 며칠씩 묵혀두고 다른 일을 할 필요도 있다. 그러다 보면 문득 떠오른다. 언제일지 모르고, 어느 장소일지도 모른다. 혼자 걷다가, 혹은 누군가와 대화하다가, 또는 화장실에서 떠오를 수도 있다. 바로 그 순간을 놓치지 않고 붙잡으면 된다.

2003년 4월 국회 국정연설을 앞두고 있을 때였다. 취임 후 첫 번째로 맞이하는 큰 연설이어서인지 노무현 대통령은 준비에 심혈을 기울였다. 일요일인 그날도 관저에서 일곱 시간 가까운 회의가 이어졌다. 대통령이 갑자기 축구를 하자고 제안했다. 축구를 할 만큼 관저 마당이 넓지는 않았지만, 우리는 30분 정도 대통령과 공을 주고받았다. 노무현 대통령은 잠시 쓰는 것을 멈추고 생각의 숙성 시간을 갖고 싶었던 것이다.

4

'인민'이란 표현이
어때서요?

독자와 교감하라

"훌륭한 커뮤니케이터는 상대의 언어를 사용한다." 미디어 전문가 마셜 매클루언의 유명한 말이다. 글은 독자와의 대화다. 청중은 내 말을 듣는 참여자다. 말을 하고 글을 쓸 때에는 자기가 하고 싶은 내용과 상대가 듣고 싶은 내용 사이에서 절묘한 줄타기를 해야 한다. 일방적으로 하고 싶은 내용만 얘기하는 것은 공감을 얻기 어렵다. 그렇다고 듣고 싶은 얘기만 하는 것 역시 실속이 없다. 자칫하면 아부나 영합이 될 수도 있다. 교감이 필요한 것이다.

독자를 의식하는 글쓰기란 무엇인가. 바버라 베이그는《하버드 글쓰기 강의》란 책에서 제일 먼저 독자의 관심을 어떻게 끌어모을지 고민하고, 이어서 글의 시작부터 끝까지 독자의 관심을 어떻게 붙잡아둘지, 자신이 말해야 할 것을 어떻게 독자에게 분명히 밝힐지, 독자에게 어떻게 영향력을 발휘해서 그들을 웃고 울거나 생각하게 할지를 헤아려야 한다고 권고한다.

꼭 글에만 관련된 것은 아니지만, 김대중 대통령은 독자와의 교감을 강조했다.

첫째, 반걸음만 앞서가라. 아무리 하고 싶은 말이 있어도 너무 앞서가지 마라. 따라오지 않으면 잠시 멈춰 서서 들어라. 이해해줄 때까지 설득하라. 그래서 의견을 맞추어라. 읽는 사람이 공감하지 못하는 글은 아무 쓸모가 없다. 쓰는 사람 입장에서 읽는 사람을 배려해주는 것만으로는 부족하다. 아예 읽는 사람의 입장이 되어야 한다.

둘째, 손을 놓지 마라. 두세 걸음 앞으로 나서면 마주 잡은 손이 떨어질 것이고, 따라올 수가 없다. 늘 그들 안으로 들어가 읽는 사람이 무엇을 원하는지, 그들의 생각이 무엇인지 파악하고 있어야 한다. 하지만 나란히 가서도 안 된다. 그러면 발전이 없다.

김대중 대통령의 이런 생각은 1980년대 감옥에 있을 때, 앨빈 토플러의 《제3의 물결》을 읽고 나서 든 것이라고 한다. 앞으로는 지식정보화 시대가 될 것인데, 이러한 시대에는 일사불란하게 끌고 가는 리더십으로는 한계가 있다고 생각했기 때문이다.

김대중 대통령은 현장도 강조했다. 모든 문제의 답은 현장에 있다고 했다. 현장에서 사람들을 만나 직접 교감하고자 했다. 실제로 현장을 자주 찾았고, 청와대에서도 사람들을 초청해 이야기 듣는 것을 좋아했다. 눈높이를 맞춰 대화하려고 했다. 바빠서 이런 자리를 못 만들면 인터넷 민심이라도 들어보려고 했다.

노무현 대통령은 조금 달랐다. '국민의 눈높이'를 넘어 '역사의 눈높이'에 맞춰야 한다고 생각했다. 이승만을 찍어준 국민의 눈높이와 4·19혁명을 일으킨 역사의 눈높이를 구별해야 한다는 것이다. 또한 현장을 방문해 연출 사진을 찍는 것에 대해 거부감이 있었다. 시장에 가서 상인들 손잡고 '장사 잘되느냐?'고 물어보고, 재해 현장에서 위로금 봉투 내밀며 사진 찍을 시간에 실질적으로 그들에게 도움이 되는 정책을 만드는 것이 낫다고 생각했다. 그렇다고 노 대통령이 교감 자체를 꺼려한 것은 아니었다. 누구보다 상대를 배려하는 교감을 강조했다.

2003년 7월, 노무현 대통령은 중국 국빈방문 시 칭화대학 학생들과 만났다. 노 대통령은 연설이 끝나고 한 학생에게 '중국 지도자 가운데 가장 존경하는 분은 누구입니까?'라는 질문을 받았다. '여러 사람이 있지만 마오쩌둥 주석도 그중의 하나'라고 답했다. 또한 답변 도중 '국민'이란 용어 대신 중국인들이 쓰는 '인민'이란 말을 썼다. 마셜 매클루언이 말한 '상대의 언어'를 사용한 것이다. 그런데 대통령이 중국 방문을 마치고 돌아왔을 때 이 발언이 문제가 되었다. 어떻게 대한민국 대통령이 마오쩌둥을 존경하며, 북한이 쓰는 '인민'이란 용어를 쓸 수 있느냐는 비난이 쏟아졌다. 대통령은 일언반구 대꾸조차 하지 않았다.

2006년 3월, 아프리카 순방을 앞두고 노무현 대통령은 이런 내용을 주문하기도 했다.

우리보다 못사는 나라에 가는 경우에는 그들의 자존심에 손상을 주는 말을 연설문에 넣어서는 안 됩니다. 예를 들면 후진국에 가서 "양국은 상호보완적 경제구조를 가지고 있으니 당신들은 인력과 자원을 대시오. 우리는 자본과 기술을 대겠소" 이렇게 말하곤 하는데, 이때 '상호보완적'이란 말은 그들에게 굴욕적으로 들릴 수 있다는 것을 유념해야 합니다.

한번은 이런 메모도 내려왔다.

사리에 맞는 내용을 좋아하는 청중과, 감정에 호소해야 할 청중, 긴 연설을 받아들일 수 있는 청중과, 짧은 연설을 기대하는 청중을 잘 따져서 연설문을 준비해주기 바랍니다.

2003년 4월, 이라크 파병을 앞두고 노무현 대통령은 두 차례 연설을 해야 했다. 한 번은 파병 동의를 구하는 국회에서, 다른 한 번은 파병 장병을 환송하는 자리에서다. 외교부에서 미리 보내온 초안에는 파병의 이유가 있었다. 그중에는 이라크 전쟁이 '정의로운 전쟁'이라는 것과, 전쟁이 끝나고 복구 과정에서 경제적 실익을 도모할 수 있다는 내용도 있었다.

노 대통령은 둘 다 내세울 이유가 아니라며 삭제를 지시했다. 이 연설을 지켜보는 여러 부류의 사람이 있었다. 첫째, 파병을 요청한 미국. 둘째, 우리 건설사가 많이 진출해 있는 이라크 당국. 셋째, 파병을 반대하는 시민단체. 넷째, 당사자인 파병 장병. 마지막으로 파병 장병의 가족이었다. 노무현 대통령은 난처했다. 여러 대상이 듣고 싶어 하는 이야기가 각기 달랐다.

첫째, 미국에게는 '이라크는 악의 축이다. 이라크 전쟁은 정의를 지키기 위한 전쟁이다'. 둘째, 이라크 당국을 향해서는 '이라크의 선량한 국민은 우리의 적이 아니다. 그들에게 자유와 평화를 되찾아주러 왔다'. 셋째, 파병에 반대하는 시민단체에는 '명분 없는 전쟁인 것은 맞다. 하지만 미국이라는 현실을 무시할 순 없는 것 아니냐'. 넷째, 장병들에게는 '이라크의 평화를 위한 활동에 힘써달라'. 다섯째, 장병 부모들에게는 '안전이 최우선이다. 무사히 돌아오게 하겠다'는 메시지를 주어야 했다. 노무현 대통령은 이렇게 얘기했다.

나는 명분을 중시해온 정치인입니다. 그런 내가 파병을 결정했습니다. 나의 결정에 나라의 운명이 달려 있기 때문입니다.

명분에 발목이 잡혀 한미관계를 갈등관계로 몰아가는 것보다, 어려울 때 미국을 도와주고 한미관계를 돈독히 하는 것이 북핵 문제를 평화적으로 해결하는 길이 될 것이라는 결론을 내렸습니다.

—2003년 4월 이라크 파병 동의를 요청하는 국회 연설

이라크 전쟁은 사실상 끝났습니다. 이번 파병은 '참전'에서 '복구와 구호활동'이라는 새로운 성격을 갖게 되었습니다. 이라크 국민이 하루빨리 평상의 생활을 회복할 수 있도록 도와주어야 합니다. 안전하고 건강하게 다녀오기 바랍니다. 이라크 국민의 가슴속에 한국 국민이 전하는 평화의 메시지를 심어주고 오세요.

—2003년 4월 이라크 파병부대 환송행사 연설

2005년 11월, 여의도 농민시위에서 사망자가 발생했을 때도 마찬가지였다. 인권위원회는 경찰의 과잉진압이 사망의 원인이라고 발표했다. 노 대통령은 즉각 대국민 사과문을 발표했다. 메시지의 대상은 농민과 유가족만이 아니었다. 공권력을 집행하는 경찰과 전경을 자식으로 둔 부모도 있었다. 대통령은 이렇게 사과했다.

국민 여러분께 머리 숙여 사죄드립니다. 돌아가신 두 분의 명복을 빕니다. 유가족 여러분께도 깊은 사죄 말씀을 드리고 아

울러 위로의 말씀을 드립니다. (중략)

저의 이 사과에 대해서는, 시위대가 일상적으로 휘두르는 폭력 앞에서 위험을 감수하면서 힘들게 직무를 수행하는 경찰의 사기와 안전을 걱정하는 분들의 불만과 우려가 있을 수 있을 것입니다. 특히 자식을 전경으로 보내놓고 있는 부모님 중에 그런 분들이 많을 것입니다.

또 공권력도 사람이 행사하는 일이라 자칫 감정이나 혼란에 빠지면 이성을 잃을 수도 있는 것인데, 폭력시위를 주도한 사람들이 이와 같은 원인된 상황을 스스로 조성한 것임에도 경찰에게만 책임을 묻는다는 것은 불공평하다는 비판이 있을 수도 있을 것입니다.

그러나 공권력은 특수한 권력입니다. 정도를 넘어 행사되거나 남용될 경우에는 국민에게 미치는 피해가 매우 치명적이고 심각하기 때문에 공권력의 행사는 어떤 경우에도 냉정하고 침착하게 행사되도록 통제되지 않으면 안 됩니다. 그러므로 공권력의 책임은 일반 국민의 책임과는 달리 특별히 무겁게 다루어야 하는 것입니다.

이 점을 국민 여러분과 함께 공직사회 모두에게 다시 한번 명백히 하고자 합니다.

아울러 말씀드리고 싶은 점은 쇠파이프를 마구 휘두르는 폭력시위가 없었다면 이런 불행한 결과는 없을 것이라는 점입니다. 이 점에 관해서는 정부와 시민사회가 함께 머리를 맞대고 진지하게 대책을 마련해 나가야 할 것입니다. 정부도 이

전과는 다른 대책을 세우도록 하겠습니다.

국민 여러분, 다시 한번 송구스럽다는 말씀과 함께 다시는 이런 일이 생기지 않도록 철저히 대비하겠다는 다짐을 드립니다.

이것은 비단 이라크 파병과 농민시위 사망 관련 연설에만 해당되는 것은 아니다. 한미 FTA 체결을 비롯해 대부분의 사안에서 부딪히는 딜레마다. 대통령의 말과 글에만 적용되는 것도 아니다. 누구나 글을 쓸 때에는 그 글을 읽을 사람이 누구인지, 그들이 무슨 얘기를 기대하는지를 의식해야 한다. 아리스토텔레스는《수사학》에서 말했다. "말은 세 가지로 이루어진다. 말하는 사람과 말의 내용, 그리고 말을 하는 대상이다. 말의 목적은 마지막 것과 관련이 있다."

기업에서 사장의 연설문 작성을 맡은 직원이 있다고 하자. 그가 의식해야 할 대상은 누구누구일까? 첫째, 사장. 둘째, 연설을 듣는 직원들. 셋째, 이 연설 내용을 보도하는 언론사 기자. 마지막으로 언론 기사를 보는 고객, 주주, 직원 가족이 될 것이다. 이렇게 기업 연설문 하나에도 그 대상은 많다. 이들 각각에 대한 연구는 아무리 해도 지나침이 없다.

어디 말과 글뿐이겠는가. 어린아이와 사진을 찍을 때 다리를 크게 벌려 키를 맞추는 노무현 대통령의 모습 속에 글은 어떻게 써야 하는지 답이 있다.

인수위원회에서 글쓰기 50일

제16대 대통령 선거가 끝나고 윤태영 인수위원회 공보팀장으로부터 전화가 왔다. 곧바로 꾸려질 대통령직인수위원회에 와서 당선자 연설문 작성을 지원해달라는 주문이었다. 박지원 당시 대통령 비서실장에게 인수위원회 파견 발령 인사를 하러 갔다. 박 실장은 내게 "국민의 정부 청와대의 명예를 걸고 지원 업무를 성공적으로 하고 오세요"라고 당부했다.

막중한 사명(?)을 띠고 2002년 12월 30일 지금의 외교부 건물에 입주한 인수위원회 사무실로 첫 출근을 했다. 명함이 당선자 비서실 비서로 찍혔다. 인수위원회 첫날, 출범식이 있었다. 노무현 당선자의 여러 얘기 중에 두 가지가 기억난다. 억강부약抑强扶弱과 낭중지추囊中之錐!

"억강부약이란 말이 있습니다. 강한 것을 누르고 약한 것을 도와준다는 말입니다."

지금 생각해보면 참여정부 5년을 관통한 대통령의 철학이었다. 대통령은 서거 직전까지 힘없는 사람들이 살기 좋은 나라를 어떻게 하면 만들 수 있나 고민했다.

또 하나, 낭중지추.

"잘 아시지요? 주머니 속의 송곳은 밖으로 삐져나오게 되어 있다는 말. 역량이 있는 사람은 눈에 띄려고 애쓰지 않아도 언젠가 눈에 띄게 되어 있습니다."

하지만 나는 인수위원회가 해단식을 한 2월 21일까지 글로써 당선자의 눈에 한 번도 띄지 못했다. 당선자는 매일 두세 개, 많을 때는 서너 개의 일정을 소화했다. 일정마다 연설문 또는 말씀자료가 필요했다. 대통령 비서실에서는 비서관을 포함해 다섯 명이 대통령 연설문 또는 말씀자료를 준비한다. 하지만 당선자 비서실에서는 단 두 명이 이 일을 모두 해야 했다.

그런데 당시는 온 나라가 당선자의 입만 쳐다볼 때였다. 당선자의 말 한 마디 한 마디가 현직 대통령의 그것보다 주목도가 높은 시절이었다. 그러니 그것을 준비하는 사람은 얼마나 중압감을 느꼈겠는가. 나 또한 집에 들어간 날은 열 손가락으로 셀 정도였다. 대부분의 날은 인수위원회 사무실에서 잤다.

하루하루가 악전고투였다. 한겨울, 책상 위에서 잠깐 눈을 붙이면 새벽에 경호실의 폭발물 탐지견이 와서 깨웠다. 몸이 피곤한 것은 참을 만했다. 당선자의 외면이 힘들었다. 단 한 번도 내가 작성한 원고를 읽지 않았다. 참고조차 하지 않았다. 심지어 무엇이 잘못되었으니 이렇게 고쳐서 작성해달라는 얘기도 없었다. 나는 떠날 준비를 했다. 인수위원회까지만 마치고 청와대를 떠나려고 마음먹었다. 도움이 되지 않는 참모는 떠나는 게 당연했다. 김대중 대통령에게 죄송한 마음도 들었다. 박지원 실장이 당부한 국민의 정부의 명예를 망가뜨리고 있었다.

어느 쪽으로나 더 이상 폐를 끼치지 말아야겠다는 생각을 하며 인수위원회의 어두운 터널이 다 지나갈 무렵, 갑자기 당선자가 예정에 없이 한미연합사를 방문하게 되었다. 연설문을 작성하라는 지시가 떨어졌다. 황급히 써서 보고했다. 당선자는 그날 처음으로 내가 쓴 연설문을 읽었다. 그래도 하나는 건졌으니 다행이었다. 이것을 보람으로 여기고 떠나자 싶었다. 아, 또 하나 건진 게 있다. 2003년 2월 21일 해단식에서 당선자와 단둘이 사진을 찍는 영광을 챙겼다.

인수위원회 근무를 마치고 청와대로 복귀했다. 취임식 다음 날 노무현 대통령이 청와대 비서실을 한 바퀴 돌았다. 그런데 연설비서관실에 와서 나를 찾는 게 아닌가.

"강 국장 어디 있나?"

당시 나는 행정관으로서 직급이 국장이었다. 쭈뼛거리며 나가니 대통령이 얘기했다.

"나는 미처 생각도 않고 있었는데…, 글이 좋았어."

대통령은 취임식 당일에 있었던 오찬사, 만찬사 얘기를 하고 있었다. 인수위원회 시절에는 온통 취임사에 집중하게 된다. 취임사 준비위원회까지 만들어진다. 하지만 취임식 당일 오찬과 만찬에 있는 연설에는 그다지 신경을 쓰지 않았다. 오찬에는 내로라하는 국내 인사에게, 만찬에는 취임 축하를 위해 방한한 정상급 외빈에게 연설을 해야 하는 시간이 있었다. 취임사는 준비하는 사람이 많으니 나는 여기에 집중해야 되겠다 싶어 틈틈이 준비해놓았는데, 이 두 가지 연설문이 대통령 마음에 들었던 것이다. 청와대를 나가겠다는 생각은 이 연설문으로 접게 되었다.

5 옥중서신이 말해주는 것

집중과 몰입의 힘

"사형을 언도받은 상황에서 껌 종이, 과자 포장지에 못으로 깨알같이 눌러썼다."

"책을 읽을 수도 글을 쓸 수도 없다."

앞의 글은 김대중 대통령의 옥중서신 얘기다. 뒤의 글은 노무현 대통령이 남긴 마지막 글의 일부다. 두 글 모두 절박함이 묻어난다. 죽음을 앞둔 심정만큼 절절한 것이 또 있을까.

그 절박한 상황에서도 글을 쓰고 있다. 김대중 대통령은 언제 사형이 집행될지 모르는 상황에서 글을 쓴다. 노무현 대통령은 글조차 쓸 수 없는 절망의 끝자락에서 글을 쓰고 있다. 글을 통해 세상을 바꾸고 싶었고, 그 글에 전심전력을 다한 두 사람이었다.

　중학교 아니면 고등학교 국어 시간이었을 것이다. 글을 잘 쓰려면 삼다三多, 즉 다독多讀, 다작多作, 다상량多商量을 해야 한다고 배웠다. 송나라 구양수의 말이다. 많이 읽고, 많이 써야 한다는 건 알겠는데, 다상량에 대해선 갸우뚱했었다. 우선, 상商과 양量이란 한자 때문이다. 이 경우에는 상인할 때 상商, 수량할 때 양量이 아니다. 헤아릴 상商, 헤아릴 양量이란 뜻으로 쓰였단다. 헤아리고 또 헤아려? 전심을 다해서 몰입하란 뜻일 것이다.

　노무현 대통령 역시 글쓰기를 위해선 세 가지가 필요하다 했다. 독서, 사색, 토론이다. 대통령은 바쁜 청와대 생활에서도 반드시 짬을 내서 책을 읽었다. 청와대 참모는 물론 학자, 관료, 시민단체 사람들과 밤늦게까지 토론했다. 이 모두가 글쓰기와 무관하지 않다. 글에 대한 애착이 남달랐다. 사는 이유 중의 하나가 글을 쓰기 위해서였는지도 모른다.

　창조적 아이디어는 어느 날 갑자기 찾아오지 않는다. 그런 점에서 영감이나 직관과는 다르다. 죽을힘을 다해 몰입해야 나오는 것이 창조력이다. 열정과 고민의 산물이며, 뭔가를 개선하고 바꿔보려는 문제의식의 결과물이다. 글쓰기도 마찬가지 과정을 거쳐야 한다고 생각한다. 집중하고 몰입해야 한다. 절박해야 한다.

　2007년 5·18민주화운동 27주년 기념사를 쓸 때다. 노무현 대통령에게 보고할 날짜가 다가오고 있었다. 그때까지 쓰지 못하면 상상조차 하기 싫은 일이 벌어진다. 그런데 좀체 풀리지 않는다. 당시 유시민 보건복지부 장관에게 의견도 구해봤다. 뾰족한 아이디어가 없다고 했다. 발을 동동거리며 몇 날 며칠을 그것만 생각했다. 밥 먹을 때도 걸어다닐 때도. 궁하면 통한다고 했던가. 며칠 후 꿈속에서 글이 술술 써졌다. 깨자마자 부리나케 메모했는데, 처음부터 끝까지 완벽하게 맞아떨어지는 글이었다.

노무현 대통령은 거의 늘 그랬다. 그의 집중력은 타의 추종을 불허한다. 연설문 회의가 있을 때면 대통령은 연설비서관실에서 작성한 초안을 죽 한번 훑어본다. 탁자에 원고지를 세워 아래쪽 모서리를 탁탁 친다. 가지런히 모으기 위해서다. 그리고 원고지를 거꾸로 덮어놓는다. 자리에서 일어나 뒷짐 지고 구술을 시작한다.

"자네들이 써온 연설문 3페이지에 부동산 문제 있지? 그것을 다음 페이지로 넘겨보게. 그리고 다음 페이지에 있는 교육 문제를 2페이지 복지 얘기 뒤쪽에 배치해보게."

대통령은 머릿속에 연설문 전체를 그린 듯이 입력시켜놓고 자유자재로 재배치를 한다. 심지어 표현이나 문구 하나까지 구체적으로 지적하며 이렇게 저렇게 고치라고 얘기한다. 그러면 우리는 주문을 따라가지 못해 노트북 앞에서 허둥대기 일쑤였다. 정작 그 글을 쓴 것은 우리인데도 말이다. 나는 노 대통령이 특별히 머리가 비상해서라고 생각하지 않는다. 몰입의 결과라고 생각한다. 집중하기 때문이다.

미국의 칼럼니스트 월터 W. 레드 스미스가 그랬다. 글쓰기가 쉽다고. 백지를 응시하고 앉아 있기만 하면 된다고. 이마에 핏방울이 맺힐 때까지. 미치면〔광狂〕미치는〔급及〕법이다. 많이 읽고, 많이 써보지 않아도 죽을힘을 다해 머리를 짜내면 누구나 좋은 글을 쓸 수 있다. 목숨 걸면 누구나 잘 쓸 수 있다. 글 쓰는 데 왜 목숨까지 걸어야 하느냐고? 그래서 못 쓰는 것이다.

끝으로, 들은 얘기 하나. 노태우 대통령은 최선을 다해 연설문을 준비하는 전형적인 모범생 스타일이었다고 한다. 정확한 날짜는 모르겠지만, 유엔에 가서 영어로 연설할 일이 있었다. 당시만 해도 유엔 총회에 가서 연설하는 것은 대단한 사건이었다고 한다. 공중파 방송이 생중계를 하고 야단법석을 부렸다. 노태우 대통령도 연설 준비에 열과 성을 다했다.

연설 당일, 일어나선 안 될 일이 벌어졌다. 낭독본을 출력하면서 마지막 한 장을 빠트리는 엄청난 실수를 하고 만 것이다. 노태우 대통령이 연설문을 읽어 내려가다가 눈이 휘둥그레졌다. 얼마나 당황했겠는가. 하지만 대통령은 영어 연설을 무사히 끝마쳤다. 셀 수 없이 연설문을 읽고 또 읽은 덕분에 완전히 외워버렸던 것이다. 그 후 낭독본 마지막 한 장을 빠트린 연설비서관실 직원이 어떻게 됐는지 궁금했지만, 거기까진 듣지 못했다.

6

청와대
리더십비서관이라는 자리

글쓰기의 원천은 독서

나는 책과 인연이 깊다. 초등학교 다닐 때 계몽사에서 나온 50권짜리 소년소녀세계문학전집을 아버님께서 사오셨다. 엄밀히 얘기하면 잠시 빌려오셨다. 할부 책장수에게 사셨는데 너무 비싸 반품하시겠단다. 당시는 먹고살 거리가 별로 없던 시절이라 할부 책장수가 많았다. 반품한다는 말씀에 밤새워 읽었다. 아마도 그 책이 계속 집에 있었으면 지금도 다 못 읽고 있을 것이다.

중학교 다닐 때는 이모부 댁에 더부살이를 했다. 이모부는 전북 문단에서 누구나 아는 시인이었다. 집에 책이 많았다. 양옥집 2층이 온통 책뿐이었다. 오죽하면 책 때문에 집이 무너질지 모른다고 말하는 사람도 있었다. 나는 책에 묻혀 자고 책

속에서 밥을 먹었다. 그때 우리나라 소설 중에 야한 것은 거의 읽었다.

고등학교 시절, 전북에서 제일 큰 서점을 하고 있는 고모네 집에서 살았다. 매일 밤 11시 넘어 서점에 내려가 책을 읽었다. 그 집에서 나올 때 내 이삿짐 안에는 책이 한가득이었다. 지금도 전주 중심가에 그 서점이 있다. 1970년대에 이미 2층짜리 서점이었으니 큰 서점이었던 것은 틀림없다.

대학교 때는 과외해서 번 돈 대부분을 책 사는 데 썼다. 읽지는 않고 모으기만 했는데, 20년쯤 그렇게 모으다 보니 그 책이 3,000권을 넘었다. 책에 짓눌려 살기 싫어 2012년 말에 모두 팔았다. 헌책 사는 분이 한 트럭을 실어갔는데 몇십만 원 주셨다. 책을 모두 정리하고 이제는 책에서 해방되었다고 생각했다. 그런데 그로부터 몇 개월 후 책 만드는 출판사에 다니게 되었다. 내가 지금 이 책을 쓸 수 있는 것도 이러한 책과의 인연과 전혀 무관하지는 않을 것이다.

독서는 세 가지를 준다. 지식과 영감과 정서다. 책을 읽고 얻은 생각이다. 그중에 글 쓰는 데는 영감이 가장 중요하다. 독서와 글쓰기는 떼려야 뗄 수 없는 관계에 있다. 책을 읽지 않으면 생각할 수 없고, 생각하지 않으면 글을 쓸 수 없다. 따라서 독서 없이 글을 잘 쓸 수 없으며, 글을 잘 쓰는 사람치고 책을 멀리하는 사람은 없다. 김대중, 노무현 두 대통령이 그랬다.

김대중 대통령은 손에서 책을 놓지 않았다. 특히 감옥에서의 독서는 유명하다. 옥중에서 보낸 편지의 말미는 매번 "다음

책을 넣어주시오"로 끝났고, 10~20권의 도서 목록이 적혀 있었다. 정치·경제는 물론, 철학·신학·역사·문학에 이르기까지 분야를 가리지 않았다. 여러 권을 펴놓고 돌려가면서 하루 열 시간 정도 독서를 했다고 한다. 대통령이 되고서도 "마음껏 책을 봤으면 원이 없겠다. 이럴 때는 가끔 감옥에 있을 때가 그립기도 하다"라는 농담 아닌 농담을 할 정도였다. 1999년 5월 러시아 방문 때는 모스크바대학에서 이런 연설도 했다.

> 나는 오랜 옥중 생활을 통해서 러시아 문학을 섭렵할 기회가 있었습니다. 푸시킨, 톨스토이, 도스토옙스키, 투르게네프 등 많은 러시아 고전을 탐독했습니다. 그리고 솔제니친과 사하로프의 작품들도 애독한 바 있습니다. 러시아 문학을 읽은 것만으로도 감옥에 간 보람이 있었다고까지 생각했습니다.
> ─ 1999년 5월 러시아 국빈방문 모스크바대학 연설

청와대 관저에는 큰 방 하나가 책으로만 가득 차 있었다. 김 대통령은 도저히 읽을 시간이 나지 않으면 비서실에서 보고한 책 요약본이라도 찾아 꼼꼼히 읽었다. 독서 중독인 셈이다. 휴가 때 자주 찾았던 청남대에 책 읽는 모습의 김 대통령 동상이 설치됐을 정도로 휴가 중에는 독서삼매에 빠졌다. 책을 읽은 후에는 사색을 통해 자기 것으로 만드는 과정을 거쳤다. 스스로 지킬 것을 다짐한 '대통령 수칙' 12번이 '양서를 매일 읽고 명상으로 사상과 정책을 심화해야'이다.

노무현 대통령도 책 읽기를 좋아했다. 좋아한 정도가 아니라 열정적으로 책을 읽었다.

어떤 문제가 생기면 책부터 사서 공부합니다. 컴퓨터도 컴퓨터를 만지기 전에 책부터 읽었고, 낚시를 배울 때도 책부터 먼저 봤습니다.

— 노무현 등,《노무현: 상식 혹은 희망》, 행복한 책읽기

책을 읽고 새로운 지식이나 지혜를 발견했을 때, 깊이 생각하여 새로운 이치를 깨달았다 싶을 때, 혼자 생각한 이치를 훌륭한 사람이 쓴 책에서 다시 확인했을 때, 저는 행복을 느낍니다. 어떤 때에는 기쁨을 주체하지 못해 일어서서 방 안을 서성거리기도 합니다.

— 2008년 3월 봉하에서 띄우는 편지

노무현 대통령 주위에는 늘 책이 있었다. 하루에 한 쪽이라도 읽었다. 책 읽는 게 일상 그 자체였다. 의미 있다고 생각하는 책은 장차관과 참모들에게 읽어보기를 권했다. 연설비서관실에 추천한 책도 있다. 제임스 C. 흄즈가 쓴《링컨처럼 서서 처칠처럼 말하라》이다. 노 대통령은 지시 메모도 함께 보냈다.

내가 읽어본 연설 관련 책 중에서 가장 탁월한 연설기법을 담

고 있습니다. 연설문을 쓸 때면 읽어보면서 쓰고, 이 책에 나와 있는 현장 연설기법에 관한 부분을 어떻게 활용할지 따로 정리해서 보고해주세요.

퇴임해서는 책에 더욱 빠져들었다. 찾아오는 사람들과 책을 놓고 토론하는 것을 즐겨했다. 윤태영 전 부속실장의 말이다. "봉하 사저의 대통령 자리 앞에는 언제나 책들이 수북이 놓여 있었다. 대통령은 끊임없이 책과 자료를 찾았다. 책 한 권을 읽고 나면 그 속에서 다시 두 권의 책을 찾았고, 심지어는 외신에 등장하는 기고들도 찾아달라고 요청했다. 독서가 대통령의 문제의식을 더욱 치열하게 하고 생각을 더욱 심화시키고 있었다."

재임 중에는 좋아하는 책을 읽을 시간이 없어 청와대 안에 '리더십비서관'이란 자리를 만들기도 했다. 리더십비서관의 역할은 현안에 대한 의견 개진도 있었으나 주로 국내외 책이나 칼럼, 논문을 읽고 그 요약본을 노무현 대통령에게 보고하는 것이었다. 거의 매일 한 건씩 대통령에게 보고했다. 이에 대해 노 대통령은 코멘트를 하고, 궁금한 건 물어봤다. 그 시간이 노무현 대통령에게는 독서하는 시간이었던 것이다. 초대리더십비서관이자 마지막 비서관이었던 외교관 출신 이주흠 비서관의 발탁 배경도 그가 쓴 책《드골 리더십과 지도자론》을 대통령이 읽고서다.

대통령들에게 독서는 글쓰기의 원천이었다. 두 대통령 모두

밑줄을 긋고 메모해가며 책을 읽었다. 주로 글쓰기와 정책 수립에 참고가 되는 부분에 밑줄이 그어졌다.

김대중 대통령은 독서의 완결이란 읽은 책을 자신의 것으로 소화해서 말이나 글로 표현할 수 있는 데까지라고 했다. 노무현 대통령 역시 독서를 통해 얻은 지식과 영감을 정책에 반영하거나 자신의 생각을 정리하여 책으로 집대성하는 것이 목표였다. 맹자가 얘기한 '이의역지以意逆志(자신의 생각으로 저자의 뜻을 받아들임)'에 충실했던 것이다.

미래 예측 도서에 관심이 많았다는 것도 두 대통령의 공통점이다. 김대중 대통령은 앨빈 토플러, 피터 드러커, 존 나이스비트 등 미래학자의 책을 많이 읽었고, 노무현 대통령도 앤서니 기든스, 폴 크루그먼, 제레미 리프킨의 책을 애독하고 추천했다.

대통령이 읽고 있는 책이나 추천 도서는 그 목록 자체가 의미를 가지기도 했다. 대통령의 관심 분야를 알 수 있는 주요한 통로였기 때문이다. 예를 들어 노무현 대통령이 탐독한 윤성식 교수의 《정부개혁의 비전과 전략》은 정부 개혁 방향을 예측해볼 수 있는 가늠자가 됐음은 물론이다.

두 대통령의 독서 패턴은 조금 달랐다. 노무현 대통령이 속독이었던 반면 김대중 대통령은 정독하는 쪽이었다. "독서는 정독하되, 자기 나름의 판단 과정이 반드시 필요하다. 그럴 때만이 저자 또는 선인들의 생각을 넓고 깊게 수용할 수 있다." 김 대통령은 책 내용이 완벽하게 자기 것이 될 때까지 사색을 통해 몇 번이고 곱씹었다. 노 대통령이 근자에 나온 책 가운데 읽어봐야 할 책을 선호했다면, 김 대통령은 상대적으로 고전에 심취했다. 두 대통령은 끝까지 책과 함께했다. 노 대통령은 마지막 남긴 글에서 책을 읽을 수 없어 힘들다 했고, 김 대통령이 남긴 책상에는 《제국의 미래》, 《오바마 2.0》, 《박시백의 조선왕조실록》이 놓여 있었다.

7

손녀뻘 비서 앞에서
연습하는 대통령

결국엔 시간과 노력이다

글쓰기는 자질과 능력도 필요하지만, 준비와 연습이 더 중요하다. 김대중, 노무현 두 대통령의 글쓰기 특징은 성실하게 준비한다는 점이다.

"글은 머리로 쓰는 게 아니라 엉덩이로 쓰는 것입니다."

노무현 대통령의 말이다. 그만큼 시간과 노력이 들어가야 나오는 게 글이란 얘기다. 김대중 대통령은 성실과 부지런함을 유독 강조했다. 본인 스스로 그 모범이 되었다. 역대 대통령 가운데 연설문 작성에 가장 많은 시간을 할애했다.

두 대통령은 글을 빨리 쓰는 스타일은 아니었다. 생각하고 또 생각하고 꾹꾹 눌러쓰는 타입이라고 할까. 노 대통령은 그렇게 글을 많이 쓰고, 글쓰기의 달인이면서도 글 쓰는 것을 힘들어했다. 언젠가는 "양극화와 씨름하고 있습니다"라는 문구를 써놓고, '씨름'이란 단어가 마음에 들지 않아 그 느낌을 살리는 다른 표현을 찾느라고 몇 시간 고민한 적도 있다고 얘기했다. 더욱이 허리가 좋지 않아 오랫동안 책상에 앉아 글을 쓰는 것이 쉽지 않았다. 한번은 이런 얘기도 했다.

"말로는 글이 잘 써지는데 손으로 쓰려면 힘이 들어요."

그렇다고 일필휘지가 안 되는 건 아니다. 급하면 급한 대로 뚝딱 글을 만들어내기도 했다. 그중에서도 좋은 카피를 만드는 데는 타의 추종을 불허했다. 물론 이 또한 성실함의 결과다. 평소 그 주제에 대해 골똘하게 고민한 것이 어느 순간 한 줄의 좋은 카피로 툭 튀어나온 것이다. 대통령이 만든 문구 중 실제 연설문에 사용하지 않은 것들도 많다.

'권력을 나눌수록 민주주의는 커집니다.'(민주주의)

'능력에 따라 채용하고 일한 만큼 대우해야 합니다.'(비정규직 문제)

김대중 대통령 역시 정곡을 찌르는 한마디를 잘 찾아냈다. 트레이드마크가 된 '햇볕정책'도 1994년 김 대통령에 의해 탄생했다. 미국 헤리티지재단 초청 연설에서 처음 썼는데, 그때는 '태양정책'이었다.

이 모든 것은 준비 없이 되는 일이 아니다. 노무현 대통령은 1년 동안 해야 할 주요 연설에 대해 연초부터 생각을 정리하기 시작했다. 농부가 1년 농사 계획을 짜듯이 멀리 내다보고 큰 틀에서 메시지를 배분했다. 그렇게 구상한 내용이 '올해 4·19에는 이런 얘기를, 5·18에는 이런 메시지를 내보내면 어떨까요?'라는 메모로 연설비서관실에 내려오기도 했다. 그것은 3·1절, 광복절 등 주요 계기가 다가올 때도 마찬가지였다. 어느 참모보다 먼저 머릿속으로 연설문을 쓰기 시작했다.

2006년 광복절을 두 달 가까이 앞둔 어느 날, 연설비서관실은 미처 생각도 못하고 있는데, 부속실에서 연락이 왔다. "다음 주 수석보좌관회의에서 돌아오는 광복절 경축사에 어떤 메시지를 담을 것인지 토론하겠다고 하십니다. 연설비서관이 발제를 하라고 하셨습니다." 노무현 대통령은 그 바쁜 와중에서도 참모들보다 먼저 생각하고 먼저 준비했다.

노무현 대통령은 임기가 끝나갈 무렵 책을 준비하기 시작했다. 회고록이 아니었다. 재임 때의 경험을 글로 남겨 후일에 참고가 됐으면 한다고 했다. 성공만이 아니라 실패의 기록도 남기고자 했다. 몇몇 비서관이 이 일을 돕는 데 참여했다. 회의를 할 때마다 대통령이 발제하고 토론을 주도했다. 그리고 숙제를 내주었다. 하지만 다음 회의 때 가장 성실하게 숙제를 해온 사람은 늘 대통령이었다.

김대중 대통령은 더 철저하게 준비했다. 세세한 부분까지 꼼꼼하게 챙겼다. 거울을 보며 연습하고, 리허설을 되풀이했다. 김 대통령이 연설문에 대해 어떤 생각을 가졌는지 밝힌 글이 있다. 자서전에 실린 내용이다.

나는 정치를 시작한 이래 연설문 작성에 심혈을 기울였다. 연설문에 많은 것을 담으려 했다. 집회가 있을 때면 연설 원고가 늘 걱정이었다. 원고가 완성이 안 되면 초조하기 이를 데 없었다.

정치에 발을 들여놓은 이래 헤아릴 수 없이 많은 연설을 했다. 한때는 정치가 곧 연설이라는 생각이 들었다. 그래서 혼신의 힘을 다해 원고를 작성했다. 중요한 연설문은 산통이 대단했다. 호텔 방을 전전하며 구상하고 수없이 다듬었다. (중략)

내 연설문은 어느 것 하나 허투루 작성하지 않았다. 정성을 들이고, 최선을 다했다. 내 자서전에는 연설문이 비교적 많이 실렸다. 그것은 어느 설명보다 어느 비유보다 내 연설문이 더 정확한 때가 많기 때문이다. 또한 당시의 내 철학과 비전, 열정과 가치가 고스란히 녹아 있기 때문이다.

─ 김대중,《김대중 자서전》, 삼인

김대중 대통령은 먼저 의견부터 듣기 시작했다. 광복절 연설의 경우, 두어 달 전부터 경축사에 담았으면 하는 내용이 전부처와 각종 위원회에서 올라왔다. 청와대 안팎의 사람들을 모아 식사를 하면서 직접 청취하기도 했다. 국민이 듣고 싶은 내용이 무엇인지 확인하고자 했다. 어느 한쪽의 얘기만 듣는 것도 경계했다. 진보 쪽 얘기를 들으면 보수진영의 얘기도 들어 균형을 잡으려고 했다. 그런 후 각종 자료를 검토했다. 공보수석실에서도 많은 참고자료가 올라갔다. 대통령은 어느 것 하나 그냥 지나치는 법 없이 모두 읽었다. 괜찮다 싶은 내용은 따로 놔뒀다가 다시 읽었다.

이를 통해 머릿속에 얼개가 서면 비로소 집필에 들어간다. 그리고 각고의 시간 끝에 연설문이 완성되면 직접 서서 읽어 본다. 그저 한 번 읽어보고 끝내는 것이 아니라 입에 완전히 붙을 때까지 읽고 또 읽었다. 혼자 해보기도 하지만, 어떤 때는 이희호 여사를 앞에 두고, 또 어느 때는 손녀처럼 생각했던 관저 비서팀의 장옥추 씨에게 들어보라며 연설을 했다. 그러다가 더 좋은 표현이 생각나면 수정했다. 글을 쓰는 시간보다 이렇게 퇴고하는 시간이 더 걸릴 만큼 철두철미하게 준비했다.

손녀뻘 비서 앞에서 연설을 해 보이는 일흔의 김대중 대통령을 머릿속에 그려보라. 정말 멋있지 않은가.

다시 노무현 대통령의 신년연설에 얽힌 이야기 두 토막.

2006년 1월 신년연설. 연설 시간이 40분으로 정해졌다. 대통령은 "신년연설에 뭘 담지?"라는 질문을 시작으로 다섯 차례에 걸쳐 열다섯 시간 동안 연설문 내용을 구술했다. 대통령이 검토한 자료만 해도 A4 용지 500장 분량이었다.

2007년 1월 임기 마지막 신년연설. 대통령은 대한민국이 지금 어디에 서 있으며, 어디로 가야 하는지 충정 어린 고언을 하고 싶었다. 그래서 오랫동안 준비했다. 집중도를 높이기 위해 원고를 낭독하지 않기로 했다. 즉석연설 방식을 택했다.

대통령은 두툼한 책 한 권 분량의 원고를 들고 생중계 카메라 앞에 섰다. 다 읽으려면 두 시간이 넘는 분량이었다. 시간을 맞추기 위해 원고 중간중간에 경과 시간을 표시해두었다.

그러나 대통령은 한 마디 한 마디를 건너뛸 수가 없었다. 오히려 원고에 없는 내용도 추가할 정도로 하고 싶은 말, 꼭 해야 할 말이 많았다. 결과는 안 좋았다. 대통령 스스로 "페이스를 잃었다"고 할 정도로 시간 조절에 실패했다.

준비 안 된 연설이라는 질타가 쏟아졌다. 하지만 대통령에겐 임기 중 가장 오랜 시간, 가장 심혈을 기울여 준비한 연설이었다.

8 대통령 전화받고
화장실에서 기어 나온 사연

메모하라, 적는 자만이 살아남는다

정약용, 아인슈타인, 링컨, 에디슨, 김대중, 노무현. 이들의 공통점이 하나 있다. 바로 메모의 달인이라는 것이다.

- **정약용** 사소한 메모가 총명한 머리보다 낫다는 '둔필승총鈍筆勝聰'(둔한 붓이 총명함을 이긴다)이란 말을 남겼다.
- **아인슈타인** "만년필과 종이, 휴지통. 이 세 가지만 있으면 어디든지 연구실"이라 할 정도로 아무리 작은 생각도 메모하는 습관을 가졌다.
- **링컨** 큰 모자 속에 늘 노트와 연필을 넣고 다녔다.
- **에디슨** 3,400권의 메모 노트가 그를 발명왕으로 만들었다.

김대중 대통령은 기억력이 좋은 것으로 유명하다. 그 배경에는 메모 습관이 있었다. '메모광'이란 별명을 얻을 만큼 매사에 꼼꼼히 기록했다. 상산 보고를 받거나 회의를 할 때도 메모 노트를 옆에 놓고 얘기했다. 사례를 들 때는 메모에 있는 때와 장소 등을 참고했다. 해야 할 일도 깨알같이 적어놓고 늘 챙겼다. 완료된 일은 줄을 그었다. 옥중 생활을 하면서도 틈틈이 메모하며 자신의 생각을 가다듬고 정리했다.

김 대통령의 독서 메모는 '대차대조 메모법'이라고 불렸다. 책을 읽다 중요하다고 생각되는 부분이 나오면 책의 여백이나 노트에 대차대조표를 그리듯이 도표를 그렸다. 도표 한쪽에는 책의 내용을, 다른 한쪽에는 자신의 의견을 적고 그 해법을 얘기했다. 생각이 묻혀 사장되지 않도록 철저히 메모했다.

김대중 대통령의 곁을 마지막까지 지킨 최경환 비서관은 《김대중 리더십》에서 이렇게 전한다. "대통령은 대화 중에도, 회의하는 가운데도 끊임없이 무언가를 적었다. 작은 손수첩을 많이 활용했다. 여기에 신문이나 읽은 책의 주요 내용, 정세와 대책, 각종 수치와 통계, 해야 할 일 등을 1, 2, 3 숫자를 붙여가며 일목요연하게 정리했다. 간혹 비서들이 깜빡 잊고 있는 일도 김 대통령의 수첩에는 고스란히 남아 있었다. 김 대통령이 참모들에게 과거에 지시한 사항을 확인하며 '그건 어떻게 돼가지요?'라고 물었다. 이렇게 물을 수 있었던 것은 머릿속에 기억하고 있었기 때문이 아니라 모두 메모에 남아 있었기 때문이다."

김대중 대통령은 1998년 취임한 후 자신만의 노트를 쓰기 시작했다. 여기에 국무회의 등 각종 회의에서 해야 할 이야기의 요지를 직접 적었다. 퇴임할 때 이 노트가 무려 27권이나 됐다. 1년에 다섯 권 이상의 메모를 한 것이다. 언론은 이를 '국정노트'라 불렀다. 퇴임 후에도 여섯 권의 노트를 남겼다. 마지막으로 남긴 것 중 하나가 노무현 대통령 추도사 요지였다. 말미에 '정부 반대로 하지 못함'이라고 적혀 있다.

이렇게 김대중 대통령은 평생 메모하고 쓰는 것으로 답을 찾아나갔다. 김 대통령의 이런 메모 습관은 단지 기억을 되살린다는 의미를 뛰어넘어 매일매일 글쓰기를 연마하는 과정이 아니었을까.

노무현 대통령도 늘 가까운 곳에 메모지를 놓고 살았다. 손바닥 두 배 크기쯤 되는 메모지였다. 여기에 생각날 때마다 수시로 메모를 했다. 회의 시간이나 연설할 때에는 양복 안쪽 호주머니에서 이 메모지가 나왔다. 보고서를 보거나 TV를 보다가, 혹은 책을 읽다가 생각나는 것을 적은 메모지였다. 어떤 것은 가로로, 어떤 것은 세로로, 또 어떤 것은 뒷면에도 쓰여 있고, 밑줄이 쳐 있거나 동그라미가 그려진 메모지도 있다. 대통령은 메모지를 이리저리 돌려 보면서 얘기를 하곤 했다.

연도는 정확하지 않지만, 신년에 경제인을 대상으로 연설하기 위해 대한상공회의소에 간 적이 있다. 노무현 대통령이 알아서 하겠다고 따로 연설문을 준비하지 말라고 한 자리였다. 연설을 하기 위해 연단에 선 대통령이 양복 안주머니를 뒤지다 난감한 표정으로 얘기했다.

"여러분께 드릴 말씀을 잔뜩 메모해놨는데, 아침에 옷을 갈아입으면서 두고 왔네요. 그런데 메모를 하면서 다 외웠으니 걱정 마시기 바랍니다."

맞다. 노무현 대통령에게는 메모하는 시간이 생각을 정리하고 생각을 발전시키는 시간이었다. 연설비서관실에도 자주 노 대통령의 메모가 내려왔다.

"연설문에서 우리가 쉽게 무의식적으로 쓰는 단어들에 대해 다시 한번 그 의미를 파악해보자. 예를 들면 우리가 '우리'라고 할 때 그것은 누구를 의미하는 것인지, 민족인지, 국가인지, 아니면 국민인지…"

연설비서관실 입장에서 송구하고 괴로웠던 메모도 있다. 대통령이 연설비서관실에서 보고한 원고를 읽지 않고 본인이 직접 준비해서 연설한 후, 준비해 간 메모를 참고하라고 보내주는 경우다.

메모는 메모지에만 하지 않았다. 노 대통령은 이지원e知圜이라는 청와대 내부 전산망 안에 '실마리 파일'이라는 기능을 만들어놓고 글쓰기거리가 떠오를 때마다 메모를 했다. 쓰고 싶은 글이 있으면 시간 날 때마다 이곳에 들어와 조금씩 살을 붙여나갔다.

오바마는 진보시대의 진보 대통령이 될 것이라는 기대를 모았습니다. 그런데 오바마의 개혁이 주춤거리거나 방향을 바꾸고 있다는 기사들이 나오고 있습니다. (중략) 개혁이 흔들리는 사례와 개개의 원인, 근본적인 원인 등에 관한 자료를 모아봅시다.

노무현 대통령이 서거 이틀 전에 '사람 사는 세상' 사이트 자료 찾기 게시판에 남긴 메모 글이다.

노무현 대통령은 김대중 대통령과 마찬가지로 독서 중에도 부지런히 메모를 했다. 활용할 만한 내용은 책갈피마다 포스트잇을 붙여 표시해두었다. 일종의 독서 노트였던 셈이다. 노대통령의 메모 습관은 개인 차원을 뛰어넘었다. 훗날 참고가 되도록 국가 차원에서 대통령의 국정기록을 관리하도록 했다. 공사석에서 이루어지는 대통령의 모든 발언과 대통령이 주재하는 모든 회의 등을 있는 그대로 기록했다. 대통령에게 보고되는 문서는 물론, 이에 대한 대통령의 지시와 그 지시에 대한 참모들의 후속조치 등도 이지원 시스템에 낱낱이 기록됐다.

사실 이러한 기록관리 시스템은 김대중 대통령 때부터 비롯되었다. 2000년 '공공기관의 기록물관리에 관한 법률'을 만들어 체계적으로 국가기록을 남기기 시작한 것이다. 이렇게 보면 두 대통령은 개인적인 메모광이었을 뿐 아니라, 체계적인 국가기록관리의 기틀을 세운 장본인이었다.

글쓰기와 메모는 불가분의 관계에 있다. 나는 그것을 직접 몸으로 경험했다.

장면 1

2000년 8월 청와대 근무를 결정한 후, 출근 전 마지막 여유를 즐기려고 강원도로 가족여행을 갔다. 한참 해수욕을 하고 있는데 백사장에 있던 아내가 빨리 전화를 받아보라고 한다. 당시 고도원 연설담당비서관이었다. 김대중 대통령에 관해 공부한 후 출근하라면서 책 제목을 마구 불러댄다. 손에 가진 것은 아무것도 없고 달랑 수영팬티만 입고 있던 터였다. 나는 손가락에 불이 나도록 모래에 메모를 했다. 그때만 해도 청와대 비서관은 '딴 나라' 사람이어서 감히 조금 있다 전화하자는 소리를 못했다.

장면 2

2006년 어느 일요일이었다. 화장실에 있는데 관저 부속실에서 전화가 왔다. 대통령이 통화를 원하신다는 전화였다. 마침 휴대전화를 들고 있어 연결해달라고 했다. 용무 중이니 조금 후에 통화하겠다고 하는 것은 너무 불경스러워 보였다. 노무현 대통령이 얘기를 하기 시작했다. 잠깐일 것으로 생각하고 머릿속에 기억하기 위해 최대한 집중했다. 점점 더 길어진다. 수화기를 막고 안방에 있는 아내를 불러야 하나? 그러기에는 대통령이 얘기하는 속도가 너무 빨랐다. 한 마디도 놓쳐선 안됐다. 급기야 한계에 다다랐다. 도저히 외울 수가 없다. 대통령의 얘기를 들으면서 화장실을 기어 나와 메모지를 찾았다.

　그 뒤로는 화장실, 자동차, 침대, 가방 등 모든 곳에 메모지를 놔두었다. 또한 어딜 가든지 수첩을 챙기는 버릇이 생겼다. 지금은 휴대전화의 메모 기능을 활용하지만, 이전만 해도 수첩을 손에 들지 않으면 왠지 불안 증세를 보였다.

'적자생존'이란 말이 있다. 적는 자만이 살아남는다. 글쓰기의 세계에서는 더욱 그렇다.

청와대 생활과 과민성대장증후군

청와대 생활이란 게 긴장의 연속이다. 하루하루가 살얼음판을 걷는 것 같다. 그런 점에서 '오늘도 무사히'란 구호는 택시 기사님들에게만 필요한 것은 아니다. 연설비서관실은 더욱 그러하다. 하루에 평균 두세 개 정도의 일정을 소화하는 대통령. 이 모든 일정에는 말과 글이 따른다. 여기에 영부인의 말과 글까지 연설비서관실의 몫이다.

연설문과 관련한 사고 유형은 다양하다. 내용 중에 사실관계가 틀린 것이 있거나, 대통령이 주문한 내용을 빠트렸거나, 오탈자가 있거나, 대통령이 읽을 낭독본 출력을 잘못했거나 등등 어디서 터질지 모르는 지뢰밭을 조심조심 피해가는 게 연설비서관실의 일이다.

감당할 수 없을 만큼 힘든 적도 있었다. 청와대 생활 6년 차, 참여정부 3년 차였다. 사임 의사를 밝혔다. 노무현 대통령이 관두면 뭐할 거냐고 물었다. 고등학교 교사를 생각하고 있다고 말씀드렸다. 대통령은 알겠다고 했다. 며칠 후 이병완 비서실장이 보자고 했다. "대통령께서 연설비서관 일이 너무 힘들어서 그런 것 같으니 휴직을 시켜주든지 하라고 했다"고 한다. 너무 감사했다. 결국 다시 일을 했다.

긴장의 연속이었던 8년간의 청와대 생활은 내게 과민성대장증후군(과민대장증후군)이란 달갑지 않은 선물을 선사하기도 했다. 2002년 국장 진급 임명장을 받는 날이었다. 청와대 행사라는 게 아무리 사소한 것이라도 문제가 된다. 지각을 하거나 예행연습에 불참하는 일은 있을 수 없다.

과천에서 경복궁역까지 지하철을 타고 다니던 나는 그날도 넉넉하게 집을 나섰다. 긴장해서인지 아랫배에 신호가 와서 급히 신용산역에서 내렸다. 아니나 다를까 화장실에 빈칸이 없다. 줄을 서서 기다렸다. 도저히 안 돼 칸칸마다 두드리며 호소했다. 그러나 야속하게도 물 내리는 소리는 들리지 않았다. 결심했다. 대통령 임명장을 받는 날, 사고가 나선 절대 안 됐다. 바지를 내리고 급한 대로 소변기에 앉았다. 화장실에 들어오는 사람들과 눈이 마주쳤다. 사람들이 뭔지 모르지만 귀신에 홀린 듯 순간적으로 엄청난 혼돈을 느끼며, 못 들어올 데 들어온 사람처럼 화들짝 놀라 나갔다. 난 그때 처음 알았다. 남자 소변기가 이렇게도 쓰일 수 있다는 것을.

2005년 제86주년 3·1절 기념사 준비회의. 참석자는 노무현 대통령과 윤태영 부속실장, 그리고 나뿐이었다. 대통령은 독립기념관에 다녀온 소회를 밝히며 기념사에 들어가야 할 내용을 구술했다.

"구한말, 개화를 둘러싼 의견 차이가 논쟁을 넘어서 분열로 치닫고, 마침내 지도자들이 나라와 국민을 배반한 역사를 보면서 오늘 우리가 무엇을 해야 할 것인지에 대해서 깊이 생각해보았습니다."

대통령의 구술이 짧게 끝날 것 같지 않다는 예감이 들면서 배가 아파오기 시작했다. 식은땀이 났다. 차마 말씀드릴 수가 없었다. 진지하게, 열정적으로 얘기하는 대통령에게 입이 떨어지지 않았다. 대통령은 다음 일정이 있어 시간도 없었다. 그러나 도저히 참을 수가 없었다. 더 큰 결례를 범할 수는 없어 한창 말씀 중인데 벌떡 일어섰다.

"대통령님!"

대통령이 놀랐다. 그러나 곧 내 표정으로 상황의 위중함을 알아챈 듯했다.

"다녀오게."

대통령 집무실 문을 박차고 나갔다. 밖에 있던 경호원도 깜짝 놀랐다. 최대한 빠른 속도로 용무를 보고 돌아오니 대통령은 아무 일도 없었다는 듯 이렇게 얘기했다.

"아까 어디까지 얘기했지?"

2007년 제2차 남북정상회담 북행길. 역사적인 회담을 앞두고 나에겐 큰 걱정이 하나 있었다. 육로를 통해 평양까지 올라가야 한다는 것. 또다시 화장실이 문제였다. 노무현 대통령과 함께 하나의 대오를 갖추어 올라가야 한다. 만약 내가 차를 세우면 대통령도 서고 모두가 서는 것이다. 그렇다고 버스 안에서 용무를 볼 수도 없지 않은가. 생각만 해도 머리카락이 쭈뼛 서는 것 같았다. 나는 장 내시경 검사를 할 때처럼 하루 전날 관장약을 먹고 장을 완전히 비웠다. 그러고는 아무것도 먹지 않았다. 꼬박 서른 시간 가까이 지나 평양에서 식사를 했다.

나는 지금도 과천에서 청와대 가는 길에 어떤 건물에 화장실이 개방되어 있고, 어느 지하철 역 화장실이 깨끗한지 모두 꿰고 있다.

9

"무슨 얘기를 하려는지 모르겠네"

글이 횡설수설하지 않으려면

노무현 대통령에게 들은 꾸지람 중에 가장 얼굴을 붉히게 했던 말은 "무슨 얘기를 하려는지 모르겠네"다. 글쓰기 최고의 적은 횡설수설이다. 횡설수설한 글은 읽는 사람을 짜증 나게 한다.

두 대통령 모두 횡설수설하는 글을 가장 싫어했다. 한 말 또하고 또 하고, 다음 얘기로 넘어가나 싶더니 다시 처음 얘기로 돌아가고, 이리 갔다 저리 갔다 오락가락하는 글. 좀 심하게 얘기하면 술 취해 걷는 갈지자걸음의 술주정이다.

왜 그런 현상이 벌어지는가? 이유는 두 가지다. 우선은 쓸데없는 욕심을 내기 때문이다. 글을 멋있게, 예쁘게, 감동적으로 쓰려고 욕심을 내면 나타나는 몇 가지 현상이 있다.

첫째, 길어진다. 이 얘기도 하고 싶고 저 얘기도 하고 싶고, 이 내용도 넣고 싶고 저 내용도 넣고 싶고. 중언부언하게 된다. 글쓰기야말로 자제력이 필요하다.

둘째, 느끼해진다. 미사여구가 동원되고 수식이 많아진다. 프랑스 철학자 볼테르가 재미있는 말을 했다. "형용사는 명사의 적이다." 꾸밀수록 알쏭달쏭해진다는 것이다.

셋째, 공허해진다. 현학적인 말로 뜬구름을 잡고 선문답이 등장한다. 꽃이 번성하면 열매가 부실한 법. 결과적으로 자기는 만족하는데, 실속 없는 글이 된다.

말하는 것도 마찬가지다. 욕심이 드는 순간, 헤매게 된다. 준비한 대로 말하지 못할까 봐, 실수할까 봐 두렵고 떨리기까지 한다. 하지만 청중은 말하는 사람이 무엇을 준비했는지, 무엇이 틀렸는지 모른다. 사람들은 남의 말에 그다지 관심이 없다.

몇 가지만 명심하면 욕심에서 벗어나 횡설수설하지 않는다. 가급적 한 가지 주제만 다루자. 이것저것 다 얘기하려고 욕심 부리지 말고. 음식점도 뭐 하나를 똑소리 나게 잘하는 집을 잘 기억하지 않는가. 감동을 주려고 하지 말자. 하려고 해서 되는 게 아니다. 힘을 빼고 담백해지자. 거창한 것, 창의적인 것을 써야 한다는 조바심을 버리자. 태양 아래 새로운 것은 없다. 모방과 벤치마킹을 부끄러워 말자. 다르게 읽으면 그것이 새로운 것이다. 반드시 논리적일 필요도 없다. 진정성만 있으면 된다. 논리적인 얘기보다 흉금을 터놓고 하는 한마디가 때로는 더 심금을 울리기도 하니까.

횡설수설하는 두 번째 이유는 할 얘기가 분명하지 않기 때문이다. "나는 쓰고 싶은 내용은 많은데, 막상 글로 쓰려면 잘 안 써진다"고 하는 사람이 있다. 그것은 쓰고 싶은 의욕만 있을 뿐, 쓸 내용은 아직 준비가 안 된 것이다. 할 얘기가 분명하면 횡설수설하지 않는다. 요점만으로 간략히 정리가 된다. 분명하지 않으니까 글이 오락가락 길어지는 것이다. 《인문학 글쓰기를 위하여》의 저자 김동식 교수는 이러한 문제를 다음과 같이 지적한다. "생각의 길이와 글의 길이를 서로 같게 한다는 원칙에 충실해야 한다. 생각을 충분히 드러내기에 말이 부족하면 글이 모호해지고, 생각은 없이 말만 길게 늘어뜨리면 글이 지루해지기 마련이다."

오락가락하지 않으려면 세 가지가 명료해야 한다. 첫째는 주제다. 하고 싶은 말이 무엇인가, 나는 이 글을 통해 무엇을 전달하고자 하는가, 이 글을 읽은 사람의 머릿속에 어떤 말 한마디를 남기고 싶은가. 둘째, 뼈대다. 글의 구조가 분명하게 서 있어야 한다. 셋째, 문장이다. 서술된 하나하나의 문장이 군더더기 없이 명료해야 한다.

느낀 그대로, 아는 만큼 쓰자. 최대한 담백하고 담담하게 서술해 나가자. 그러면 결코 횡설수설한 글이 되지 않는다.

10

비장함이야?
축제 분위기야?

기조를 잡아라

글쓰기에서 '기조'가 무엇인지 설명하기는 쉽지 않은데, 간단히 말하면 글의 '분위기'라고 할 수 있다. 예를 들면 광고에서 말하는 톤&매너Tone&Manner, 영화나 연극에서 얘기하는 무드mood, 패션에서의 스타일, 음악의 음조, 회화의 색조 같은 것이다. 쉽게 설명하면 이렇다.

"이번 경찰의 날 연설문은 격려야, 질타야?"

"돌아오는 광복절 연설문은 밝게 갈 거야, 무겁게 갈 거야?"

"무역의 날 연설은 비장함이야? 축제 분위기야?"

이에 대한 답을 찾는 과정이 기조 잡기다.

다시 언급하고 싶지 않은 일이지만, 2004년 6월 이라크에서 고故 김선일 씨가 피랍됐을 때 대통령 담화문의 기조를 잡는 일은 쉽지 않았다. 아직 그의 생사가 확인되지 않은 상황이었다. 테러 행위에 대해 강도 높게 비난하면 피랍자의 안전이 염려됐다. 그렇다고 납치 행위에 굴복하는 듯한 뉘앙스를 남을 수도 없는 일이었다. 게다가 당시 국내에서는 기독교 신자와 비신자 간에 피랍 사태를 보는 느낌이 서로 달라 이 또한 기조를 잡는 데 어려움을 가중시켰다. 이러한 상황에서 담화문의 기조를 단호함으로 갈 것인지, 절절한 호소로 할 것인지, 차분한 설득으로 할 것인지 정해야 했다.

광복절 경축사나 3·1절 기념사를 작성할 때도 마찬가지 어려움에 부딪힌다. 바로 일본에 관한 언급 수위 때문이다. 당시 한일관계 등을 고려하여 강경하게 갈 것인지, 담담하게 갈 것인지를 정한다.

기조는 크게 보면 두 가지 방법으로 접근할 수 있다. 바로 논리적 접근과 정서적 접근이다. 대개 지도자들은 논리적 접근을 좋아한다. 정서적인 부분은 양념 정도로 생각한다. 그런데 부처에서 올라온 연설문 초안을 보면 정서적으로 접근한 것이 많다. 2007년 10월 노무현 대통령과 김정일 국방위원장의 제2차 남북정상회담 당시 통일부 초안이 그랬다. 정서적으로 호소하는 글이었는데, 언뜻 보았을 때는 마음을 움직였다. 하지만 결국 그 초안을 단 한 줄도 쓰지 않았다. 노무현 대통령은 콘텐츠를 전하려고 하기 때문에 논리적인 기조를 선택할 수밖에 없었다. 물론, 정서적인 접근으로 점수를 따야 할 때가 없는 것은 아니다.

기조를 잡을 때 중요한 것은 글 쓰는 사람의 목적과 이유다. 글 쓰는 목적이 주장인지, 설득인지, 설명인지, 호소인지, 당부인지, 반박인지, 질타인지, 제안인지, 사과인지에 따라 기조가 바뀐다. 글 쓰는 목적이 '설명'에 있다면 객관적으로 담담하게 써 내려가야 한다. 하지만 '주장'이 그 목적이라면 주관적으로 자신의 단호한 입장을 밝히는 게 중요하다. 또 글 쓰는 이유가 무엇인가에 따라서도 기조를 달리해야 한다. 그러기 위해서는 글을 쓰는 이유가 지식을 전달하기 위함인지, 감동을 주기 위함인지, 아니면 행동을 유발하기 위함인지, 재미를 주거나 칭찬, 격려하기 위함인지를 명확하게 할 필요가 있다. 이승철 전 《경향신문》 논설위원에 따르면 신문 사설도 설명형, 비판형, 설득형, 칭찬형으로 나뉘며, 해당 이슈의 성격에 따라 각각에 맞는 흐름을 쓴다고 한다.

기조에 따라 전달 형식이 달라지기도 한다. 대통령이 담화문을 발표할 것인지, 기자회견을 통해 전달할 것인지, 연설을 할 것인지, 아니면 편지 형식으로 부드럽게 전달할 것인지를 결정하게 된다. 한미 FTA 체결과 관련해서도 기조가 설명인지, 설득인지, 호소인지, 아니면 반박인지에 따라 발표하는 형식이 달라졌다. 기조에 따라 문체도 결정된다. 강건체와 우유체, 간결체와 만연체, 건조체와 화려체 중에 적합한 문체를 고르게 되어 있다.

물론 기조는 가급적 일관성을 유지하는 게 좋다. 글의 흐름은 그것을 쓴 사람의 고유한 스타일 같은 것이기 때문이다. 또한 어떤 사안에 대한 기조는 해당 사안에 대한 그 사람의 입장이 되기 때문에 기조가 자주 바뀌면 곤란하다. 이러한 일관성 측면에서 김대중 대통령은 철저했다. 일례로 한일관계 발언이 그렇다. 비판의 수위를 높인 때도 있지만, 우리 역사와 문화에 대한 강한 자긍심을 바탕으로 연속성을 가져갔다. 그 연속성의 기조는 한국과 일본은 떼려야 뗄 수 없는 관계라는 것이며, 이러한 인식에 기초하여 역사 문제, 문화 개방 등에 관한 해법을 내놓았다. 김대중 대통령의 노벨평화상 수상 이유 중에 한일관계 개선이 들어 있는 것도 이런 이유에서다. 국민의 정부 핵심이념이 된 민주주의와 시장경제의 병행 발전론과 생산적 복지론, 그리고 외환위기 극복 과정에서의 경제개혁 논리도 그가 1970년대 주창한 '대중경제론'에 뿌리를 두고 있다.(류상영,《김대중과 대중경제론》, 연세대학교)

기조를 잡을 때 고려해야 할 사항은 이 밖에도 많다. 대상이 전 국민인가, 특정 직군의 사람들인가. 거대담론 형식으로 가져갈 것인가, 현안 중심으로 작게 가져갈 것인가. 차분하게 설명할 것인가, 각을 세워 도발적으로 반론할 것인가. 대외문제로 접근할 것인가, 대내문제에 국한할 것인가. 미래 얘기에 중점을 둘 것인가, 당면 과제에 초점을 맞출 것인가. 겸손하게 갈 것인가, 당당하게 갈 것인가.

김대중 대통령이 임기를 1년여 남겨둔 2001년 초, 벤처 비리가 불거져 국민정서가 좋지 않았다. 대통령은 신년사에서 어느 수위로 국민에게 사과를 표명할 것인지를 두고 고민이 많았다. 사과하는 표현에도 수위가 다양하지 않은가. '유감이다'에서부터 '사과한다', '송구하다', '면목 없다', '죄송하다', '사죄드린다', '참담한 심정이다'에 이르기까지.

　기조가 잡혔다고 해서 기조에만 매몰되어선 안 된다. 모든 사안에는 이해 당사자가 많다. 대표적으로 임금이나 근로조건과 관련한 얘기를 할 때에는 노동자와 사용자 모두를 고려해야 한다. 어느 일방을 칭찬한 결과가 다른 일방에게는 큰 상처가 될 수 있기 때문이다. 또한 어떤 경우 엄하게 질책하는 쪽으로 분위기를 정했다 할지라도 시종일관 그쪽으로 몰고 가는 것은 문제가 있다. 칭찬 쪽으로 정한 경우에도 일방적으로 칭찬만 하면 오히려 의례적으로 들릴 수 있다. 주된 기조로 80%, 그렇지 않은 쪽으로도 20% 정도를 안배하는 게 좋다. 이에 대해 노무현 대통령은 이렇게 말한 적이 있다.

　"모든 진실에는 흑백이 없다."

　글에만 기조가 있는 것은 아니다. 사람에게도 기조란 게 있다. 성격일 수도 있고, 성향일 수도 있다. '그 사람 어떤 사람이야?'라고 물었을 때, '어떤'에 해당하는 게 기조가 아닐까 싶다. 그런데 한마디로 답하기가 쉽지 않다. 그만큼 기조 잡기는 어려운 것이다.

11

짚신으로는
나물을 만들 수 없습니다

자료가 관건이다

한 줄 쓰고 나면 더 이상 쓸 말이 없다? 자료 부족 때문이다. 누구나 자신의 머릿속에 있는 것만으로는 글을 쓸 수 없다. 자료 확보가 필수적이다. 소설가 김훈은 《글쓰기의 최소 원칙》이란 책에서 좋은 글의 조건을 이렇게 말했다. "정보와 사실이 많고, 그것이 정확해야 되며, 그 배열이 논리적이고 합리적이어야 한다." 여기서 절반이 자료 찾기와 관련이 있다. 많고 정확한 정보와 사실이 바로 그것이다.

글은 자신이 제기하고자 하는 주제의 근거를 제시하고 그 타당성을 입증해 보이는 일종의 싸움이다. 이 싸움은 좋은 자료를 얼마나 많이 모으느냐에 따라 성패가 좌우된다. 자료가 충분하면 그 안에 반드시 길이 있다. 자료를 찾다 보면 새로운 생각이 떠오른다. 때로는 애초에 의도했던 방향과 전혀 다른 쪽으로 글이 써지기도 한다. 자료와 생각의 상호작용이 낳은 결과다.

자료는 글 주제와 얼개의 종속변수가 아니다. 주제가 정해지고 얼개가 짜인 후, 거기에 따른 부속물로 자료 찾기가 존재하지 않는다는 말이다. 어떤 경우에는 자료를 찾는 과정이, 혹은 자료 찾기의 결과가 주제를 바꾸고 얼개를 수정하게도 한다. 자료를 찾아서 정리해보면 자신이 정해놓은 주제나 짜놓은 얼개를 수정해야 할 필요성을 느끼게 된다. 주제와 얼개 짜기 단계에서 막혀 있을 때도 관련 자료를 읽다 해결의 실마리를 찾게 되는 경우도 많다. 그런 점에서 자료 찾기는 글의 주제와 얼개를 만드는 핵심 과정이다.

2000년 여름, 청와대 첫 출근 날. 영상 메시지 한 건과 서면 메시지 한 건을 쓰라는 지시를 받았다. 참 막막했다. 해당 비서실에서 보내온 초안이 있었지만, 그것만으로는 턱없이 부족했다. 그날부터 보름간 야근에 들어갔다. 김대중 대통령이 정치활동을 시작한 때로부터 당시까지의 어록을 모두 모았다. 관련 서적을 비롯해 자서전 등 뒤질 수 있는 것은 전부 뒤졌다. 그렇게 모은 자료를 주제별로 분류했다. 얼추 초등학교 전과 두세 권 분량이었다. 역사·철학·종교·문학에서 정치·경제·외교·국방까지 모든 분야를 망라한 거대한 백과사전이 만들어졌다. '주제별 어록'이란 책으로 가제본을 하여 대통령에게도 보여드렸다. 이후 나는 연설문을 쓸 때마다 그것을 찾아봤다. 모든 실마리를 거기서부터 찾았다. 김대중이란 거인의 글을 보좌할 수 있는 힘이 그곳에서 나왔다. 나는 난쟁이였지만 거인의 어깨 위에 목말을 타고 있었다.

글쓰기의 시작은 자료 찾기다. 자료 찾기는 또한 글 쓰는 두려움으로부터 나를 해방시킨다. 세상에 흔한 게 자료다. 요즘은 특히나 그러하다. 그 자료 중에 필요한 것을 찾아 내가 쓰려는 내용에 끼워 맞추면 된다. 어려운 일이 아니지 않은가. 어찌 보면 글쓰기는 자료 찾기 기술에 달려 있다 해도 과언이 아니다.

자료는 많다. 제재 혹은 글감은 책·포털사이트·메모·생각·경험·기억·광고·속담·신문·잡지·TV, 이 모든 것에 있다. 자료는 이미 있는 것에 국한되지도 않는다. 답사·면담·설문조사 등을 통해 자신이 필요로 하는 자료를 새롭게 만들어낼 수도 있다. 기억, 관찰과 상상도 넓은 뜻에서 자료일 수 있다. 이 자료들은 상호작용을 한다. TV를 보면서 생각이 떠오르고, 그것을 포털사이트에서 찾는다. 이렇게 이종교배를 하면 할수록 자료는 신선해지고 내 것이 된다.

대통령이란 자리는 끊임없이 자료를 접하게 된다. 자료는 판단의 근거가 되기도 하고, 말과 글의 재료가 되기도 한다. 김대중 대통령은 자료를 꼼꼼히 찾아 읽는 것으로 유명하다. 대통령 취임 전 동교동 시절에는 지하실 서고에 1만 5,000권의 장서와 신문철을 두고 여기서 자료를 찾았다고 한다. 인터넷이 없던 시절이었다. 대통령이 되고서도 자료에 대한 애착이 강했다. 그냥 버려지는 자료는 없었다. 어떤 자료는 두 번 세 번 읽어서 완벽하게 숙지했다. 중요하다 싶은 자료는 안주머니에 챙겨 넣었다. 어려운 자료는 본인 것으로 만들어 새롭게 재가공했다.

노무현 대통령도 누구보다 열심히 자료를 읽었다. 방대한 자료에서 요점을 짚어내는 능력이 뛰어났다. 아무리 긴 보고서도 쓱 한번 훑어보면 행간은 물론 그 이면에서 하고자 하는 이야기까지 간파해냈다.

충분한 자료 조사가 살아 있는 연설문을 만든다. 핵심 메시지를 뒷받침할 수 있는 현황·실적·인용 문구·정책·통계·외국사례 등 소재를 잘 발굴해야 한다. 미국 백악관의 경우, 연설문을 쓰는 사람 수보다 더 많은 조사팀을 별도로 운영한다.

노무현 대통령의 연설문을 쓰면서 활용했던 자료는 크게 세 가지다.

첫째, 노무현 대통령이 얘기한 내용. 이것이 가장 중요하다. 취임 전부터 하신 말씀을 모두 모았다. 취임 후 행사는 물론, 각종 회의에서의 발언을 그때그때 실시간으로 추가했다. 대통령의 모든 말과 글이 한곳에 모아졌다. 처음에는 연설문을 쓰기 위한 자료로 모으기 시작했지만, 5년이 지나고 보니 그 자체가 역사 기록이 됐다.

두 번째 자료는 해당 비서실에서 보내온 초안.

세 번째 자료는 포털사이트에서 찾았다. 《유혹하는 글쓰기》에서 스티븐 킹은 말한다. "글쓰기는 집을 짓는 것과 같으며, 좋은 집을 짓기 위해서는 연장통을 잘 갖춰놓아야 한다." 내게 포털사이트는 훌륭한 연장통이다. 연장통 쓰는 요령은 이렇다. 포털사이트의 '뉴스'를 클릭한다. 우측 상단의 '검색' 을 클릭한다. '뉴스 상세검색'을 클릭한다. 검색어를 입력하고, 하단의 '칼럼'을 클릭한다. 예를 들어, 도서관에 관한 글을 쓰기 위해 '도서관'을 검색하면 이에 관한 통계나 사례 등을 풍부하게 얻을 수 있다. 검색된 칼럼이 너무 많은 경우에는 '제목에서만'을 클릭하면 된다. 지금도 글을 쓸 때 이 방법을 쓴다. 거의 모든 주제에 관해 쓸 말이 준비되어 있다. 그래서 자주 이 방법을 추천하기도 한다. 자료를 완벽하게 찾아놓고 글을 쓰기보다는 쓰면서 찾아가는 것도 좋은 방법이다.

우선, 자료 찾기는 자기 글이 실리는 매체나 말해야 하는 행사에 대한 연구로부터 시작해야 한다. 어느 행사에 가서 말을 해야 하는 경우라고 가정해보자. 일시, 장소에서부터 참석자 현황, 그 행사와 관련된 최근의 보도 내용, 행사 관련 이슈, 행사 주제 등을 면밀히 살펴봐야 한다. 똑같은 말을 하더라도 말을 하는 장소와 그날의 청중에 따라 다르게 들리기 때문이다. 글쓰기도 마찬가지다. 자신의 글이 언제 어느 지면에 실리는지, 내 글을 읽는 독자는 누구인지를 철저히 파악해야 한다. 이른바 '판을 읽는' 과정이다. 이 과정을 소홀히 하면 봉창 두드리는 글을 만들어낼 수 있다.

그다음으로 찾아봐야 할 것이 내가 얘기하고자 하는 핵심 메시지에 관련된 자료다. 이 핵심 메시지 관련 자료도 가장 가까운 곳에서부터 찾아보는 게 좋다. 글을 쓸 때 먼 곳에서 자료를 찾으려고 구천을 헤매는 경우가 많다. 시간만 낭비하고, 설사 찾았다 한들 공허한 소리가 되기 십상이다. 파랑새는 우리 집에 있는 경우가 대부분이다.

대통령 연설문의 경우, 대통령이 했던 말을 찾아보는 것이 가장 빠른 길이다. 방대한 발언록을 샅샅이 뒤지면 어딘가에 분명 답이 있다. 김대중 대통령은 경제·역사·철학·정치·문학·종교 등 모든 분야에서, 세부적으로는 어린이·여성·전쟁·건강 등 모든 사안에 대해 자신의 콘텐츠가 있었다. 이처럼 방대하지는 않지만 노무현 대통령 역시 마찬가지다. 내 노력이 부족해서 못 찾고 있을 뿐이라는 생각으로 찾다 보면 실제로 반드시 있다. 그것이 기본에 충실한 자료 찾기다. 멀리 가지 말고 자기 주변에서부터 찾아보자.

그다음에는 인터넷 검색에 들어가자. 인터넷 발품만 열심히 팔면 된다. 10분 말하려면 100시간을 공부해야 한다는 말이 있다. 그만큼 자료 찾는 데 공을 들여야 한다. 다른 사람의 글을 보고 참고하는 것을 꺼려할 필요는 없다. 그 글을 보면서 상상하고 변형하고 살을 붙여나가면 된다.

초등학교 시절, 계몽사에서 나온 글짓기 책이 있었다. 장르별로 모범적인 글이 한 편씩 실려 있는 책이었다. 줄잡아 백 번은 읽었던 것 같다. 글짓기를 할 때마다 그 책을 펼쳤다. 읽다 보면 생각이 떠올랐다. 그 책이 나의 글짓기 보물창고였던 셈이다.

고등학교 3학년 때에는 국어 교과서에 실린 한국의 현대시에 푹 빠졌다. 특히 퇴폐적 낭만주의 경향의 시에 빠져들었다. 박종화 시인의 〈사의 예찬〉은 아직도 내 귀에 맴돈다.

검은 옷을 해골 위에 걸고
말없이 주토朱土빛 흙을 밟는 무리를 보라.
이곳에 생명이 있나니
이곳에 참이 있나니
…

기나긴 이 시를 다 외울 즈음, 야간 자율학습 시간에 내 시를 칠판에 써놓기 시작했다. 그때의 경험은 남의 글을 따라 쓰는 것이 글쓰기 연습에 많은 도움이 된다는 것을 깨닫게 해주었다.

대학에 와서는 도서관이 자료의 보고寶庫였다. 여기서 모든 글쓰기 숙제가 손쉽게 해결됐다. 그때는 이어령 선생의《문장대백과사전》이 나의 글쓰기 가이드북이었다. 이제는 이 모든 게 인터넷 검색으로 손쉽게 해결된다.

단, 조심할 것이 있다. 표절은 안 된다. 어떤 경우에도 표절은 삼가야 한다. 부처로부터 연설문 초안을 받아보면 간혹 연설비서관실에서 손을 댈 필요도 없이 완벽한 초안이 오는 경우가 있다. 그럴 때는 과거 다른 대통령의 연설문을 다 찾아본다. 일부 문안을 그대로 갖다 쓴 것을 발견하기도 한다. 한 부처에서 그런 적이 있어 윗선에 엄중하게 따져 물은 적이 있다. 확인을 하지 않고 그대로 썼다고 가정해보자. 노무현 대통령이 이전 대통령의 연설문을 그대로 읽은 것이 된다. 이게 용납이 되겠는가.

글쓰기 자료를 음식 재료에 비유해 표현하면 다음과 같다.

첫째, 풍성할수록 좋다. 음식 재료가 풍부할수록 좋은 음식을 만들 수 있는 것과 마찬가지다.

둘째, 음식에 맞는 재료여야 한다. 카레 요리를 짜장 재료로 만들 수는 없다.

셋째, 믿을 만한 것이어야 한다. 출처가 분명하고 가짜가 아니어야 한다. 그렇지 않으면 부작용이 크다.

넷째, 싱싱할수록 좋다. 제조일이 최근 것일수록 좋다.

다섯째, 색다른 것이면 더욱 좋다. 재료가 새로우면 더욱 맛이 있다.

2005년 5월 우즈베키스탄 국빈 만찬 답사 초안을 보고했을 때였다. 노무현 대통령은 이런 코멘트를 달아 비서실로 다시 내려보냈다.

"딱히 흠 잡을 데도 없으나 썩 마음에 들지도 않습니다. 좋은 소재가 없기 때문인가 싶기는 합니다만, 짚신으로 맛있는 나물을 만들어내야 훌륭한 요리사라 할 수 있지요."

늦었지만 노무현 대통령께 한 말씀 드리고 싶다.

"대통령님, 짚신으로는 나물을 만들 수 없습니다."

12

글쓰기는 결국
얼개 짜기에 달렸다

글의 구조를 만드는 법

'골조를 세운다.'

'구조를 짠다.'

'스킴scheme을 잡는다.'

'아우트라인outline을 그린다.'

다르게 표현해도 이 글들이 의미하는 바는 한 가지다. 글의 구성 혹은 배열, 전체 구도를 짜는 것을 의미한다. 어떤 순서와 논리로 글을 엮을 것인지 틀을 짜고 뼈대를 세우는 것에 관한 이야기다.

이 과정이 필요한 이유는 다섯 가지다.

첫째, 글을 쓸 때 길을 잃지 않기 위해서다.

둘째, 하고자 하는 이야기 간의 분량 안배를 위해서다.

셋째, 하고자 하는 얘기가 누락되지 않도록 하기 위해서다.

넷째, 앞에 나온 이야기가 뒤에 또 나오는 중복을 피하기 위해서다.

다섯째, 전체적인 통일성과 일관성을 유지하기 위해서다.

노무현 대통령은 글의 체계를 세운다고 말했다. 또는 얼개를 짠다고도 했다. 글쓰기 로드맵을 그리는 이 과정을 매우 중시했다.

일반적으로 글쓰기 책에서는 '개요 작성'이라고 하며, 크게 전개적 구성과 종합적 구성, 두 가지로 분류한다. 전개적 구성에는 시간적 구성과 공간적 구성 방식이 있으며, 종합적 구성에는 단계적 구성(기-승-전-결 등), 포괄적 구성(두괄식, 미괄식, 양괄식), 열거식 구성, 점층식 구성이 있다.

그러나 내가 보기에 얼개 짜기는 두 가지 중 하나다. 중요한 얘기를 앞에 두느냐, 아니면 뒤에 두느냐. 신문 기사는 전자의 대표적인 경우다. 반대로 발단-전개-절정-결말 식으로 고조시켜 중요한 얘기를 뒤에 두는 수도 있다. 이 경우는 발단과 전개에서 충분히 배경 설명과 예열을 한 후, 절정에서 하고 싶은 얘기를 지르는 방식이다.

노무현 대통령이 쓰던 가장 일반적인 얼개 짜기는 다음과 같다. 먼저, 하고 싶은 얘기를 서너 개 정한다. 이것이 큰제목이 된다. 이 큰제목 안에 들어갈 내용을 중간제목으로 열거한다. 또 중간제목 안에 들어갈 내용을 그 아래 적는다. 소제목들이다. 이렇게 하여 큰제목, 중간제목, 소제목이 나오면 얼개가 짜진다. 이 과정은 책으로 얘기하면 목차 만들기와 같다. 전체 글을 압축해놓은 뼈대인 것이다.

소제목은 하나의 완성된 문장으로 표현된다. 노무현 대통령은 이것을 명제 혹은 카피라고 했다. 이어서 이러한 명제를 뒷받침할 수 있는 논리를 개발하고, 거기에 쓰일 수치와 사례를 찾는다.

예컨대 '복지는 지출이 아니고 투자다'라는 명제가 있다고 하자. 복지는 사람에 대한 투자이고, 사람에 대한 투자가 늘어나야 지속적인 경제 발전과 양극화 해소가 가능하고 사회통합도 이룰 수 있다는 논리를 세우는 게 먼저다. 여기에다 우리나라의 복지예산 비율이 북유럽 복지국가의 1/3, 미국·일본의 1/2, OECD(경제협력개발기구)에서 최하위 수준에 머물러 있다는 수치를 제시함으로써 복지를 확충하자는 대통령의 생각을 설득력 있게 뒷받침한다.

이처럼 노무현 대통령의 얼개 짜는 방식은 백지에 명제들을 툭툭 던져놓고 명제와 명제 사이의 공간을 채워가는 식이다. 이런 식으로 채워가다 보면 한 편의 글, 한 권의 책이 완성된다. 이 작업을 할 때는 우선 얘기하고자 하는 내용을 경제·정치·사회 등으로 잘 분류해야 한다. 같은 분야의 내용끼리 묶는 범주화 과정이다. 그런 이후에 하나의 범주 안에서 큰 주제와 작은 주제로 줄을 세우는 서열화 작업을 하여 큰제목, 중간제목, 소제목을 만들어낸다.

또 하나, 노무현 대통령이 자주 썼던 방식 중에는 이런 것도 있다. 총론이 있고, 그 아래 각론이 있다. 총론에서 전체를 요약해준다. 그러고 나서 각론에서 하나씩 다시 얘기하는데, 그 하나의 각론 안에도 총론과 각론이 있다.

예를 들어, 전체 총론이 '서민생활의 안정'이라고 하자. '서민생활의 안정'이란 총론에는 '부동산 가격 안정', '사교육비 부담 축소' 등의 각론이 있을 수 있다. 또한 '부동산 가격 안정'이란 각론에도 총론과 각론이 나올 수 있다. 총론은 부동산 가격이 우리 서민생활에 미치는 영향에 관해 서술한 후 부동산 가격은 반드시 안정시키겠다는 의지를 밝히는 것이다. 이를 실천하기 위한 각론으로 '부동산 투기 억제 방안', '부동산 공급 확대 방안' 등이 나올 수 있다. 이런 식으로 총론과 각론, 각론의 총론과 각론을 짜고 나면 해당 부처 등으로부터 각론의 각론에 해당하는 '부동산 투기 억제 방안', '부동산 공급 확대 방안'을 받게 된다.

노 대통령은 얼개 안에서 총론과 각론, 각론과 각론이 서로 유기적으로 연결되는 입체적 구조의 글을 쓰고자 했다. 그래서 자기주장을 열거하는 방식은 선호하지 않았다. 열거된 사안과 사안 간의 유기적 관계가 만들어지지 않기 때문이다. 이런 평면적 서술은 논리적 완성도를 떨어뜨리고, 글을 밋밋하게 한다고 보았다.

김대중 대통령은 주로 기-승-전-결 혹은 서론(도입)-본론(전개)-결론(정리) 구조에 맞춰 연설문을 짰다.

- **기** 일반론을 주로 얘기한다. 예를 들어 본론에서 '남북관계 발전'에 대한 얘기를 하고 싶으면 세계정세와 동북아 안보 환경, 한미·한중일 관계 등에 대해 언급한다.
- **승** 하고자 하는 얘기가 무엇인지를 밝히고, 그 배경도 설명한다.
- **전** 이유와 근거, 사례 등을 서술한다.
- **결** 주장이 가져올 긍정적 효과와 그에 따른 미래상 등을 제시하고, 당부의 말을 담는다.

- **서론** 얘기하고자 하는 내용과 배경 등을 설명하고 문제를 제기한다.
- **본론** 예시, 인용, 수치, 기대효과 등을 총동원하여 자기가 전하고 싶은 메시지를 전달한다.
- **결론** 글 전체의 요점을 정리하거나 본론의 주장을 다시 강조한다.

소위 '3김시대'에 기자들이 "YS의 말은 아무리 받아 적어도 나중엔 기사 쓸 것이 없는 반면, DJ의 말은 그대로 기사가 된다"고 할 정도로 김대중 대통령의 말과 연설문은 하나의 완결된 구조를 갖추었다.

어느 구조로 글을 쓰건 분량 안배는 중요하다. 서론-본론-결론으로 틀을 짠 경우, 각각의 비율을 미리 정해놓고 글쓰기에 들어가야 한다. 통상 10:70:20 정도가 적절한 수준이 아닌

가 싶다. 또한 내용의 우선순위와 중요도를 따져 분량을 배정
해둘 필요가 있다. 경제 부문에 50%, 정치사회 부문에 30%, 외
교안보 부문에 20%, 이런 식으로 비중을 두고 시작해야 한다.

이 밖에도 두 대통령은 글의 성격에 따라 다음과 같이 다양
한 방식의 구조를 활용했다.

- 주장 → 근거(이유) → 예시 → 다시 주장
- 나타난 현상에 관해 언급 → 그 원인을 얘기 → 해결책 제시
- 다른 사람 주장 소개 → 문제점 논박 → 대안 제시
- 관심 끌기 → 주제 제시 → 구체적인 진술 → 마무리
- 본인의 주장 제기〔정正〕 → 반대 입장에 있는 사람의 의견
  〔반反〕 → 종합적인 결론과 해법〔합合〕 제시
- 지금까지의 성과 → 남은 과제 → 협력 당부 → 각오 피력
- 현황 → 미래 제시 → 과제 → 해법

얼개 짜는 일에 대해 부정적인 생각을 가진 사람들도 있다.
얼개를 짜놓으면 그 틀에 갇혀 생각이 한정될 수밖에 없다는
것이다. 원고지에 글을 써야 했던 시절에는 효율적인 접근이
었겠지만, 지금의 컴퓨터 환경에서는 얼마든지 수정과 추가,
삭제가 가능하기 때문에 굳이 생각의 제약을 받을 필요가 없
다고 주장한다. 오히려 글을 쓰면서 수시로 얼개를 바꾸는
융통성이 필요하다고 한다.

일리 있는 말이다. 사실 글쓰기를 하다 보면 애초에 계획한

대로 최종 결과물이 나오는 경우가 흔치 않은 게 현실이다. 그러니 첫 줄부터 써놓고 시작하는 것도 방법일 수 있다. 백론百論이 불여일작不如一作이라 하지 않던가.

얼개를 짜고 글을 쓸지, 글을 쓰면서 얼개를 짜 나갈지는 글 쓰는 사람의 선택에 달렸다. 자신에게 맞는 방법으로 글을 쓰면 될 것이다.

"사과했으면 탄핵하지 않았겠는가?"

2004년 3월 12일, 대한민국 헌정 사상 처음으로 대통령 탄핵소추안이 국회에서 의결됐다. 초유의 사태에 비서실은 술렁였다. 대통령은 담담했다. 여러 대책을 보고하는 정무비서실에 노무현 대통령은 "됐다"며 한 마디만 덧붙였다. "침 뱉었다고 사형시키겠나."

헌법재판소 결정이 나기까지 고건 총리가 대통령 권한대행을 맡게 됐다. 노무현 대통령은 3월 12일 오후 해군사관학교 졸업식 연설문을 끝으로 대통령 권한이 일시적으로 정지됐다. 3월 19일 경찰대학 졸업식 치사, 3월 30일 경부고속철도 1단계 개통식 축사, 3월 24일 호남선 복선전철 준공 및 고속철도 개통 행사 축사, 제44주년 4·19혁명 기념사를 줄줄이 앞두고 있던 터였다.

고건 권한대행에게서 전화가 왔다. 연설문 준비는 기존에 하던 대로 대통령비서실에서 해달라는 말씀이었다. 부속실을 통해 대통령께 여쭀다. 대통령은 원칙대로 하라고 했다. 총리가 권한대행인 만큼 연설 준비도 총리비서실에서 하라는 뜻이었다. 그로부터 5월 14일 헌법재판소가 탄핵 기각 결정을 내리기까지 63일 동안 대통령은 관저에 유폐되다시피 했다. 대통령은 당시 상황을 자서전《운명이다》에서 이렇게 술회했다.

> 그날 밤부터 잠을 잤다. 식사 시간에 나타나지 않으면 직원들이 계속 기다리기 때문에 세 끼 밥은 제때 먹어야 했다. 그 시간 빼고는 계속 잤다. 자도 자도 잠이 끝없이 밀려왔다. 일주일을 자고 나니 정신이 들고 기운이 났다. 책을 읽었다. 그것말고는 할 일이 없었다. (중략) 툇마루에 앉아 뒤뜰을 보면서 시간을 보냈다. 아내와 둘이 거기 앉아 옛날이야기도 하고 책이야기도 나누었다. 아주 가끔 몇 사람의 참모들과 뒷산에 올라간 것 말고는 63일 동안 관저를 한 번도 벗어나지 않았다.

대통령과 함께 연설비서관실도 개점 휴업상태에 들어갔다. 하지만 아무 일도 하지 않은 것은 아니다. 한 가지 일은 탄핵과 관련하여 대통령의 생각을 정리하는 일이었다. 대통령은 탄핵에 임한 심경을 차분하게 구술했다.

> 국회의 탄핵소추 의결이라는 초유의 사태로 인해 국민 여러분께 심려를 끼쳐 드린 데 대해 죄송한 마음을 금할 수 없습니다. 모든 것이 저로부터 비롯된 일입니다. 무거운 책임감을

느끼고 있습니다. 많은 사람들이 마음을 비우라고 합니다. 그러나 마음을 비우려 할 때는 무책임하다는 비난을 듣지 않을까, 반대로 사명감을 가지고 적극적으로 나서면 욕심과 집착으로 비쳐지지 않을까 참으로 난감합니다. 그래서 늘 스스로를 경계하면서 균형을 잡으려고 애써왔습니다.

지금 이 시간 역시, 그 어느 쪽도 편안하지 않고 의견을 밝히기에 주저함이 있지만 탄핵에 즈음한 제 입장을 솔직하게 말씀드리는 것이 도리라고 생각했습니다.

탄핵에 이르게 된 배경과 당시 한나라당과 새천년민주당에서 제기한 탄핵소추 사유에 대해 조목조목 본인의 생각을 얘기했다. 먼저, 왜 사과하지 않았는지 묻는 사람들에게 과연 사과를 했더라면 탄핵 사태를 막을 수 있었겠느냐고 반문했다.

대한민국의 대통령이 정치적 궁지를 모면하기 위해 자신의 법적·정치적 소신을 버리고 부당한 요구에 적당하게 사과하고 타협하는 지도자이길 바랍니까? 그런 지도자에게 나라를 맡기면 나라의 장래가 밝다고 생각합니까?

임기응변의 정치적 처세나 원칙 없는 타협을 일삼는 지도자가 여러분이 바라는 지도자입니까? 그런 지도자가 우리 아이들의 장래를 결정하길 원합니까?

또한 열린우리당을 지지했다 하여 탄핵이 비롯된 데에 대해서도 담담하게 견해를 밝혔다.

제가 탄핵 결의를 받고 보니까 열린우리당의 창당을 시시한 것이 엄청난 정치적 모험이었구나 하는 것을 새삼 깨닫게 되었습니다.

그러나 저는 다른 선택을 할 수가 없었습니다. 제가 대통령이 되고자 했던 것은 권력을 잡기 위한 것이 아니었습니다.

시대와 국민의 요구를 실현하고 싶은 소망이 있었기 때문입니다. 무엇보다 낡은 정치를 청산하고자 하는 바람이 있었습니다. 이제 대통령이 되었다고, 위험이 예상된다고 포기할 수 있는 목표가 결코 아닙니다.

A4 용지 10장 분량으로 작성된 이 내용은 공개되지 않고 묻혔다. 대신, 탄핵소추 직후에 출간된 책《노무현과 클린턴의 탄핵 정치학》에 탄핵 사건이 일어난 원인과 배경이 잘 나와 있다.

헌법재판소의 결정을 기다리며 했던 또 하나의 일은 기각에 대비하여 업무 복귀 연설문을 준비하는 것이었다. 이 또한 대통령이 직접 구술했고, 연설문의 절반 이상을 경제 문제에 할애했다. 5월 15일 청와대 본관 앞에서 있었던 복귀 연설은 이렇게 시작한다.

존경하는 국민 여러분, 감사합니다. 정말 감사합니다. 대통령

공백이라는 초유의 사태를 조금도 동요하지 않고 차분하게 대처해 나가는 모습을 보면서 저는 우리 국민의 성숙한 시민의식과 민주적 역량에 대해서 다시 한번 굳은 믿음을 갖게 되었습니다.

더욱이 많은 갈등과 혼란이 있을 수 있는 총선거까지 질서 정연하게 치러내는 것을 보면서 이제 훌륭하다는 수준을 넘어서 감동적이다 이런 느낌을 받았습니다. 국민 여러분이 다시 한번 존경스럽습니다. 감사드립니다.

복귀에 임하는 각오도 밝혔다.

취임할 때보다 더 무거운 책임감을 느끼고 있습니다. 기대에 어긋나지 않도록 열심히 하겠습니다.

비록 탄핵에 이르는 사유가 아니었다 할지라도 정치적·도의적 책임까지 모두 벗었다고 생각하지 않습니다. 특히 그중에서도 대선자금과 제 주변 사람들이 저지른 과오는 분명한 저의 허물입니다. 이 자리에서 다시 한번 국민 여러분께 심심한 사죄의 말씀을 올립니다.

임기를 마치는 그날까지 저는 저의 이 허물을 결코 잊지 않고 항상 자신을 경계하는 회초리로 간직하고 가겠습니다. 항상 긴장된 자세로 더 열심히 노력해서 국민 여러분께 진 빚을 갚아나가도록 하겠습니다.

그렇다고 일을 함에 있어서 망설이거나 머뭇거리지는 않겠습니다. 극복해야 할 많은 난관을 앞에 두고 주저하거나 흔들려서는 안 된다고 생각합니다. 해야 할 일은 책임을 가지고 해나가겠습니다.

13 말과 글은 시작이 절반

첫머리를 시작하는 16가지 방법

말과 글의 성패는 첫마디, 첫 문장에서 판가름 난다. 바꾸어 얘기하면, 출발에서 실패하면 독자와 청중은 떠난다. 그런 점에서 아리스토텔레스가 말했듯 글의 시작은 유혹이어야 한다. 치명적인 유혹이면 더욱 좋다. 그러나 쉽지 않다. 시작은 누구에게나 어렵다. 글이 밥이 되는 전업작가에게도 그렇고, 말로 먹고사는 정치인에게도 그렇다. 왜 그럴까? 긴장하기 때문이다.

긴장하는 이유는 둘 중 하나다. 첫째는 눈이 높아서 그렇다. 그러다 보니 글쓰기가 아닌 글짓기를 하려고 한다. 글짓기는 농사짓기와 같이 새로운 것을 만들어내는 것이다. 당연히 힘들 수밖에 없다. 욕심을 버리자. 나중에 고친다는 생각으로 일단 쓰고 보자. 시작하는 용기가 글쓰기의 첫걸음이다. 다른 하나는 남의 눈을 의식하기 때문이다. 스스로 검열한다. 이렇게 쓰면 남들이 저렇게 생각하지 않을까? 그럴 사람 없다. 설사 있더라도 나중 일이다. 머릿속의 '빨간펜 선생님'을 지우자.

노무현 대통령은 늘 의례적인 시작을 피하려고 했다. 누구나 예상할 수 있는 시작을 좋아하지 않았다. 그에 반해 김대중 대통령은 격식을 갖춘 출발을 선호했다. 어느 쪽을 택하건 글 쓰고 말하는 사람의 자유다. 그러나 그 자유는 시작이 준비된 사람에게만 허용된다.

'한마디' 해야 하는 자리가 있다. 높은 직급에 있는 사람에게만 주어지는 기회가 아니다. 누구에게나 언젠가 올 수 있는 재앙과 같은 것이다. 아무 대비 없이 살다가는 갑작스럽게 재앙이 닥치는 순간, 머릿속이 하얗게 되어 입도 못 뗄 수 있다. 사람 앞에 서는 것을 두려워하는 나는 이런 경우에 대비해 몇 가지 팁을 머리에 넣고 다닌다. 사회자나 주최 측에서는 나를 배려해준다고 '한 말씀'을 권했는데, 그것이 나에게 봉변이 되면 곤란하지 않겠는가. 글쓰기나 연설할 때 첫머리로 시작하면 좋은 꿀팁 열여섯 가지를 공개하자면 다음과 같다.

1. 소감

기쁘다든가, 영광스럽다든가, 반갑다든가, 이런 말로 그 자리에 참석한 소회를 밝히는 것이다. 이것은 두 대통령 모두 자주 썼던 서두였다. 하지만 자신을 과도하게 낮추는 것은 별로 바람직하지 않다. 특히 두 대통령은 '영광스럽다'는 등의 표현은 쓰지 않았다. 대통령으로서 군인이나 경찰, 젊은이들이 모인 행사에서는 여러분을 보니 '믿음직하다', '자랑스럽다' 이런 말도 자연스럽다. 당연한 이야기지만, 현장에 가서 느낀 것만을 소감으로 말할 필요는 없다. 소감으로 말을 시작할 경우에도 미리 준비해 가야 하는 것은 물론이다.

2. 인간적으로 솔직하게 시작

다소 서툴더라도 계산되지 않은 솔직함과 멋쩍은 표정으로 시작하는 것이 치장된 수사와 형식적인 말보다 훨씬 반응은 좋다. "이런 자리 처음입니다. 어디 가서 말을 잘 못합니다. 많이 떨립니다." 이렇게 첫마디를 하고 나면 마음이 편안해지면서 그다음 말이 훨씬 수월해진다. 듣는 사람들도 말하는 사람의 편이 된다.

3. 겸양

자기가 말해야 할 순서에 앞서 자신을 소개하는 경우가 있다. 이런 경우에는 소개말을 받아서 이야기를 시작하면 순발력 있어 보이고 자연스럽기도 하다.

대통령이 참석하는 행사에서는 행사 주최 측에서 대통령을 소개한다. 당연히 최상의 예우를 갖춰 소개하기 마련이다. 그런데 그 소개에 대해 아무런 반응을 보이지 않고 자신의 말을 시작한다면 왠지 어색하다. 적어도 '과분한 소개에 감사하다'

는 한마디는 필요하다. 이렇게 해서 말을 떼기 시작하면 말하는 사람도 편안하고 분위기도 나쁘지 않다.

4. 이어 받기

연설의 경우 "앞서 발표하신 혁신 사례 하나하나 모두 귀하고 값진 성과들입니다"와 같이 앞 프로그램을 적절히 반영해서 자연스럽게 시작한다. "얘기 잘 들었습니다. 너무 좋은 말씀이어서 뒤에 얘기하는 사람이 부담이 많이 됩니다." 이렇게 앞서 얘기한 사람과 내용에 대한 칭찬으로 시작하는 것도 바람직한 방법이다.

5. 관계자에 대한 감사 표시

김대중 대통령은 칭찬에 인색하지 않았다. 아낌없이 칭찬했다. 누군가를 언급하는 것, 즉 거명하는 것만으로도 대통령의 말과 글에서는 엄청난 칭찬이다. 권위주의 정권 시절에는 대통령이 군에 시찰을 가서 아무나 쿡 찔렀을 때 직속상관 관등성명만 대도 승진이 될 정도였다는, 확인되지 않은 설도 있지 않은가. 그러니 할 말이 생각나지 않거든 그 자리에서 감사한 사람만 얘기해도 본전 이상의 효과를 얻을 수 있다. 사람은 자기에게 호감을 표시하는 사람을 배신하지 않는다.

6. 개인적인 인연이나 에피소드

노무현 대통령이 간혹 썼던 방식이다. 2003년 10월 서울 YMCA

창립 100주년 기념식에서 대통령의 서두 연설이다.

> 저는 기독교인은 아니지만 YMCA 회원입니다. 그리고 목사님,
> 기독교인과 함께 기도할 때에는 항상 진심으로 기도합니다.

2005년 2월 '오마이뉴스' 창간 5주년 축하 메시지는 이렇게
시작되었다.

> 창간되고 한 달쯤 지나 오마이뉴스와 인터뷰를 했습니다. 그
> 당시 오마이뉴스나 저에 대한 평가는 '과연 될까'였습니다. 그
> 러나 됐습니다.

나도 배워서 써먹었다. 참여정부 이후에 전경련에 가서 강연
할 일이 있었다. 서두를 무슨 말로 시작할까 고민했다. 사실
은 이 고민이 해결되면 그다음은 어렵지 않다. 결국 이 말로
시작했다. "나는 김우중, 조석래 두 분의 회장님을 모셨습니
다. 그러니 저도 전경련의 한 식구와 같습니다." 반응은 나쁘
지 않았다.

7. 행사 장소에 대한 의미 부여

행사 장소에 특별한 의미가 있는 경우, 이에 대한 소감을 밝힌
다. 2005년 12월 광주광역시의 국립아시아문화전당 착공식
에서 노무현 대통령은 이런 축사를 남겼다.

문화전당이 들어서게 될 이곳 금남로는 민주주의 역사에서 영원히 지워지지 않을 자랑스러운 역사의 현장입니다.

2005년 10월 국립중앙박물관 개관 기념식 연설에서도 마찬가지였다.

이곳 용산은 지난 한 세기 동안 청나라와 일본, 미국의 군대가 번갈아 주둔해왔던 곳입니다.

8. 최근 사건 및 뉴스 언급

최근에 있었던 일에 관해 언급한다. 이것은 널리 쓰이는 방식이다. 시의성이 있고 주목도도 높일 수 있다. 2005년 4월, '나라와 민족을 위한 기원법회'에서 노 대통령은 "먼저 산불로 인해 낙산사가 크게 훼손된 것을 안타깝게 생각합니다"라고 시작했다.

9. 통계 자료 제시

자신이 얘기하고자 하는 내용과 관련된 통계 수치를 나열하고, 이 수치가 의미하는 바가 무엇인지 말하는 것으로 출발한다.

10. 의표를 찌르는 시작

뜬금없는 내용으로 시작하는 것도 방법이다. 일종의 충격요법이다. 귀를 번쩍 뜨이게 하는 강렬한 첫마디는 분위기를 압도할 수 있다.

아프리카계 미국인으로서 노예로 태어나 미 정부 고위직에 임명된 최초의 흑인인 프레더릭 더글러스는 1852년 미국 독립기념일 행사에 초대되어 연설의 서두를 이렇게 시작했다. "미안합니다만, 왜 저를 불렀습니까? 저와 제가 대변하는 사람들은 이날을 경축할 이유가 없습니다." 청중의 집중도가 어떠했을지는 굳이 그 자리에 있지 않았어도 충분히 짐작할 만하다.

노무현 대통령은 2007년 제47주년 4·19혁명 기념사에서 자신이 그동안 4·19혁명 기념행사에 오지 않은 이유를 이야기하는 것으로 연설을 시작했다. 4·19의 의미를 언급하며 시작하는 통상적인 기념사와는 다른 시작이었다.

저는 그동안 4·19가 되면 기념식과는 별도로 아침 참배만 했습니다. 4·19의 역사적 의의와 비중에 비추어 이상한 일이라는 생각을 하면서도 관행으로만 알고 몇 해를 그렇게 했습니다. 그런데 지난해 유가족 대표로부터 기념식에 참석해달라는 요청을 받고 보니 그동안 정통성 없는 정권이 해오던 관행을 생각 없이 따라 해왔던 일이 무척 부끄럽고 미안했습니다.

－2007년 제47주년 4·19혁명 기념사

거두절미 방식으로 가장 인상 깊게 시작한 글은 2006년 4월에 발표한 '한일관계에 대한 특별담화문'이라고 생각한다. 바로 "독도는 우리 땅입니다"로 시작하는 명문이다.

11. 하고자 하는 말부터 단도직입적으로

자신이 하고자 하는 말의 요지를 얘기하고 시작하는 것이다. 혹은 결론부터 얘기한다고 하면서 단도직입적으로 하고자 하는 말의 요점을 얘기한다. 친절하고 안정감 있는 방법이다. 특별한 연출도 필요 없다. "내가 오늘 하고자 하는 얘기는 바로 이것입니다"라고 담담하게 하면 된다.

약간의 연출을 한다면, "오늘 이 자리에서 무슨 얘기로 시작할지 고민했다" 정도가 될 것이다. 초보일수록 이런 방식을 사용하는 것이 무난하다. 고수가 될수록 기본으로 돌아간다고 했던가. 김대중 대통령은 이 방식을 자주 사용했다.

12. 정의 내리기

명제 형태로 자신이 글에서 주장하고자 하는 내용을 한마디로 정의하고 시작하는 것이다. 노무현 대통령은 다음과 같은 정의를 사용했다.

'일자리가 최고의 복지입니다.'

'부동산 가격은 그 자체가 서민생활입니다.'

'신 국토구상은 국민의 삶의 질을 한 단계 끌어올리는 희망의 선언입니다.'

'제17대 국회야말로 진정한 국민의 국회입니다.'

13. 질문으로 시작

긴장감을 높이고 말하는 사람의 부담을 청중에게 전가하는 방식이다. 청중을 자기의 연설이나 글 안에 끌어들이는 방법이기도 하다. '당신은 구경꾼이 아니야. 정신 빠짝 차려!' 하는 메시지로 시작하는 것이다. 두 대통령 모두 국민의 생각만큼 민주주의가 성장하고 나라가 발전한다고 여겼다. 그래서 물었다. "이에 대한 국민 여러분의 생각은 무엇입니까?"

노무현 대통령은 퇴임을 앞두고 2008년 1월 이명박 당선인이 발표한 정부조직 개편안에 관해 묻기만 하는 것으로 기자회견문을 작성했다.

우리 정부가 큰 정부입니까? 크다면 세계에서 몇 번째나 큰 정부입니까? 공무원 숫자, 재정 규모, 복지의 크기, 각기 세계에서 몇 번째나 큰 정부인지 자신 있게 말할 수 있습니까?

―2008년 정부조직 개편안 관련 긴급기자회견문

연이어서 조목조목 물어본다. 연설 중반부까지 질문이 무려 마흔 개 가까이 이어진다. 대통령은 이렇게 질문을 던짐으로써 생각하는 기회를 주고자 했다.

14. 유익 강조

내 글을 다 읽었을 때, 내 말을 끝까지 들었을 때, 어떤 유익이 있을 것인지를 서두에서 알려주는 것이다. "글쓰기에 관한 오늘 내 강연을 다 듣고 나면 적어도 글을 쓰는 것이 두렵지는 않을 것입니다." 이렇게 강연을 들으면 자기에게 도움이 될 것이라는 기대감과 호기심이 집중도를 높인다.

15. 속담이나 격언 인용

이때 인용하는 내용은 본문에서 주장하고자 하는 바가 무엇인지 암시를 줄 수 있는 것이 좋으며, 자기주장의 타당성을 높일 수 있는 것이어야 한다.

16. 침묵

특별한 경우에는 침묵으로 시작하는 것도 방법이다. 말을 하려고 단상에 오른 사람이 잠시 아무 말도 하지 않고 청중을 응시할 때 집중도는 최고조에 이른다. 2011년 1월 미국 애리조나주 총기 사건 추모식 연설 도중 오바마 대통령은 희생자의 이름을 부르다 50여 초 동안 아무 말도 하지 않았다.

그러나 한 가지 주의할 점이 있다. 시작을 너무 길게 끌면 안 된다. 사람들은 본론을 듣고 싶어 한다. 오죽하면 아리스토텔레스가 글의 시작은 유혹이며, 유혹은 짧을수록 좋다고 했겠는가. 정 시작할 말이 생각나지 않으면 '안녕하세요.'로 시작하자. 꼭 멋있게 시작할 필요는 없다. 평범한 시작이 어설픈 시도보다 나을 수도 있다.

　2004년 6월 제17대 국회개원식에 참석해 노무현 대통령이 연설했다. 어떻게 시작을 할지 연설비서관실은 고민에 고민을 거듭했다. 다음이 고민 끝에 내민 몇 가지 후보였다.

첫째, 조크로 시작. "브라질에서는 국회를 '고장 난 에어컨'이라고 한다고 합니다. 시끄럽기 때문입니다. 우리 제17대 국회는 '성능 좋은 에어컨'이 될 것이라고 믿습니다."

둘째, 여야, 진보진영의 특정 의원의 이름을 거명하면서 친근감 표시.

셋째, 제17대 국회부터 한글 명패를 사용하게 된 것을 언급하며 달라진 국회 이야기로 시작.

넷째, 대통령의 국회의원 시절 기억 언급.

하지만 대통령은 어느 것도 채택하지 않았다. 연설은 이렇게 시작되었다.

제17대 국회의 개원을 진심으로 축하드립니다. 저는 제17대 국회야말로 진정한 '국민의 국회'라고 말씀드리고 싶습니다.

이태준의 《문장강화》에 나오는 다음 구절에 충실한 시작이었다. "글에서 첫마디가 길흉吉凶을 좌우하는 수가 많다. 너무 덤비지 말 것이다. 너무 긴장하지 말 것이다. 기奇히 하려 하지 말고 평범하면 된다."

글의 첫머리를 찾는 데 막막함을 느끼는 사람이 있다면 이런 방법을 제안해본다. 국가기록원과 대통령기록관 사이트에 가보라. 대통령의 과거 연설문을 모아놓았다. 또한 대통령실이나 총리실 홈페이지에도 현직 대통령이나 국무총리의 연설문이 올라와 있다. 대통령 연설문에는 거의 모든 종류의 행사가 망라되어 있다. 자신이 쓰고자 하는 유사한 계기에 대통령은 어떻게 시작했는지 참고해보라. 분명히 단초를 얻을 수 있을 것이다.

14 대통령의 글쓰기 노하우 (1)

본격적인 글쓰기를 위한 15가지 유의 사항

이야기하고자 하는 주제를 정하고, 자료를 찾고, 주제에 맞는 얼개를 짰다면, 이제 본격적인 글쓰기에 들어가야 한다. 이전 단계까지는 글쓰기를 위한 준비 단계였고, 여기가 메인게임이다.

글쓰기 단계에서는 김대중, 노무현 두 대통령으로부터 실질적인 지도를 받았다. 두 대통령이 고쳐준 내용을 습득하는 것이 바로 글쓰기를 배우는 과정이었다. 다음은 두 대통령이 기회가 있을 때마다 가르쳐준 서술할 때 유의해야 할 사항들이다.

1. 한 문장에 하나의 메시지

한 문장 혹은 한 단락 안에서는 한 가지 메시지, 한 가지 사실만을 언급하는 게 좋다. 그리고 그것에 집중하자. "나는 한 사람만 팬다"는 영화 대사처럼. 노무현 대통령은 이런 취지의 메모를 연설비서관실에 보내오기도 했다.

그 문장과 단락에서 말하려고 하는 바가 무엇인지 초점을 분명히 하여 그것만이라도 정확하게 전달하도록 해주세요.

2. 연역과 귀납

노무현 대통령은 주로 단락별로 전하고자 하는 메시지를 서두에 규정하고 뒤에서 푸는 전개 방식을 선호했다.

'양극화 문제 해결의 핵심은 일자리입니다.' (이에 관해 뒤에 설명)
'한미 FTA는 새로운 도전입니다.' (이에 관해 뒤에 설명)

이러한 명제는 신문 기사의 '리드'에 해당한다. 가장 좋은 것은 이 첫마디로 모든 것을 전달하는 것이다. 노무현 대통령의 경제나 안보 관련 연설문에는 이런 대목이 자주 눈에 띈다. "고비는 넘겼습니다"라고 한 후에 그 상황에 대해 설명하고, "잘될 것입니다" 하고 앞으로의 비전에 관해 이야기하고, "그러나 걱정이 있습니다" 하고 우려하고 있는 사태에 대해 말한 후, "경제주체들의 협력이 필요합니다"라는 당부를 하는 식이다.

단락의 맨 앞에 툭 치고 나오는 말이 듣는 사람으로 하여금 긴장감을 높이는 효과가 있다. 이처럼 단락의 앞에 핵심 메시지를 배치한 후 뒤에서 그에 대한 설명을 하는 연역적 서술 방식을 노무현 대통령이 선호했다면, 김대중 대통령은 앞에서 이런저런 설명을 한 후 마지막에 전달하고자 하는 바를 얘기하는 귀납적 서술을 즐겨 썼다.

3. 논리적 전개

두 대통령 모두 가장 강조한 것은 논리적인 전개다. 논리가 명확하고 비약이 없어야 한다는 것이다. 다음은 연설비서관실에서 보고한 초안에 대한 노무현 대통령의 코멘트다.

> 논리의 전개가 꼭 맞지 않거나 불필요하다 싶은 부분을 삭제했습니다. 좋은 표현이나 말을 굳이 쓰려고 하지 말고 논리를 정확하게 표현해주시기 바랍니다.
> ─2005년 10월 제8차 세계화상대회 개막식 축사에 쓴 코멘트

> 특권과 반칙과 민생침해 조폭의 연결, 대화와 타협과 엄정한 법질서를 연결해놓은 부분이 아무래도 깔끔하지 않습니다. 논리적 맥락을 좀 더 다듬어주시기 바랍니다.
> ─2005년 10월 제60주년 경찰의 날 기념식 치사에 쓴 코멘트

김대중 대통령의 논리가 가장 돋보인 연설이 있다. 1998년 6월 미국 국빈방문 당시 대통령은 햇볕정책의 당위성을 이렇

게 설명했다.

> 햇볕정책은 미국의 성공에서 배운 것입니다. 미국의 데탕트정
> 책이 바로 그것입니다. 총 한 번 쏘지 않고 소련이 무너져 내
> 렸습니다. 반대로 미국이 쿠바를 40년 동안 봉쇄하고 압박했
> 지만 굴복시키지 못하고 있습니다. 공산주의는 문을 열면 망
> 하고 닫으면 강해집니다.
> ― 1998년 6월 미국 국빈방문 시 정상회담에서

노무현 대통령이 서거했을 때, 김대중 대통령은 국민장을 해
야 하는 이유조차 논리를 갖춰 보내왔다.

> 첫째, 노 대통령은 평생 국민의 인권과 민주주의를 위해 사셨
> 고, 둘째, 국민의 지지로 대통령이 되셨고, 셋째, 대통령 재임
> 중에도 국민을 위해 혼신의 노력을 다했으니 국민이 모두 함
> 께 그분을 떠나보낼 수 있도록 해야 한다.

김대중 대통령은 그런 분이었다.

4. 근거 제시

신뢰도를 높이는 적절한 통계와 수치를 활용한다. 충분한 예
시와 사례, 일화도 설득력을 높인다.

개성공단 건설이 마무리되면 여의도 면적의 열 배나 되는 남북 공동 번영의 터전이 마련됩니다.

−2004년 8월 제59주년 광복절 경축사

근거는 가까이에서 쉽게 접할 수 있는 것일수록 좋다. 먼 나라 얘기, 뜬구름 잡는 소리는 근거가 되기엔 힘이 없다.

5. 이정표
한 주제에서 다음 주제로 넘어갈 때에는 반드시 무엇에 관해서 말하겠다고 알려주는 것이 좋다.

이번 글에서 얘기하고자 하는 구조의 틀을 먼저 보여주고, 주제마다 내가 이 대목에서는 무엇을 말하려는 것인가를 딱 내걸고 그 얘길 해야 한다는 것이죠. 지금까지 '서민생활의 안정'에 대해 얘기했고, 그다음으로는 '경제 활성화 대책'에 대해 말씀드리겠다는 식으로 말이죠.

−노무현 대통령

그러지 않으면 독자나 청중들이 길을 잃기 십상이다. 여기까지가 대전이고, 다음은 부산으로 갑니다, 잘 따라오세요. 이렇게 친절하게 안내를 해주어야 한다.

무슨 말을 할지 예고하고, 생생한 사례를 들어 쉽게 설명하고,

말한 것을 중간에 요약해주고, 강력한 매듭을 지어주면 성공입니다.

— 노무현 대통령

6. 논박

글로 반박할 때에는 상대방이 쓴 내용을 요약한 후, 그에 대해 조목조목 차분하게 반박한다. 말의 경우, '무엇이라고 말하는 사람들이 있습니다. 과연 그런가요?'와 같이 하나씩 반론을 제기한다.

> 논박을 할 때는 지표로 얘기하는 방법이 있고, 현상으로 얘기하는 방법이 있습니다. 예를 들어 경기가 좋아지고 있다는 것을 경기실사지수를 들이밀어 보여줄 수도 있고, 소비자들이 지갑을 열고 있다는 사실을 갖고 얘기할 수도 있습니다. 경우에 맞는 것을 쓰면 될 것입니다.
>
> — 노무현 대통령

이러한 논박 중심의 말이나 글은 긴장감이 있다.

7. 선택과 집중

전달하고자 하는 메시지가 다섯 가지가 있으면 각기 비중을 달리하여 울퉁불퉁 기복이 있게 서술해야 지루하지 않다. 어떤 것은 좀 길게 설명하고, 어떤 것은 아주 짧게 치고 넘어갈 필요가 있다. 일종의 선택과 집중이다. 긴 문장과 짧은 문장, 긴 설명과 짧은 설명이 적절히 조화를 이루었을 때 글이 맛깔나고 지루하지 않다. 다음은 선택과 집중에 대한 노무현 대통령의 지시 메모다.

집중적으로 강조할 것은 강조하고, 그와 같은 논리의 선상에서 비슷한 유형을 나열할 때에는 제목만 나열해주는 것도 괜찮습니다. 그런데 이런 방식을 쓰는 데 있어 집중 부분이 좀 떨어지고 나열 부분이 너무 느슨하게 길게 돼 있습니다. 좀 더 집중력을 발휘해서 아주 중요한 부분은 더 깊이 들어가고, 나열 부분은 좀 덜어내는 쪽으로 정리를 해봅시다.

8. 평면 vs 입체

김대중 대통령은 첫째, 둘째, 셋째 하는 식으로 평면적이고 설명적인 서술 방식을 선호한 데 비해, 노무현 대통령은 첫째, 둘째, 셋째를 쓰지 않았다. 대신 다음의 메모처럼 입체적인 구성을 주문했다.

무엇무엇이 필요하다고 죽 나열해놓고 하나씩 하나씩 설명한다든지, 받아치고 되친다든지, 그런 입체 구조 없이 넘어가면 글이 밋밋해집니다.

9. 단락의 일관성

일관성을 위해서는 논리성, 통일성, 완결성을 갖춰야 한다. 논리성은 문장과 문장이 동떨어져 있지 않고 서로 설득력 있게 연결되어야 한다는 것이고, 통일성은 한 단락 안에서 다루는 주제가 하나여야 한다는 것이다. 완결성은 하나의 주제를 시작했으면 이를 뒷받침하는 내용들을 서술하여 확실한 매듭을 지어야 한다는 것이다. 유야무야, 흐지부지하는 것은 금물이다. 2006년 1월 신년연설 준비회의 때 노무현 대통령은 이렇게 당부하기도 했다.

> 아주 단순하게 그냥 순서대로 주제 하나씩을 가지고 똑똑 부러뜨리면서 서술하는 것도 방법입니다. 한 토막 한 토막을 완결된 구조로 분지르는 것도 기법이죠.

10. 호흡의 일관성

글을 단박에 쓰는 건 쉽지 않다. 쉬면서, 놀면서 쓰는 것도 한 방법이다. 나눠서 쓰면 그때마다 새로운 생각이 보태져 내용이 더 풍성해질 수 있다. 하지만 흐름은 줄곧 같아야 한다. 단숨에 쓴 것처럼 일관성이 있어야 한다. 나눠서 쓴다고 누더기가 되어선 곤란하다. 천의무봉天衣無縫, 바느질한 자리가 없는 옷처럼 매끈해야 한다. 나눠 쓰기를 할 때마다 처음부터 다시 읽어보자. 앞서 쓴 글의 호흡을 다시 익힌 후 글을 써나가자.

11. 연결성

단락과 단락을 연결하라. 만약 연결이 어려운 경우, 글은 중간 제목을 달아 건너뛰고, 말은 '존경하는 참석자 여러분' 등으로 끊고 가라.

12. 응집성

동일한 내용의 메시지는 한군데에 몰아 배치함으로써 글이 산만해지지 않도록 해야 한다. 앞에 나왔던 내용이 뒤에 또 나오거나, 이곳저곳에 분산되어 있으면 전달력도 약해질 뿐만 아니라 독자나 청자가 혼란스러워한다.

13. 리듬 타기

글에는 자기만의 리듬이 있다. 음악처럼 자기 글의 리듬은 눈으로 보고 입으로 읽으면서 귀로 들어봐야 알 수 있다. 소리 내서 읽어보자. 리듬이 안 맞으면 왠지 어색하다. 어색하게 들리는 글은 읽기도 어렵다.

14. 군더더기 삭제

모든 문장에서 없어도 되는 말은 없는지 찾아보자. 단락 안에서도 필요 없는 문장은 없는지 살펴보자. 그 말이 없어도 이해가 되면 불필요한 말이다. 수식어도 지나치면 군더더기다. 이 모든 것을 과감하게 지우자. 깔끔한 게 좋다.

15. 접속사 절제

못을 쓰지 않고 나무를 깎아 맞춰 지은 집이 좋은 집이다. 글도 마찬가지다. 접속사를 가급적 쓰지 않는 버릇을 들이자. '그런데', '그러나', '그리고'가 없으면 연결이 안 될 것 같지만, 독자나 청중은 맥락과 전체 흐름으로 이해하기 때문에 다 알아듣는다. 접속사는 글 쓰는 사람 머릿속에만 있으면 된다.

15

대통령의 글쓰기 노하우 (2)

문장을 표현하는 20가지 방법

김대중, 노무현 두 대통령 모두 추상적이고 현란한 표현을 싫어했다. 간결하고 명확하며 구체적인 표현을 좋아했다.

1. 최대한 쉽게

자기가 아는 말을 해야 쉬워진다. 모르는 소리는 글을 어렵게 만든다. 알더라도 알은체를 하려는 순간, 어려워진다. 특히 전문용어는 아예 쓰지 않거나 쉽게 풀어서 써야 한다. 또한 우리말로 바꿀 수 있는 한자어는 쓰지 않는 것이 좋다.

2. 짧은 문장

"싫증 나는 문장보다 배고픈 문장을 써라." 몽테뉴만 아는 얘기가 아니다. 누구나 하는 얘기다. 최대한 단문으로 써라. 쪼갤 수 있는 데까지 쪼개서 써라. 끊을 수 있는 데까지 끊어라. 주어와 서술어 사이의 거리를 짧게 하자. 그래야 읽는 사람이 빠르게 이해한다. 특히 연설문의 경우에는 이렇게 해야 힘이 있다.

3. 단순화

복잡한 것보다는 단순한 게 낫다. 잘 아는 내용일수록 단순해 지고, 모를수록 복잡해진다. 김대중 대통령은 어려운 내용을 단순화하여 듣는 사람의 머릿속에 쏙 들어오게 만드는 데 귀 재였다.

4. 명료

요점을 명확히 한다. 여러 가지로 해석될 수 있는 표현을 삼간 다. 그래야 확실한 의미 전달이 가능하다. 읽거나 듣는 사람이 자기 머릿속에 골자를 정리할 수 있도록 전개 역시 명료해야 한다. 로마 웅변가 카토의 말이다. "먼저 메시지를 명확히 하 라, 그러면 나머지 말들이 따라서 올 것이다."

5. 압축

압축할 수 있는 것은 최대한 압축한다. 상징적이고 함축적인 언어를 찾고 메시지를 표어로 만들어 기억에 남도록 한다. '문 화는 미래입니다', '안보는 선진일류국가를 이루는 기초 중의 기초입니다'와 같은 문장들이 그 예라고 할 수 있다. 2007년

1월 23일의 신년연설 준비 때, 노무현 대통령이 구술한 내용 17만 5,000자 중 연설문은 1만 1,900자로 압축됐다.

6. 평범

거창한 것, 특이한 것보다는 담백하고 평범한 게 좋다. 평범이 비범이고, 진리는 소박하다.

독도는 우리 땅입니다.
―노무현 대통령

세계에서 컴퓨터를 가장 잘 쓰는 나라를 만들겠습니다.
―김대중 대통령

7. 자연스러움

글은 글이되 말 같은 글, 친한 벗에게 얘기하듯이 자연스러운 글이 좋은 글이다. 요즘 같은 영상 시대에는 더욱 그렇다.

8. 중복

중복은 글을 지루하고 늘어지게 한다. 특별한 수사적 효과를 도모하려는 반복은 괜찮지만, 한 단락 안에서 같은 단어가 또 나오지 않도록 한다. 불가피하게 써야 한다면 국어사전에서 같은 뜻을 가진 다른 단어를 찾아서 쓰도록 한다.

9. 상징

잘만 사용하면 귀에 쏙 들어오고 오래 기억되는 효과가 있다.

민생이라는 말은 저에게 송곳입니다. 지난 4년 동안 저의 가
슴을 아프게 찌르고 있습니다. 지금도 이 한마디는 저의 마음
을 무겁게 짓누르고 있습니다. 민생이 풀리지 않았기 때문입
니다.

－2007년 1월 노무현 대통령 신년연설

10. 생략

생략해도 좋은 말은 과감히 생략한다. 두 마디로 할 것을 한
마디로 나타낼 수 있으면 그만큼 효율적이다.

가볍게 제목만 열거하고 넘어갈 수준들의 설명이 조금 길어
서 좀 처지는 느낌들이 있습니다. 다시 한번 봐주세요.

－2006년 1월 신년연설에 대한 노무현 대통령의 코멘트

11. 점층

노무현 대통령은 점층적인 표현을 자주 썼다. 메시지를 강조
하기 위해서였다.

권력기관을 장악할 생각도 없고, 장악해서도 안 되고, 장악하
는 게 가능하지도 않습니다.

12. 창의적 vs 의례적

두 대통령 모두 의례적이고 진부한 표현을 싫어했다. 늘 새롭고 창의적인 표현을 찾았다. 다음은 노무현 대통령의 지시 메모다.

반드시 창의적일 필요는 없습니다. 대신에 진부한 인사나 칭찬으로 시작하는 것은 피해주세요.

특히 일반론을 장황하게 늘어놓는 것은 지면과 시간 낭비다. 이래야 한다는 고정관념과 선입견에서 벗어나자. 같은 사안도 낯선 눈으로 보면 새롭다. 프랑스 소설가 마르셀 프루스트 말대로 "참된 발견은 새로운 땅을 발견하는 것이 아니라 새로운 눈으로 보는 것"이기 때문이다.

13. 크게 그려라

대상이나 주제에 한정하지 말고, 보다 큰 시야에서 보고 전체를 아우르는 메시지로 확장해서 표현해라. 예를 들어 준공식 축사라고 할 때 해당 산업은 물론 한국 경제 전반에 관한 것까지 언급의 범위를 넓힌다.

김대중 대통령은 인권·민주주의 등 인류 보편의 가치나 시대적 변화 와 같은, 폭이 넓은 연설을 주제로 삼았다. 또한 같은 내용도 스케일을 크게 그릴 필요가 있다고 주문했다.

김 대통령께 칭찬을 딱 두 번 들었는데, 한 번이 그런 경우였다. 2000년 10월 군산자유무역지역 기공식 연설문 작성 때였는데, 이 행사의 의미를 '서해안 시대의 개막'으로 규정했다. 이에 대해 대통령은 시각이 좋다고 칭찬하셨다. 인천국제 공항이 있는 영종도와 송도를 연결하는 인천대교 준공식 연설문에서 김 대통령은 이 다리의 의미를 '세계로 향하는 길'이라고 명명하기도 했다.

기왕이면 생각을 크게 하라. 그래서 손해 볼 일은 없다.

14. 과거 통해 현재 부각

과거와 비교하여 현재의 의미를 두드러지게 한다.

최빈국이었던 우리나라가 세계 10위권의 경제 규모로 성장했습니다. 건군 당시 소형 경비정 하나도 만들지 못했던 우리가 1만 4,000톤급의 군함을 건조해낸 것입니다.

— 노무현 대통령

15. 친근감 표시

글이나 말이나 칭찬, 치켜세움, 공통점 강조는 많을수록 좋다. 대신 진심을 담아야 한다. 허례허식이나 빈정거림으로 들리면 큰일이다.

몽골 사람과 한국 사람은 모두 몽골반점을 가지고 태어납니다. 몽골 어린이들이 즐겨하는 제기차기, 공기놀이, 실뜨기는 우리 한국 어린이들의 전통 놀이이기도 합니다.

－1999년 5월 김대중 대통령 몽골 국회 연설

로모노소프 박사께서 설립한 '엠게우(모스크바대학의 별칭)'
는….

－2004년 9월 노무현 대통령 러시아 모스크바대학 연설

끊임없이 연마하고, 덕을 앞세워 발전을 이룬다는 칭화 정신
은….

－2003년 7월 노무현 대통령 중국 칭화대 연설

16. 주의 집중

관심과 집중도를 높일 만한 내용을 적절히 배치한다. 질문을
던지는 것도 주의를 집중시키는 데 큰 도움이 된다. 개인적인
인연이나 에피소드가 있으면 소개하는 것이 그 한 방법이다.

여러분의 눈은 지금 어디를 바라보고 있습니까? 지금 세계의
시선은 동북아시아로 향하고 있습니다.

－노무현 대통령

개인적으로도 1993년 지방자치연구소를 설립해서 지방화의
정착에 많은 관심을 가져왔습니다.

－노무현 대통령

17. 눈에 그려지게, 손에 잡히게

김대중 대통령은 '철의 실크로드' 구상을 이렇게 표현했다.

부산에서 출발한 열차가 서울을 거치고 평양을 지나 시베리아를 횡단해 파리와 런던까지 가는 그날이 하루속히 와야 합니다.

노무현 대통령은 '중풍 환자에 대한 요양 복지 혜택'이나 '독립투사의 후손들의 어려운 생활'을 설명할 때 생생하게 묘사해줄 것을 주문했다.

18. 인용

유명 인사의 말, 역사적인 사실은 호기심을 자극한다. 단, 표절을 해서는 안 되고, 남의 글을 인용할 때는 반드시 출처를 밝힌다.

19. 속담, 명언

외교 연설문에서는 상대국의 속담이나 명언을 소개하는 것이 우호 증진에 효과적이다. 그렇지만 하나의 글에서 한 차례 이상 사용하지 않는 게 바람직하다.

20. 인상 깊은 문구

두 대통령 모두 인상 깊게, 뇌리에 박히는 표현을 잘 찾아냈다. 기억하는 문구 두 개만 소개하겠다.

김대중 대통령은 1998년 10월 일본 국회 연설에서 한국의 민주주의가 우연히 주어진 것이 아니라 피와 땀의 결과라고 말하면서 "기적은 기적적으로 이루어지지 않는다"는 명언을 남겼다.

노무현 대통령 역시 2003년 4월 국회 국정연설에서 "시장 개혁만으로 시장은 개혁되지 않는다"는 인상적인 말을 남겼다. 일상생활 속의 생각과 행동이 달라져야 시장이 달라지는 것이며, 투명하고 공정한 시장을 위해서는 투명하고 공정한 사회문화가 먼저 정착되어야 한다는 것을 강조하기 위해 던진 말이었다.

글쓰기에서는 흔히 네 가지 표현방식이 있다고 한다. 무언가를 알리고 싶으면 설명적인 글, 주장하고 싶으면 논증적인 글, 느낀 것을 드러내고 싶으면 묘사적인 글, 사건에 대해 이야기하고 싶으면 서사적인 글을 써야 한다는 것이다. 하지만 어떤 글도 설명·논증·묘사·서사 가운데 단 한 가지 방식만으로 표현할 수는 없다. 다만, 논증적인 내용의 글을 쓰려고 마음먹었으면 과도한 미사여구를 자제한다든지, 묘사적인 내용의 글에서 강한 주장을 펼치는 것 등은 주의할 필요가 있을 것이다.

16 끝이 좋으면 다 좋다

맺음말을 쓰는 12가지 방법

'위대한 국민에의 헌사'라는 제목의 김대중 대통령 퇴임 연설문은 이렇게 끝이 난다.

험난한 정치 생활 속에서 저로 인하여 상처 입고 마음 아파했던 분들에 대해서는 충심으로 화해와 사과의 말씀을 드립니다.

김대중 대통령이 쓴 노무현 대통령 추모사의 처음과 끝은 이렇다.

"노무현 대통령 당신, 죽어서도 죽지 마십시오." (시작)
"우리가 깨어 있으면 노무현 전 대통령은 죽어서도 죽지 않습

니다." (끝)

끝을 먼저 생각하고 시작했다. 꼭 그런 것은 아니지만, 가는 곳을 알아야 떠날 수 있다. 그래서 끝은 중요하다.

글쓰기는 다음 세 가지 질문에 대한 답을 구하는 과정이다.

첫째, 무엇에 관해 쓰지?

둘째, 시작은 어떻게 하지?

셋째, 마무리는 무슨 말로 하지?

이 세 질문에 대한 답을 찾았다면 글쓰기는 다 끝난 것이나 다름없다.

보통 시작이 어렵다고 한다. 첫마디 떼는 게 어렵고 중요한 게 사실이다. 그러나 시작은 잘못돼도 회복할 기회가 있다. 만회할 시간이 있다. 하지만 끝은 그런 게 없다. 연애도 시작하기보다는 끝내기가 어렵다. 맺음말은 독자나 청중에게 남기는 마지막 인상이다. 많은 사람이 영화의 마지막 장면처럼 마지막 말을 기억한다. 연설을 망친 경우에도 마무리만 잘하면 중간은 된다. 끝이 좋으면 다 좋은 것이다. 그래서 결정적 한 방이 필요하다. 깊은 여운을 남길 수 있다면 금상첨화다.

연설에서 맺음말은 소프트랜딩과 하드랜딩 두 가지 방식이 있다. 소프트랜딩은 이제 끝이 날 것을 미리 암시하고 끝을 내는 것이다. 끝나갈 무렵에 '결론적으로', '마지막으로' 같은 말을 써서 곧 끝이 날 것이라는 예고를 한다. 이 방식은 안정감이 있고, 때로 연설을 듣는 사람에게 '이제 드디어 끝나는구나' 하는 위안(?)을 주기도 한다.

하드랜딩은 예기치 않게 끝내는 것이다. 뚝 떨어지듯이 끝나거나 반전으로 끝내기도 한다. 조금 황당하기는 하지만 입가에 미소를 머금게 한다. 《글쓰기의 재발견》의 저자 마이클 민웰은 '빨리, 강하게, 깊이 있게'가 성공적으로 끝마치는 요령이라고 했다. '빨리, 강하게, 깊이 있게'가 어렵다면, 맺음말이 떠오르지 않을 때, 다음 열두 가지 방식이 도움이 될 수 있을 것이다.

1. 인용

속담이나 격언, 역사적 인물의 명언, 명구를 활용하여 끝내는 방식이다. 특별히 할 말이 없을 때 쓰는 가장 무난한 마무리다.

일본 속담에 "아이들은 부모의 등을 보며 자란다"는 말이 있습니다. 부모가 살아가는 모습이야말로 자라나는 세대에게 가장 귀한 가르침이 된다는 뜻이라고 이해하고 있습니다. 우리는 이 아이들에게 어떤 등, 어떤 모습을 보여주어야 하겠습니까. 우리 모두 마음에 가지고 있는 담장을 허물어냅시다.

― 2003년 6월 노무현 대통령 일본 국회 연설문

2. 정리

김대중 대통령이 자주 썼던 방식이다. 앞서 얘기한 내용의 핵심을 다시 한번 짚어줌으로써 강조하거나, 주요 내용을 정리해주는 것이다.

"오늘 긴 말씀을 드렸습니다만, 제가 하고자 했던 얘기는 바로 이것입니다."
"결론적으로 말씀드리면….."
"이를 다시 정리하면….."
"앞서 살핀 것처럼….."

3. 청유, 당부, 호소

당부하거나 권유할 내용을 '~합시다' 하면서 마무리한다. 이를 통해 결심이나 행동을 자극한다.

금년 1년은 전면적인 개혁을 위해 눈물과 땀을 바칩시다. 오늘의 고난을 감수하고 같이 손잡고 힘차게 전진합시다.
－1998년 6월 김대중 대통령 취임 100일 회견 모두연설

우리에게는 수많은 도전을 극복한 저력이 있습니다. 위기마저도 기회로 만드는 지혜가 있습니다. 그런 지혜와 저력으로 오늘 우리에게 닥친 도전을 극복합시다. 오늘 우리가 선조들을 기리는 것처럼, 먼 훗날 후손들이 오늘의 우리를 자랑스러운 조상으로 기억하게 합시다.
－2003년 2월 25일 노무현 대통령 취임사

4. 기대 표명

앞에 언급한 내용을 요약하고, 그것에 대한 기대를 표명하면서 끝맺는 방법이다. 가급적 밝고 희망찬 메시지를 보여주는 긍정적인 단어를 쓰는 게 좋다.

"이번 회의의 큰 성과를 기대하면서…."
"이번 행사가 새로운 결의를 다지고 출발하는 심기일전의 뜻 깊은 계기가 되기를 바라면서…."
"오늘 이 자리가 협력을 더욱 폭넓게 다지는 계기가 되기를 바라면서…."

5. 약속, 다짐

자신이 주장한 내용에 대해 지킬 것을 약속하며 마무리하는 방식도 있다.

"최선을 다할 것을 굳게 다짐하며…."
"반드시 실천하겠다고 약속드리며…."

6. 다시 한번, 거듭

가장 흔하게 쓰는 마무리다.

"다시 한번 감사드리며…."
"거듭 축하의 인사를 전하며…."

"다시 한번 관심과 성원을 당부드리며…"

7. 주장

새로운 제안이나 주장을 강조하면서 끝을 맺는 방식이다.

"끝으로, 강조해서 말씀드리고자 하는 것은 ~입니다."
"~에 대한 제 생각을 밝히며 끝을 맺도록 하겠습니다."

8. 전망

앞서 얘기한 내용을 정리한 후, 이를 바탕으로 향후 전망에 대해 언급하며 끝낸다.

"오늘 이 자리를 계기로 ~에 관한 논의가 더욱 활발해질 것으로 보입니다."

9. 덕담

참석자들의 건강과 행운, 건승을 기원하며 끝내는 방식이다.

"여기 계신 여러분의 건강과 행복을 기원합니다."
"여러분 모두의 건승을 빕니다."

10. 향후 과제

앞으로 해결해야 할 문제나 남은 과제를 제시하면서 끝을 맺는 방식이다.

역사는 지금 또 하나의 새로운 과업을 던져주고 있습니다. 바로 분열의 역사에 종지부를 찍고 국민통합의 시대를 열라는 것입니다. 이것은 우리가 분단시대를 극복하고 평화와 번영의 통일시대를 맞이할 수 있는 발판을 만드는 일이기도 합니다. 저는 국민 여러분과 함께 이 역사적 과업을 완수해내고자 합니다.

－2005년 8월 노무현 대통령 제60주년 광복절 경축사

11. 개인적인 얘기
본문 내용과 관계없는 가벼운 이야기로 끝낸다.

"여담입니다만…."

"오늘 준비한 얘기는 다했고, 끝으로 한 말씀만…."

12. 여운 남기기
드라마의 극적인 반전처럼, 전혀 예상하지 않은 내용으로 끝냄으로써 청중이나 독자들에게 아쉬움을 안겨주는 방식이다. 하지만 이런 마무리는 쉽지도 않을뿐더러, 실패하면 분위기가 썰렁해진다는 단점이 있다.

중앙대 정치국제학과에서 연설문 작성에 관한 특강을 했을 때의 일이다. 무슨 말로 끝을 낼까 고민하다 결국 다음과 같이

했다.

연설문과 관련하여 세 부류의 사람이 있습니다. 첫째, 스피치라이터. 둘째, 스피치라이터가 쓴 것을 검토하는 사람. 셋째, 스피치라이터가 써주는 것을 읽는 사람. 우리나라에서는 대통령과 국무총리만이 전문 스피치라이터를 두고 있습니다. 여러분은 어느 부류의 사람이 되시겠습니까? 이 가운데 셋째 부류의 사람이 나오기를 기대하면서 제 강의를 마치겠습니다.

가장 좋지 않은 마무리는 질질 끄는 것이다. 이에 대해 소설가 안정효는 《글쓰기 만보》에서 재미있는 비유를 했다. "장황한 종결은 낭비다. 그것은 꽃상여와 비슷하다. 살아서는 뼈빠지게 가난하여 누더기만 걸치고 옹색하게 살았던 사람이 죽은 다음 만장을 휘날리며 꽃상여를 타고 가서 어쩌겠다는 말인가."

누구나 멋있게 끝내고 싶어 한다. 그래서 욕심을 낸다. 하지만 마무리할 때가 되면 독자나 청중은 지쳐 있다. 집중력이 현저히 떨어져 있다. 반대로, 말하는 사람은 처음에 생각나지 않던 것이 끝낼 때가 되면 떠올라 할 말도 많아지고 아쉬움도 커진다. 그래서 끝낼 듯 끝낼 듯하면서 끝내지 않는다. 그것이 바로 사족이 된다.

아리스토텔레스는 《수사학》에서 머리말-진술부-논증부-맺음말 등 4단계 배열법을 권했다고 한다. 머리말과 맺음말은

144

'감동'을 주는 데 주력하고, 진술부와 논증부는 '설득'에 주안 점을 둬야 한다고 했다. 맞는 말이다. 그런데 '감동'을 주는 글을 쓰는 것이 어디 말처럼 쉬운 일인가.

광복절 경축사 꼬랑지가 사라진 까닭

시인 고은은 시 전문지 《시평》 기고글에서 이렇게 한탄했다. "이제 시인들 가운데 술꾼이 현저하게 줄었다. 최근의 시가 가슴에서 터져 나오지 않고 머리에서 짜여져 나오는 것과 무관하지 않다고 생각한다." 나는 이 말에 동의할 수 없다. 아마 두 대통령도 같은 생각일 것이다.

김대중 대통령은 술을 아예 입에 대지 않았다. 직원들에게도 금주하기를 권했다. 특히 담배 냄새 나는 장관이나 수석들은 자기 관리 차원에서 좋은 점수를 주지 않았다. 물론 직접 표현은 안 했지만, 킁킁 냄새를 맡는 시늉을 함으로써 엄중한 경고를 보냈다. 그래서 흡연자가 대통령을 뵈러 갈 때는 양치질은 물론 가글까지 하는 게 필수였다. 하물며 술 냄새야.

노무현 대통령은 그런 면에서 개방적이었다. 심지어 인수위원회 직전까지만 해도 당선자와 같이 담배 피우는 것이 허용될 정도였다. 임기 초 대통령이 지인 몇 분과 저녁식사를 했다. 식사가 끝나고 대통령이 담배를 한 대 물었다. 그러면서 동석한 연하의 지인에게 그런다.

"이제는 같이 담배 피우는 것 안 됩니다. 내가 대통령이니까."

우스갯소리를 한 후, 그래도 미안한지 한마디 덧붙인다.

"너무 야박하지? 한 대만 피우게."

그 이후에도 사적인 자리에서는 몇몇 사람에게 담배 피우는 게 허용됐다. 하지만 비공식적인 자리에서뿐이다. 공식 일정 때는 일절 담배를 피우지 않았다. 이전 대통령에게는 전매청에서 대통령 전용 담배를 만들어 공급했다. 금색 봉황 휘장이 그려진 담배였다. 물론 담배 품질도 최고 등급이었을 것이다. 하지만 노 대통령은 국산 '에쎄'와 '아리랑', '클라우드9'을 피웠다. 라이터도 시중에서 파는 500원짜리 일회용을 썼다.

김대중 대통령과 마찬가지로 노무현 대통령 역시 술은 가까이 하지 않았다. 분위기를 맞추기 위해 와인이나 민속주를 한두 잔 거드는 정도였다. 하지만 각종 술의 유래와 제조 방법에 관해선 어찌나 해박하던지, 술자리는 노무현 대통령의 술 얘기만으로도 흥이 났다.

술 예찬론을 펴는 문인들이 많다. 생각을 발전시키는 데 술만큼 좋은 것은 없다. 술은 상상의 나래를 펴는 묘약이니까. 하지만 술을 마시고 글을 쓰는 건 문제다. 그건 반칙이다. 청와대 시절 체득한 음주 작문의 폐해에 대해 속죄하는 마음으로 이야기 두 토막을 소개한다.

2006년 11월, 독일 유력지 《프랑크푸르터 알게마이네 차이퉁FAZ》의 요청으로 대통령이 '역사는 진보한다. 이것이 나의 신념이다'라는 제목의 기고문을 준비할 당시였다. 어느 날 오후, 예정에 없이 대통령이 찾는다. 그날따라 점심에 반주로 술을 한잔했다. 찾아뵈러 가니 부속실 직원이 술 냄새가 너무 난다고 한다. 그러나 어쩌겠는가! 이미 엎질러진 물인 것을. 대통령이 회의실에 왔다. 한두 마디 건네더니 이렇게 얘기한다.

"오늘은 내가 컨디션이 좋지 않아서 안 되겠으니 다음에 하세."

술 냄새를 맡은 것이다. 하지만 아무 내색을 안 한다. 아랫사람 무안할까 봐. 아니 문책을 당할 수도 있으니까. 어찌나 죄송하던지.

2005년, 제60주년 광복절 경축사를 준비할 때였다. 천신만고 끝에 광복절을 하루 앞두고 연설문 작성이 마무리됐다. 대통령과의 원고 검토회의만 일고여덟 차례, 서너 개 버전의 연설문이 만들어졌다가 사라지기를 반복했다. 광복절 연설문 준비는 1년 중 가장 큰 전투다. 남들은 휴가를 떠나는 한여름에 더위와 싸워가며 악전고투해야 한다. 보름 정도를 집에 들어가지 못하는 것은 물론, 식욕도 뚝 떨어진다. 오직 자나 깨나 8월 15일이 어서 오기만을 기다린다. 오죽하면 요즘도 광복절이 다가오면 나도 모르게 무언가에 짓눌린 느낌을 받을까.

드디어 그날을 하루 앞둔 8월 14일 저녁 무렵.

"아쉽지만 일단 이 정도로 마무리하세. 계속 붙들고 있으면 끝이 없겠네."

대통령의 이 한마디를 얼마나 기다렸던가. 끝났다는 해방

감에 연설비서관실 모두 삼청동 술집으로 달려갔다. 소주를 두 병 가까이 마셨을 즈음, 대통령에게 전화가 왔다. 시간을 보니 밤 10시가 넘었다.

"근데 말이야. 경축사 끝 부분 수정 좀 하세."

눈빛으로 메모지를 찾았다. 행정관 한 사람이 식당 메모지를 가져왔다. 한두 마디 할 줄 알고 적기 시작한 것이 40분을 훌쩍 넘었다.

"이렇게 고쳐서 내일 아침 일찍 보세."

술집을 나와 비서실로 향하는 발걸음이 천근만근이었다.

사무실에 오니 밤 11시가 넘었다. 절대고독! 아무도 나를 도와줄 사람이 없다. 소설가 조정래 선생이 그랬다. "사랑하는 아내가 원고지 한 장 대신 써줄 수 없고, 사랑하는 아들도 마침표조차 대신 찍어줄 수 없는 게 글쓰기"라고. 전화는 나 혼자 받았으니, 행정관들은 대통령이 무슨 말씀을 했는지조차 모른다.

문제는 내가 쓴 메모이지만 도무지 알아볼 수가 없다는 것이다. 사고 쳤다 싶었다. 1년 중 가장 중요한 연설 계기인 광복절에, 그것도 대형사고를 말이다. 걱정에 앞서 자괴감이 들었다. 대통령은 늦은 시간까지 고심하다 이거다 싶어 전화까지 했는데, 술 먹다가 이 지경이 됐으니. 결국 글자 해독을 포기하고 창작에 들어갔다. 어차피 내일 아침에 대통령이 고쳐줄 터이니 평소 하던 말씀을 참고해서 연설문을 써나갔다. 밤을 꼴딱 새우고 오전 7시 전에 관저에서 대기했다. 대통령이 들어왔다.

"왜? 어제 내가 다 불러주지 않았든가."

"한번 보자고 하셨습니다."

"됐다 마. 어련히 알아서 잘 썼을라고. 이제 신물 난다. 치와 뿌라."

하늘이 무너지는 줄 알았다. 그렇다고 억지로 보여드릴 수도 없지 않은가. 사무실로 내려와 TV를 켰다. 몇 시간 후에 있을 광복절 기념행사 실황중계를 기다리는 수밖에 내가 할 수 있는 일이 없었다.

마침내 바로 그 대목, 대통령이 수정을 지시했던 연설의 마무리 부분을 읽는다. 원고를 읽는 대통령의 눈빛을 뚫어져라 봤다. 눈빛이 미세하게 흔들렸다. 아, 잘못 썼구나. 하지만 대통령은 가타부타 말이 없었다. 그 후에도 광복절 경축사에 대해 일언반구 말이 없었다. 터무니없이 잘못 쓴 것은 아닌 모양이었다. 그날의 사건은 그렇게 일단락되는 듯했다.

세월이 흘러 퇴임을 6개월여 앞둔 오찬 자리. 비서관들과 식사를 하다가 2005년 광복절 얘기가 나왔다. 이런저런 말씀을 하다가 청천벽력 같은 대통령의 한마디.

"그때 말이야. 다 좋았는데 연설문 꼬랑지가 사라졌어. 분명히 내가 무슨 말인가 하고 싶었는데."

그러면서 나를 바라봤다. 대통령은 이미 알고 있었다. 모른 체해줬을 뿐.

술 마시고 글 쓰면 안 된다.

150

17

국민 여러분 '개해'가 밝았습니다

초고보다 중요한 퇴고 체크리스트

"1991년 김대중 대표는 모스크바대학에서 할 강연문을 열 번도 더 고치고 다듬었다. 강연 원고를 고치고 내게 수정해서 다시 가져다 달라고 하면, 이번에는 어떤 대목을 어떻게 고쳤을지 궁금해지곤 했다. 김 대표가 원고를 수정한 흔적을 따라가다 보면 그의 생각과 고민, 그리고 무엇을 이야기하고 싶은가를 미리 알 수 있었다. 그는 원고를 여러 번 다듬고 고치면서 청중과 미리 대화하고 있었다."

당시 민주당 김대중 대표의 수행비서였던 김한정 씨의 증언이다.

"모든 초고는 걸레다." 헤밍웨이의 말이다. 그는 《노인과 바다》를 400여 차례 고쳐 썼다. 두 대통령은 눈이 높았다. 한마디로 고수다. 고수일수록 퇴고에 많은 시간을 할애한다. 초고 쓰는 시간보다 고치는 시간이 더 길었다. 초고가 완성되면 발제 정도가 끝난 것이다. 그때부터가 본격적인 글쓰기의 시작이다. 고치는 것은 마감 시한도 없다. 연설하는 그 시각이 마감 시간이다. 그때까지는 계속 고친다.

무엇을 고쳤나?

첫 번째, 가장 중요한 것은 이 자리에서 이 얘기를 하는 게 맞는가 하는 것이다. 바로 주제의 적절성 여부다. 2006년 8월, 제61주년 광복절 경축사를 준비할 때는 세 개의 서로 다른 주제의 경축사가 만들어졌다. 버전이 계속 바뀌거나 업그레이드된 것이다. 최종본은 광복절 하루 전날 완성되었다.

두 번째 주안점은 주제가 명확하게 전달되고 있는가 하는 것이다.

☐ 주제가 잘 부각되었는가. 즉 청중이나 독자가 무엇이 주제인지를 정확히 알아차릴 수 있는가.

☐ 주제를 알기 쉽게 설명하고 있는가.

☐ 주제를 뒷받침하는 소재는 충분하고 적절한가.

☐ 주제의 명료함을 가리는 장황한 수사는 없는가.

☐ 주제에서 벗어난 내용이 많지는 않은가.

세 번째는 글의 전개에 무리는 없는가 하는 것이다.

□ 무엇보다 논리적으로 서술되어 있는가.

□ 서론, 본론, 결론의 서술이라면 이들 간의 안배는 균형감 있게 되어 있는가.

□ 단락 구분과 단락 분량은 적절한가.

□ 단락과 단락 사이의 연결은 매끄러운가.

□ 전반적인 흐름에서 통일성을 깨트리는 단락은 없는가.

□ 단락 순서를 바꾸면 더 나아지는 것은 없는가.

네 번째는 내용상의 보완이다.

□ 빼도 상관없는 군더더기는 없는가.

□ 빠트린 내용은 없는가.

□ 앞과 뒤가 서로 어긋나는 내용은 없는가.

□ 분량은 맞는가.

다섯 번째는 표현상의 문제다.

□ 다르게 바꿨을 때 더 적절한 단어는 없는가.

□ 불필요한 중복은 없는가.

□ 불확실한 표현은 없는가.

□ 진부한 표현cliche은 없는가.

□ 비문은 없는가.

□ 짧게 끊을 데는 없는가.

이에 대해 장순욱은 《글쓰기 지우고 줄이고 바꿔라》에서 지우고(반복 삭제), 줄이고(늘어진 것 조이기), 바꾸라(어색한 것 고치기)고 조언한다.

　여섯 번째는 오류 찾기다. 아무리 사소한 오류라 할지라도 그것 하나가 글 전체의 격과 신뢰에 손상을 준다. '우리 국민이 해외로 나가 쓴 의료비가 10억 달러'라는 잘못된 통계가 2005년 2월 취임 2주년 국회 국정연설에서 인용된 적이 있다. 한 병원장이 경제지와 인터뷰하는 과정에서 나온 말을 재경부가 받아, 그 내용이 청와대 정책실을 거쳐 연설에 사용된 것이다. 있어서는 안 될 일이었다.

　　□ 외래어 표기 등 맞춤법과 띄어쓰기 오류는 없는가.
　　□ 숫자, 이름, 연도 등 사실관계 오류는 없는가.
　　□ 쉼표, 물음표, 가운뎃점 등 부호는 정확한가.
　　□ 한자나 영어는 틀린 게 없는가.
　　□ 표절 시비 우려는 없는가.
　　□ 날씨, 종합주가지수와 같은 유동적인 내용의 변동은 없는가.

일곱 번째는 독자나 청중의 입장에서 생각해볼 것들이다.

□ 지겹다고 하지 않을까.

□ 수다스럽다고 짜증 내지 않을까.

□ 왜 글을 썼는지 알 수 있을까.

□ 전체적으로 어떤 느낌을 받을까.

□ 재미, 감동, 지식 등 무슨 유익을 얻을까.

□ 시작에서 흥미를 보일까.

□ 결론에서 여운이 남을까.

□ 글이 리듬을 타고 있나.

고치기 과정에서는 몇 가지 유의해야 할 게 있다.

오류는 틀림없이 있다

오류를 수정하면 나아지는 게 반드시 있다는 생각으로 시작해야 한다. 그리고 실제로 오류는 반드시 있다.

2006년 신년사 준비 당시 노무현 대통령이 연설비서관실에서 보고한 초안을 수정하여 내려보냈다. 2006년은 병술년 개띠 해였다. '개의 해'였던 것이다. 그런데 대통령 수정본이 '국민 여러분, 개해가 밝았습니다'로 시작했다. 초안은 '국민 여러분, 새해 복 많이 받으세요'였다. 연설비서관실은 고민에 빠졌다. 아무리 개띠 해지만 설마 대통령이 '개해'라고 하셨을까 하는 사람이 있는가 하면, 또 다른 사람은 개띠 해에 '개해'라고 표현한 것이 뭐가 문제냐고 했다. 결국 대통령에게 여쭤

봤다. 대통령은 너무 당연하다는 듯이 "그거 오타네" 하는 것이었다. 대통령이 수정을 하면서 '새해'를 '개해'로 잘못 친 것이다. 그러고 보니 컴퓨터 자판에서 'ㄱ'과 'ㅅ'이 붙어 있다. 확인과 퇴고가 얼마나 중요한지 다시 한번 깨달은 기회였다.

노무현 대통령은 주관이 뚜렷하고 자기주장이 강한 분이다. 그래서 흔히 고집이 셀 것으로 생각한다. 하지만 그렇지 않다. 적어도 연설문 수정과 관련하여 겪어본 바로는 그렇다. 어떤 참모가 "이 얘기는 수위가 너무 높습니다" 하면 처음에는 듣기만 한다. 그런데 그 참모가 다시 같은 내용을 건의하면 항상 받아들였다. 이에 대해 대통령은 이렇게 얘기한 적이 있다.

두 번씩이나 얘기할 때는 필시 무슨 사정이 있을 것입니다. 수용하는 게 맞습니다. 터무니없는 얘기가 아닌 한 그 사람을 참모로 뒀으면 받아들여야지요.

철저히 독자가 되어야 한다

글을 쓴 사람으로 머물러 있으면 오류가 보이지 않는다. 거기서 벗어나는 것이 우선이다. 그러지 않으면 쓴 이유와 배경이 있기 때문에 스스로 합리화한다. 퇴고할 때는 인정사정없는 독자가 되어야 한다. 세상에서 가장 미워하는 사람이 쓴 글이라 생각하고 가차 없이 고쳐야 한다.

잠시 묵혀둬야 한다

글을 쓴 다음에 곧바로 고치려고 하면 잘 보이지 않는다. 자기 글에서 빠져나와 객관적인 입장으로 돌아갈 시간이 필요하다. 충분히 뜸을 들인 후 독자의 눈으로 다시 보자. 쉬운지, 명료한지, 설득력이 있는지, 혹시 오해할 수 있는 내용은 없는지 이리저리 뜯어보자.

소리 내어 읽어보자

운율이 맞는 글이 잘 읽힌다. 어색한 부분은 소리내어 읽으면서 걸러낸다. 연설문은 말할 것도 없다.

다른 사람에게 보여주자

글을 다른 사람에게 보여주면 이해가 안 되는 부분은 물어볼 것이고, 느낌은 얘기해줄 것이며, 명백한 오류는 잡아줄 것이다. 나아가 다른 시각으로 새로운 것을 찾아줄 것이다. 특히 전문적인 내용은 해당 분야의 전문가에게 조언을 구하는 게 필수다.

2004년 11월 미국 LA 국제문제협의회 주최 오찬 연설문을 준비할 때였다. 단어 하나가 문제였다. 노무현 대통령은 단어 하나를 두고 고쳤다 다시 쓰기를 반복했다. 이미 시간은 밤 10시가 가까웠다. 당시 북핵 문제가 심각했다. 2기 부시 행정부의 출범으로 미국의 강경대응이 우려되던 시기였다. 대통령은 미국의 무력행사를 우려했다. 전쟁만은 막아야 했다. 북한의 입장을 어떻게든 설명해야 했다. 문제가 된 문장은 다음과 같다.

> 북한은 핵과 미사일을 외부의 위협으로부터 자신을 지키기 위한 억제수단이라고 주장하고 있습니다. 일반적으로 북한의 말은 믿기 어렵지만 이 문제에 관해서는 여러 가지 상황에 비추어 북한 나름의 논리는 된다고 봅니다.

미국으로 떠나는 다음 날 아침, 대통령은 관계 장관과 수석에게 연설문을 보여주고 문제는 없는지 검토해보라고 지시했다. 관계 장관과 수석이 마지막 부분의 "북한 나름의 논리는 된다"를 "상당히 합리적인 것으로 볼 수 있다"로 고쳤다.

> 일반적으로 북한의 말은 믿기 어렵지만 이 문제에 관해서는 북한의 주장이 여러 가지 상황에 비추어 상당히 합리적인 것으로 볼 수 있다고 봅니다.

노무현 대통령은 현장에서 연설문을 읽다가 이 대목에서 잠시 멈춰 섰다. 그런 후 참석자들에게 양해를 구했다.

"처음에 내가 썼던 표현은 '합리적'이 아닌데, 참모들이 민감하다며 고친 것 같습니다. '합리적'이라는 표현은 적절치 않습니다. 처음에 썼던 표현을 되찾아보겠습니다."

158

최종적으로 이렇게 정리했다.

많은 경우에 북한의 말은 믿기 어렵지만 적어도 이 문제에 관해서는 북한의 주장은 여러 가지 상황에 비추어 일리가 있는 측면이 있다고 봅니다.

노무현 대통령은 이렇게 단어 하나를 두고 고심에 고심을 거듭했다. 대충 넘어가는 법이 없었다. 정확한 전달을 위한 노력을 끝까지 포기하지 않았다.

18 제목 달기는 글쓰기의 화룡점정

좋은 제목을 붙이는 노하우

신문은 대개 '1면 머리기사 제목 장사'라고들 한다. 누구나 신문, 잡지를 볼 때 제목부터 본다. 제목에서 흥미를 느끼면 본문으로 눈이 간다. 그렇지 못한 기사는 읽힐 기회를 박탈당한다. 의미 없는 글이 되는 것이다. 이것이 바로 기사 보기 '30-3-30 법칙'이다. 처음 30초 동안 제목과 부제와 사진을 보고, 읽기로 마음먹으면 3분 동안 기사 앞부분을 보며, 마음에 들면 30분 동안 끝까지 읽는다는 것이다.

책도 제목이 중요하다. 널리 알려진 얘기지만, 베스트셀러 《칭찬은 고래도 춤추게 한다》의 원래 책 제목은 '유 엑설런트'였다. 시장 반응이 거의 없었다. 책 제목을 바꿔 달자 큰 성공을 거뒀다. 노무현 대통령이 직접 생각해낸 본인 책 제목《여보, 나 좀 도와줘》도 성공적인 제목 중 하나다.

책 사는 사람은 제목과 지은이, 목차를 본 후 살지 말지를 결정한다. 그런데 목차도 제목이다. 목차 아래에는 중간세목이란 것도 있다. 책에서 제목, 부·장·절의 제목, 그 아래 중간제목은 사람의 뼈와 같다. 그만큼 제목은 중요하다. 일반 글에서도 섹시한 제목이 절반 몫을 한다.

그렇다면 섹시함의 기준은 무엇일까. 무엇보다 시선을 끄는 것, 관심을 유발하는 것이어야 한다. 관심이 가는 이유는 둘 중 하나다. 첫 번째가 궁금증이다. 동공이 커지면서 '이게 뭐지?'라는 의문이 들도록 해야 한다. 두 번째는 동기부여다. '이 내용을 보면 틀림없이 당신에게 이런 점이 이익이 될 거야'와 같이 얻게 되는 이점이 무엇인지 보여줌으로써 책을 읽게 만드는 것이다. 좋은 제목의 조건도 그 연장선상에 있다.

호기심을 자극해야 한다

그래서 의문형을 자주 쓴다.《역사란 무엇인가》처럼 말이다.

길어도 상관없지만, 최대한 압축하는 게 좋다

신문 기사 제목이 그렇다. '경제위기 터널 지나'

글 내용과 동떨어지면 곤란하다

나는 A를 전달하고 싶은데 듣는 사람은 B로 알아들으면 낭패다. 너무 욕심을 부리다 보면 엉뚱한 제목을 달게 된다. 인터넷상에서 많이 쓰이는 소위 '낚시'라는 것이다. 지양하는 게 좋다. 기본적으로 내용을 함축하는 제목이 바람직하다.

공감을 얻을 수 있다면 일탈도 나쁘지 않다

'목동마을 사람들은 불도저가 미웠다'는 한국일보 기자였던 소설가 김훈이 쓴 기사 리드이다. 1980년 서울 목동 재개발 때였다. 당시로선 엄청난 파격이었다.

호소형, 청유형도 자주 쓰인다

2005년 제60주년 8월 15일 광복절 경축사에서 노무현 대통령은 '국민통합의 시대를 엽시다'라는 호소형 제목의 연설문을 발표했다.

유행을 따라가는 식상함을 피한다

제목에도 유행이 있다. 책 제목이 그렇고 영화 제목이 그렇다. '살인의 추억'이 히트를 치니 '○○의 추억'이 유행했다. 정 안 되면 편승이라도 해야겠지만, 그것으로는 중간밖에 될 수 없다. 제목도 참신함이 생명이다.

독자로 하여금 생각하게 하면 좋다

너무 분명하면 여지가 없다. 상상할 수 있는 여유가 있어야 한다. 약간은 모호하게 하는 것도 방법이다.

제목과 유사한 것으로 주제문이란 게 있다. 글의 주제를 한 문장으로 요약한 것이다. 최복현은 그의 책 《닥치고 써라》에서 주제문을 작성하는 이유 네 가지를 든다. 첫째, 글의 방향을 분명하게 하기 위해서. 둘째, 글의 범위를 좁혀서 구체화하기 위해서. 셋째, 글의 주제를 명확하게 담기 위해서. 넷째, 글의 결론을 미리 정하기 위해서다. 따라서 그 요건은 좀 다르다. 표현이 정확하고 구체적이어야 하며, 글 쓰는 사람의 관점이 드러나야 하고, 논리적으로 증명될 수 있어야 한다.

대통령 연설문에는 제목이 없다. 광복절 경축사와 신년 기자회견 모두연설에만 제목을 다는 경우가 있었다. 국정 전반에 걸쳐 다루는 두 연설은 핵심 메시지가 한 개가 아니고 여럿이었기 때문에 대통령이 의도한 방향으로 초점을 맞출 수 있도록 하기 위해서였다.

누군가 묻는다. '내용을 다 쓰고 제목을 다는 게 맞습니까? 아니면 제목을 달아놓고 내용을 쓰는 게 맞습니까?' 선택은 자유다.

내 친구 중에 명함에 '작가 아무개'라고 쓰고 다닌 녀석이 있었다. 영문학과를 졸업하기는 했지만, 글은 한 줄도 써보지 않은 상태였다. "네가 무슨 글을 썼다고 작가냐?" 하고 물어보면 앞으로 될 거란다. 그리고 실제로 작가가 되었다. 제목을 먼저 써놓고 그 안에 내용을 채운 사례다.

하지만 나는 다 쓰고 제목을 다는 쪽이다. 출판사에서도 그렇게 한다. 물론 가제는 있다. 이름 없이 다닐 수는 없기 때문이다. 이 가제가 최종 제목이 되기도 한다. 하지만 그런 경우는 거의 없다. 책 내용이 완성되면 그때부터 적게는 수십 개에서 많게는 수백 개의 제목을 놓고 고민한다. 책 판매에 제목이 미치는 영향은 거의 절대적이기에 그렇다. 그런 점에서 제목 달기는 글쓰기의 첫 번째 순서이면서, 글쓰기를 마무리하는 화룡점정과도 같다.

19

3·1절 아침에 쓴
경위서 한 장

글은 메시지다

말을 하고 글을 쓰는 이유는 분명하다. 메시지를 전달하기 위해서다. 글을 쓰기 전에 자신에게 물어봐야 한다. '무슨 말을 하고 싶은가?' 그것이 떠오르지 않으면 아직 글 쓸 준비가 되어 있지 않은 것이다. 그럼에도 글쓰기를 강행했을 때 돌아오는 대답은 십중팔구 '도대체 뭐라는 거야?'이다. 그래서 대통령은 메시지를 고민한다. 어떤 메시지를 전할지 정해지면 다 된 밥이다.

물론 그것을 잘 전달하는 것도 중요하다. 듣는 사람들이 대통령이 전하고자 하는 메시지를 알아차리면 성공이다. 그러나 그게 쉽지 않다. 백인백색이다. 듣는 사람마다 해석이 다르다. 대통령이 연설문을 발표한 다음 날 신문의 제목도 각기 다르다. 대통령은 이 얘기를 강조하고 싶었는데, 다른 얘기가 헤드라인으로 뽑히는 경우가 허다하다. '보도지침'이 있던 시절에는 제목을 정해주다시피 했다. 하지만 김대중, 노무현 대통령 시절에는 그러지 않았다. 해석은 자유였다. 언론이 받아들이고 싶은 대로 썼다.

핵심 메시지는 가급적 셋 중의 하나로 정하는 게 좋다.

첫째, 자신이 잘 알고 열정적으로 얘기할 수 있는 것이어야 한다. 지식이나 경험 모든 면에서 자기가 잘할 수 있는 분야, 자신 있는 지점에서 붙어야 승산이 높다. 홈그라운드로 끌어들여야 하는 것이다. 잘 알지도 못하는 '적진'에 뛰어들어 주제를 잡을 일이 아니다. 그렇다고 '개똥철학'이어서는 곤란하다. 객관적인 근거를 가지고 증명할 수 있는 것이어야 한다. '공자님 말씀'도 좋지 않다. 누구나 다 아는 얘기, 빤한 얘기는 재미없지 않은가. 자신만의 시각을 보여주는 참신하고 독창적인 얘기일수록 좋다.

둘째, 듣는 사람이 바라고 기대하는 것이어야 한다. 어차피 글이나 말은 읽고 듣는 상대가 중요하다. 그들이 관심 없고 흥미를 느끼지 못하는 내용은 얘기해봤자 전달이 어렵다. 어느 대통령이나 자신이 생각하는 핵심의제, 소위 대통령 어젠다라는 게 있다. 노무현 대통령은 정치를 이렇게 얘기했다.

어젠다를 만들고 그것을 통해 세력으로 결집하는 게 정치다. 그러므로 정치인은 새로운 어젠다를 만들고 끊임없이 던져서 국민에게 생각이라도 해봐달라고 해야 한다.

김대중 대통령은 주로 경제와 남북관계에 초점을 맞췄고, 노무현 대통령은 상대적으로 정치개혁 쪽 어젠다의 비중이 컸다. 그가 이루고자 했던 것은 지역주의를 극복하고 대화와 타협의 새로운 정치문화를 만드는 일이었기 때문이다. 그런데 야권과 언론에서 설정한 어젠다는 경제 쪽이었다. 그러다 보니 대통령 어젠다는 무시되다시피 하면서 사사건건 충돌이 일어났다.

셋째, 그 계기에 반드시 해야만 하는 내용. 칭찬이 필요한 자리에는 칭찬, 격려가 필요한 때에는 격려, 위로가 필요한 자리에는 반드시 위로의 말이 들어가야 한다.

핵심 메시지가 정해지면 모든 내용은 자동적으로 이를 향해 수렴한다. 따지고 보면 글이나 말은 핵심 메시지를 잘 전달하기 위해 그것을 뒷받침할 수 있는 근거, 사례, 비유 등을 나열하는 행위다. 이를 위해서는 제재와 소재, 즉 글감을 충분히 찾아야 한다. 소재가 핵심 메시지를 전달하기 위한 모든 재료라면 제재는 여러 소재 가운데 핵심 메시지와 좀 더 밀접한 재료다.

예를 들어 5·18민주화운동의 정신에 관한 글을 쓴다고 하자. 소재는 김대중, 전두환, 신군부, 전남대, 광주시민, 주먹밥, 금남로 등이 될 것이고, 제재는 민주주의, 시민의식, 공동체 등이다. 글이나 연설은 말할 것도 없고 우리 주변 모든 것에는 핵심 메시지가 있다. 종교에도 있고, 광고에도 있고, 심지어 사람에게도 있다. 어떤 사람을 떠올리면 생각나는 그 무엇, 그 것이 그 사람의 핵심 메시지다.

핵심 메시지를 전달하는 방식도 다양하다. 김대중 대통령은 '반복'과 '유익'을, 노무현 대통령은 '자극'과 '공감'을 활용했다. 예를 들어 김 대통령은 외국인 투자유치 필요성을 얘기할 때 일석삼조의 효과를 강조했다.

외국인 투자가 들어오면 첫째 외화가 들어오고, 둘째 외국의 우수한 경영기법이 들어오고, 셋째 그만큼 일자리가 생깁니다.

무엇보다 김대중 대통령은 메시지를 알기 쉽게 전달하기 위해 노력했다. 메시지가 복잡하지 않으면서도 품격이 있었다. 2000년 2월 김대중 대통령이 서울대 졸업식 치사를 했다. 긴 연설 중 기억에 남는 한마디가 있다.

여러분은 서울대 졸업생입니다. 하지만 여러분은 서울대 교문을 나서는 순간 서울대 출신임을 잊어야 합니다.

이 두 문장에 학벌 사회의 폐단에 대한 지적과 졸업생들에게 학력에 안주하지 말 것을 당부하는 메시지가 들어 있다.

노무현 대통령은 자신이 전하고자 하는 핵심 메시지가 연설문에 담겨 있는지부터 챙겼다. 대통령 지시로 청와대 안에

'메시지 기획회의'를 운영하기도 했다. 연설비서관이 주재하고 의전비서실을 비롯해 몇몇 비서실이 참여했다. 일주일에 한 번씩 모임을 갖고 대통령이 참석하는 행사마다 어떤 메시지를 던질 것인가 논의했다.

핵심 메시지가 빠져 있어 낭패를 본 사례가 있다. 문재인 대통령 이전에는 어느 대통령이나 취임 후 첫 3·1절은 경황없이 맞이했다. 대통령의 취임식 날짜가 2월 25일이었기 때문이다. 취임식 준비에 몰두해야 하는 인수위원회에서는 3·1절 기념사를 준비할 엄두도 내지 못한다. 참여정부 때도 그랬다. 나는 인수위원회에서 첫 번째 3·1절 기념사를 준비했고, 3·1절 전날 노무현 대통령은 아래 문안만을 추가할 것을 주문했다.

우리의 근·현대사는 선열들의 고귀한 희생에도 불구하고 좌절과 굴절을 겪어야 했습니다. 정의는 패배했고 기회주의가 득세했습니다. 참여정부에서는 권력에 아부하는 사람들이 더 이상 설 땅이 없을 것입니다. 오로지 성실하게 일하고 정정당당하게 승부하는 사람들이 성공하는 시대가 열릴 것입니다.

그렇게 2003년 첫 번째 3·1절 연설은 아무 문제 없이 끝이 났다. 이듬해인 2004년 3·1절. 노무현 대통령은 달랑 메모지 한 장을 들고 3·1절 기념식이 열리는 세종문화회관으로 향했다. 그렇게 된 연유가 있다.

나는 노무현 대통령의 취임 첫해 3·1절에 작성했던 것과 유사한 내용으로 보고했다. 김대중 대통령은 3·1절에 일본을 향한 메시지를 내보낸 적이 없었다. 2003년에도 노무현 대통령에게 그런 기조로 보고했는데, 별말씀이 없었다. 그래서 2004년에도 일본에 대한 언급은 하지 않은 채 초안을 작성했다. 하지만 대통령은 전하고자 하는 메시지가 따로 있었다. 역사를 왜곡하고 신사참배를 강행하고 있는 고이즈미 총리에게 전하고 싶은 얘기가 있었다. 그 메시지를 공보수석실에 얘기했는데, 연설비서관실로 전달이 제대로 안 된 것이다. 취임 1년 차만 하더라도 청와대 내 커뮤니케이션 통로인 이지원이 아직 가동되지 않은 상황이었다. 대통령은 본인 뜻을 전달했으므로 응당 3·1절 기념사에 그 내용이 포함되어 있을 것으로 생각했다.

2004년 3월 1일 아침, 노무현 대통령은 진노했다. 3·1절 기념식 당일 행사 보고를 받으면서 본 연설문 초안에 지시한 메시지가 전혀 반영되어 있지 않았던 것이다. 대통령은 놀라운 순발력으로 메모지 한 장에 연설할 내용을 정리해 행사장으로 떠났다. 하지만 대통령의 진노는 간단한 일이 아니다. 진노 그 자체가 일종의 지시 사항이 된다. 민정수석실은 그 이유를 알아보고 그에 대한 조치를 해야 한다. 나는 일본 관련 메시지를 넣지 않은 이유에 대해 경위서를 작성했다.

다행히 공중파로 생중계된 3·1절 기념사는 대통령 스스로 흡족할 만큼 잘됐다. 대통령은 하고 싶은 말을 후련하게 하고 돌아왔다. 언론의 반응도 나쁘지 않았다. 해야 할 말을 했다는 것이 대체적인 평가였다. 다만, 외교통상부에서만 대통령이 한 발언의 후속조치를 취하느라 분주했다.

일본에 대해서 한마디 꼭 충고를 하고 싶은 말이 있다면 우리 국민의 가슴에 상처를 주는 발언들은 흔히 지각없는 국민이 하더라도, 흔히 인기에 급급한 한두 사람의 정치인이 하더라도 적어도 국가적 지도자의 수준에서는 해서는 안 됩니다. 우리 국민이, 우리 정부가 절제할 수 있게 일본도 최선을 다해서 노력해야 합니다. 그 이상의 말씀은 더 드리지 않겠습니다.

대통령은 행사에서 돌아와 경위 보고를 받았다. 대통령이 취한 조치는 의외였다. 대통령과 연설비서관실 간에 소통이 잘 될 수 있는 근본적인 조치를 지시했다. 연설비서관실을 공보수석실 소속에서 대통령 직속으로 바꾸고, 사무실도 비서동이 아닌 본관 대통령 집무실 옆방으로 옮기라는 지시였다. 대통령이 국민에게 정확한 메시지를 전하기 위해서는 이를 담당하는 연설비서관실부터 가까운 곳에서 대통령의 말을 잘 알아들어야 한다는 뜻이었다.

20 봉하에서의
대통령 퇴임 연설

짧은 말의 위력

할 말이 별로 없으면 짧게 하는 것으로도 한몫을 하는 경우도 있습니다. 좀 더 간결하게 다듬어보십시오.

―2005년 11월 APEC 정상회의 공식 만찬사에 대한 코멘트

가급적 줄일 수 있으면 더 줄여주기 바랍니다. 핵심이 없이 지루한 글은 짧은 것만 못합니다. 길이를 줄이는 데 망설일 일은 아닙니다.

―2005년 12월 말레이시아 경제인 오찬 연설문에 대한 코멘트

짧은 글일수록 압축된 어휘와 간결한 문장으로 써야 힘이 생깁니다. 다시 한번 다듬어주시기 바랍니다.

— 2006년 1월 신년사에 대한 코멘트

내용이 너무 길면 긴장감을 잃으면서 지루하고 문장이 어려워집니다. 듣다가 앞의 얘기를 기억하지 못할 정도가 된다면 문제입니다.

— 2006년 11월 제43회 무역의 날 기념사에 대한 코멘트

위의 인용문은 연설비서관실에서 보고한 초안에 대한 노무현 대통령의 코멘트다. 모두 줄일 수 있으면 더 줄이라는 주문이다. 글쓰기의 기초에 대한 지적이다. 노 대통령 자신이 그렇게 글을 썼다. 처음에는 대통령 표현대로 '왕창' 쓴다. 압축할 수 있는 데까지 압축한다. 그리고 다듬는다.

2005년 10월 3일 《한겨레》에 독일 동방정책의 설계자 에곤 바르와의 대담 기사가 났다. 그는 독일은 동방정책을 추진하기 전에 동독과 4대 강국은 물론 폴란드 등 주변국들의 이해관계에 대해 면밀히 검토했는데, 그것을 정리한 것만도 2,000쪽에 달했고, 이것을 요약하여 27쪽으로 만들고, 다시 한 쪽 반으로 요약한 문서를 회담에 제출함으로써 1970년 모스크바 조약을 체결할 수 있었고, 이런 노력이 결국 1989년 동구권 변혁의 밑거름이 되었다고 말했다.

이 기사를 보고 노 대통령은 참모들에게 압축하는 역량을 키워야 한다고 주문했다. 실제로 대통령은 보고서를 작성할 때도 한 쪽 안에 모든 것을 담기를 원했다. 한 쪽 안에 담는 것

이 정 어려우면 주석을 달아서 뒤로 빼고, 그래도 할 얘기가 더 있으면 별첨하라고 지시했다.

글 쓰는 사람이면 누구나 아는 원칙, KISS(Keep It Simple Short!) 전하고자 하는 내용을 전할 수만 있다면 짧을수록 좋다. 글이 길다고 감동이 더 있고, 더 깊은 인상을 주는 것은 아니다. 광고 카피처럼 때로는 한 문장, 단어 하나가 긴 글보다 더 힘 있고 감동적인 경우가 많다. 오히려 글이 길면 초점이 흐려지고, 읽는 이로 하여금 말하고자 하는 핵심이 무엇인지 파악하기 어렵게 할 공산이 크다. 무엇보다 읽는 사람의 수고와 시간을 배려하는 것은 중요하다. 별다른 감동도, 유익도, 재미도 없는 글을 긴 시간 읽게 하는 것은 도리가 아니다.

노무현 대통령은 늘 자신이 전하고자 하는 바를 함축하는 한 단어, 한 문장을 찾기 위해 부단히 노력했다. 예를 들어, 인사 청탁은 안 된다는 단호함을 "인사 청탁하면 패가망신한다"는 말로, 부동산 투기 근절 의지는 "강남이 불패면 대통령도 불패다"라는 말로 함축했다. 이 말은 부동산업자의 농간과 투기세력에 굴복하지 않겠다는 의지의 표현이었다.

독자나 청중은 긴 글이나 장황한 말 속에서 한 단어, 한 문장만 기억한다는 게 노 대통령의 지론이다. 글을 쓸 때는 바로 그 문장을 찾아내야 한다는 것이다. 통상 주제문이라고 부르는 이 한 문장을 노 대통령은 '표어'라고도 했고, '카피', '명제'라고도 했다. 바로 이 표어, 카피, 명제를 놓고 늘 고심했다.

김대중 대통령이 당선 후 얼마 지나지 않아 군부대를 방문했다. 이 자리에서 공정한 인사 방침을 이렇게 얘기했다.

앞으로 군은 서울을 쳐다보는 것이 아니라 북을 향해 모든 힘을 쏟을 것입니다.

군 고위직에 전라도 출신이 거의 없던 당시의 현실에서 이 한마디는 군의 동요를 일거에 잠재웠다.

짧은 말은 긴 말보다 결코 쉽지 않다. 짧은 말 속에 모든 것을 얘기해야 하고, 또한 핵심을 찔러야 하기 때문이다. 조선 후기 명문장가 이덕무 선생은 이를 이렇게 얘기했다. "간략하되 뼈가 드러나지 않아야 하고, 상세하되 살찌지 않아야 한다."(한정주, 《조선 지식인의 글쓰기 노트》, 포럼) 에이브러햄 링컨의 게티즈버그 연설은 단 266개 단어로 이루어졌다. 이 자리에 함께했던 당대 최고의 웅변가 에드워드 에버렛은 두 시간 가까운 연설을 했다. 그야말로 '연설하고 있네'를 몸소 보여준 것이다. 결국 아무도 에버렛의 말을 기억하는 사람은 없다.

누구나 아는 얘기 중에, 더 극단적인 사례도 있다. 프랑스 작가 빅토르 위고가 출판사에 원고를 보낸 후 반응이 궁금해서 이렇게 편지를 보냈다.

"?"

이에 대해 출판사에서 답을 보내왔다.

"!"

그 결과로 《레미제라블》이 탄생했다.

노무현 대통령도 짧은 연설을 자주 했다. 2005년 울산에서 열린 제86회 전국체육대회 연설에 긴 축사를 준비해 갔다. 막상 현장에 가보니 야간 개회식에 열광하는 수만 명의 청중과 선수단이 보였다. 축사를 길게 할 상황이 아니었다. 대통령은 그 자리에서 연설문을 대폭 줄인 후 이렇게 끝냈다.

여러분 모두 승리하십시오. 최선을 다하십시오. 정정당당하게 승부하십시오. 그러면 모두 승리자가 될 것입니다. 그리고 다정하고 든든한 친구가 될 것입니다. 우리 국민은 힘찬 박수로 응원할 것입니다.

이 짧은 연설 안에 대통령은 당시 정치권과 경제계에 전하고자 하는 메시지까지 담았다. 지루하고 긴 연설을 예상했던 청중의 반응이 뜨거웠던 것은 물론이다.

2005년, 제60회 경찰의 날 축하행사 자리에서는 노무현 대통령이 환갑을 맞은 터라 야외에서 성대한 축하행사가 계획됐다. 그런데 갑작스레 폭우가 쏟아졌다. 위험을 무릅쓰고 시범을 보인 여경들이 추위에 떨고 있었다. 노 대통령이 연설할 차례가 됐다. 역시 60주년인지라 경찰에 대한 당부를 담은 긴 연설이 준비되어 있었다. 그러나 대통령은 원고를 덮고, 이런 요지로 말했다.

제가 7분짜리 치사를 준비했습니다. 줄여서 말씀드리겠습니다. 저는 여러분을 믿습니다. 매우 자랑스럽게 생각합니다. 세계에서 가장 안전한 나라가 우리 대한민국입니다. 이것은 바로 여러분의 자랑입니다.

그 어떤 긴 연설보다 경찰에 대한 대통령의 따뜻한 애정이 녹아 있다.

2008년 2월 24일, 노무현 대통령 퇴임하는 날. 김대중 대통령 때는 있었던 퇴임사가 없었다. 대신에 퇴임하는 대통령으로서 공식적인 마지막 연설을 고향 봉하에서 했다.

"야, 기분 좋~다!"

김대중 대통령 연설문은 좀 긴 편이었다. 정책 등에 대해 첫째, 둘째, 셋째 하는 식으로 소상하게 설명했다. 대통령은 그것이 국민에 대한 성의 표시라고 여겼다. 1999년 7월 '필라델피아 자유 메달' 수상식장은 무척 더웠다. 김 대통령은 짧게 수상 연설을 하겠다고 밝혔다. 하지만 자유를 향한 그의 긴 여정은 짧게 설명될 수 없었다.

여기까지 참으로 긴 세월 동안 자유를 향한 순례를 했습니다. 그 가운데 나를 지탱해준 힘들이 있습니다.

이렇게 시작한 연설은 자신을 지탱해준 힘으로, 첫째 내가 믿는 예수님, 둘째 정의는 반드시 승리한다는 역사관, 셋째 어떻게 사는가가 중요하다는 인생관, 넷째 가족의 지원을 열거했다.

어느 쪽이 더 좋은 연설인지 우열이 있을 수 없다. 수사학의 대가인 키케로의 말을 빌리지 않더라도 글은 쓰는 사람의 스타일에 따라, 글의 성격에 따라, 그리고 글을 읽는 대상이 기대하는 바에 따라 길 수도 짧을 수도 있다. 하지만 분명한 것은 군더더기가 있어서는 안 된다는 것이다. 글을 쓸 때는 더 넣을 것이 없나를 고민하기보다는 더 뺄 것이 없는지를 한 번 더 생각해봐야 한다.

더 이상 뺄 것이 없는 글이 좋은 글이다. 군살은 사람에게만 좋지 않은 게 아니다.

연설의 달인이 들려준 이야기

노무현 대통령은 제16대 총선에서 낙선한 2000년 4월 13일, 《세계를 감동시킨 위대한 연설들》이라는 책에서 링컨의 두 번째 취임 연설문을 읽고 세상이 새롭게 보일 만큼 큰 감동을 받았다고 했다. 어디 그뿐인가. 아래 연설문은 더 유명하다.

국민의, 국민에 의한, 국민을 위한 정부는 이 지구에서 결코 멸망하지 않을 것이다.
— 1863년 게티즈버그 에이브러햄 링컨의 연설

우리가 두려워해야 할 것은 오직 두려움뿐이다.
— 1933년 대공황으로 실의에 빠진 국민에게 용기를 북돋워줬던 프랭클린 루스벨트의 연설

여러분의 조국이 여러분을 위해 무엇을 해줄 것인가를 묻지

말고, 여러분이 조국을 위해 무엇을 할 것인지를 자문해보라.

— 1961년 존 F. 케네디의 취임 연설

초등학생까지도 한 번쯤은 들어봤을 법한 세 연설문에는 두 가지 공통점이 있다. 첫째, 미국 대통령의 연설문이다. 둘째, 우리나라 교과서에 실려 있다. 우리 대통령의 연설문이 교과서에 소개된 적이 있는가. 아직 들어보지 못했다. 왜 그럴까? 나는 위 연설문에 버금가는 명연설이 없어서 그런 것은 아니라고 본다. 찾아보면 명문장의 좋은 연설문은 많다. 다만, '국민 누구나가 인정하는 대통령'을 갖지 못해서가 아닐까 싶다. 지역과 노소, 보수와 진보를 떠나서 말이다.

참여정부 연설비서관실에 김철휘 선임행정관이 있었다. 20년 넘게 대통령 연설문을 써온, 보기 드문 이력의 소유자다. 노태우 대통령부터 노무현 대통령까지 보좌한 우리나라 대통령 연설문 작성의 그야말로 산증인이다. 그와 4년 가까이 일하면서 내가 경험하지 못한 대통령들의 이야기를 들을 수 있었다.

전두환 대통령

말 그대로 카리스마가 느껴지는 연설을 했다. 간혹 원고에 없는 내용으로 특유의 유머감각을 보이기도 했다. 하지만 연설문 작성에는 그다지 관여하지 않았다. 그래서 그런지 연설문 자체는 결코 나쁘지 않다. 어투도 힘 있는 군인 연설 투다. '본인은'이란 특유의 억양이 흉내 내기의 단골 소재가 될 만큼 권위주의적이고 훈시하는 스타일의 연설을 했다.

당시의 연설비서관들은 중요한 정부 정책 발표거리를 아껴 두었다가 대통령 연설 계기에 집어넣었다. 대통령이 생색을 낼 수 있도록 배려한 것이다. 그러니 연설문 작성 담당자가 쓸 내용이 없어서 고민할 필요가 없었다. 오히려 대통령 연설문에 한 줄 넣어주는 것이 엄청난 권력이었던 때였다.

그 시기 연설문은 국한문 혼용체에 가깝다. 한자로 쓸 수 있는 단어는 모두 한자로 썼다. 대통령이 읽는 연설 낭독본도 붓글씨로 썼다.

노태우 대통령

"나 이 사람 믿어주세요"라는 말이 대변하듯이 설득호소형의 연설을 했다. 부드러우면서도 조곤조곤 얘기하듯 친근하게 다가가는 연설을 좋아했다. 노태우 대통령 스스로가 활달하게 나서는 성격이 아닌 데다, 6월 항쟁 이후 첫 직선 대통령으로서 국민에 대해 낮은 자세가 필요해서였다. 차분하게 설득하고 상세히 설명하는 포지션이다 보니 연설문이 만연체, 화려체다. 연설문을 보면 감동적이고 멋있는 표현들이 많이 등장한다.

연설비서관이 있기는 했으나 공보수석비서관이 직접 연설문을 썼고, 연설비서관은 수석을 보좌하는 역할을 했다. 따라서 공보수석은 언론감각도 필요했지만, 무엇보다 필요한 자질이 글을 쓸 수 있는 역량이었다. 주로 언론계 출신들이 이 일을 담당했는데, 김학준 수석과 지금은 고인이 된 이수정 수석이 노태우 대통령의 필사 역할을 했다.

연설문 자체의 완성도만 보면 노태우 대통령 연설문이 가장 훌륭했다고 할 정도로 글이 유려하다. 또한, 연설문은 중학교 1학년 정도면 이해할 수 있는 수준이어야 한다는 이 수석의 지론에 따라 매우 쉽게 작성됐다. 임기 막바지에 가서야 컴퓨터가 도입되어 그 이전까지는 연설문을 직접 원고지에 썼다. 이 경우 연설문을 수정할 때 편집이 쉽지 않았는데, 행정관 한 사람이 가위와 테이프를 들고 이 수석의 주문에 따라 자르고 붙이는 방식으로 글을 편집했다. 낭독본은 굵은 사인펜으로 썼고, 연설비서관실에 이를 전담하는 직원이 있었다.

노태우 대통령은 연설에 관해 대단히 성실한 모범생이었다. 영어 연설이 필요할 때에는 원어민이 영어로 녹음한 것을 수도 없이 들었다. 그럼으로써 본인의 발음도 교정하고 거의 외우다시피 했다.

김영삼 대통령

철저하게 메시지 중심의 연설을 했다. 김영삼 대통령은 똑 떨어지는 명확한 표현을 통해 메시지를 분명하게 전달하는 게 중요하다고 생각했다. 그러다 보니 이때 연설문은 '촌철살인'은 있지만 무미건조한 편이다. 간결체, 건조체라고나 할까. 문장들이 단문이고, 연설문 길이도 비교적 짧았다. 존 F. 케네디의 스피치라이터로 유명한 시어도어 C. 소렌슨이 연설문의 금과옥조로 생각했다는 간결, 단순, 명확의 3대 원칙에 충실했던 것이다. 물론 힘이 넘치고 공을 많이 들인 연설문도 없지 않았다. 광복절 경축사와 정치 관련 연설문이 그렇다. 그때까지만 해도 대통령이 여당 행사에 가서 연설하는 일이 꽤 있었다. 대통령 본인의 주 무대여서인지 이런 연설문은 매우 좋다. 김영삼 대통령은 굵직한 메시지만 챙겼다. 따라서 연설문을 준비하는 데 많은 시간을 투자하지 않았고, 거의 고치지도 않았다.

이 당시에는 윤여준이란 걸출한 인물이 연설문을 담당했다. 동아일보 출신인 윤여준 수석은 노태우 정부의 이수정 수석에 버금갈 만큼 글을 잘 썼다. 대통령도 그의 글을 신뢰했다. 윤 수석이 작성한 연설문을 세 번 정도 소리 내어 읽어본 후 "좋습니다. 이대로 갑시다", 이게 전부였다.

김영삼 대통령은 '정치 9단'이란 별명답게 정치적 감각이 뛰어났다. 연설문을 보고하면 굵은 사인펜으로 한두 자 덧붙여서 내려왔다. 그런데 다음 날 조간신문 헤드라인은 어김없이 대통령이 추가한 내용으로 뽑혔다. 대통령이 직접 추가한 내용을 기자들이 알 턱이 없는데도 말이다. 그만큼 김영삼 대통령은 언론이 어디에 관심이 있고, 무엇을 제목으로 뽑아야 할지를 알고 있었다.

물론 그때는 보수언론과 정권과의 관계가 무척 좋을 때였다. 청와대에는 메이저 언론 출신이 줄줄이 포진해 있었다. 그 이후 김대중 대통령 때도 언론사 출신들이 청와대에 대거 들어왔지만, 그들은 대부분 주요 언론의 변방에 있던 사람들로서, 대통령과의 개인적인 친분과 실력으로 참모가 됐다. 이에 반해, 김영삼 대통령 때까지는 언론 사주의 천거로 뽑힌 사람이 청와대에 들어왔고, 민원 창구 역할을 하기도 했다. 하마평 기사나 직접적인 추천을 통해 고위직 인사에도 관여했다.

전북대 강준만 교수가 분석한 바에 따르면 김영삼 대통령은 단호한 표현을 즐겨 썼다. 취임 1주년 기념 기자회견에서는 '반드시'라는 말을 12번이나 사용했고, 1994년 10월 국회 시정연설문에는 '확고히', '결연한', '결코 용납하지 않을 것', '엄청난', '엄벌', '철저히', '법정 최고형으로', '어떠한 희생이 있더라도' 등의 단어를 반복적으로 썼다.

김영삼 대통령은 발음과 관련한 에피소드도 많았다. 대표적으로 '확실히'를 '학실히'로, '경제'를 '갱제'라고 발음했다. 아무리 노력해도 고쳐지지 않았다. 그렇다고 연설문에 '경제'라는 단어를 안 쓸 수도 없었다. 그래도 최소화해보려고 노력했다. 당시 연설문 담당 행정관 책상에는 가급적 쓰지 말아야 할 단어가 붙어 있었다. 그중 가장 심각한 단어는 '관광'이다. "제주도를 세계적인 '강간 도시'로 만들겠다"는 우스갯소리가 전해질 정도로 대통령의 발음은 연설문 작성자의 중요한 고려사항이었다. 그런데 1994년 태평양지역 관광협회 총회와 1995년 제22회 관광진흥촉진대회 행사가 연이어 있었다. 1994년 관광협회 총회 연설문 준비 당시, '관광'이라는 단어를 안 쓸 수도 없어, 초안에서 36번이었던 것을 17번으로 줄이는 작업을 했다고 한다.

김영삼 대통령은 연설문과 관련하여 보안에도 많은 신경을 썼다. 하나회 척결, 금융실명제 도입 등 '중대 발표'가 많았기 때문이다. 1993년 금융실명제 도입과 관련한 대통령 담화문은 공보수석이 아닌 교육문화수석에게 쓰도록 했다. 사전에 기밀이 유출될 것을 염려해서였다.

다시 처음으로 돌아가보자. 우리나라에는 왜 명연설이 없느냐고 묻는 사람들에게 소개하고 싶은 게 있다. 김대중 대통령의 마지막 공식 연설문의 일부다.

여러분께 간곡히 피맺힌 마음으로 말씀드립니다. '행동하는 양심'이 됩시다. 행동하지 않는 양심은 악의 편입니다. 독재정권이 과거에 얼마나 많은 사람들을 죽였습니까? 그분들의 죽음에 보답하기 위해, 우리 국민이 피땀으로 이룬 민주주의를 지키기 위해서, 우리가 할 일을 다해야 합니다. 자유로운 나라가 되려면 양심을 지키십시오. 진정 평화롭고 정의롭게 사는 나라가 되려면 행동하는 양심이 되어야 합니다. 방관하는 것도 악의 편입니다. 독재자에게 고개 숙이고, 아부하고, 벼슬하고, 이런 것은 말할 필요도 없습니다.

우리나라가 자유로운 민주주의, 정의로운 경제, 남북 간 화해협력을 이룩하는 모든 조건은 우리의 마음에 있는 양심의 소리에 순종해서 표현하고 행동해야 합니다. 선거 때는 나쁜 정당 말고 좋은 정당에 투표해야 하고, 여론조사도 그렇게 해야 합니다. 그래서 4,700만 국민이 모두 양심을 갖고 서로 충고하고 비판하고 격려한다면 어떻게 이 땅에 독재가 다시 일어나고, 소수 사람들만 영화를 누리고, 다수 사람들이 힘든 이런 사회가 되겠습니까?

－2009년 6·15남북정상회담 9주년 기념사

21 대통령의 언어 vs 서민의 언어

쉽게 써라

'포지셔닝'이란 개념을 처음 정립한 잭 트라우트가 이런 말을 했다. "제품은 공장에서 만들지만, 브랜드는 소비자의 마음속에서 만들어진다." 이 내용을 글에 대비해보면 이렇다. '글을 받아들이고 느끼는 것은 쓰는 사람이 아니라 읽는 사람의 몫이다.'

쓰는 사람이 전하고자 하는 메시지를 읽는 사람이 잘 이해할까? 말하는 사람의 의도를 듣는 사람이 잘 알아차릴까? 김대중 대통령의 대답은 '아니올시다'다.

상대방이 내 말을 쉽게 이해할 것이라고 착각하지 않는 것으로부터 글쓰기는 시작되어야 한다. 그러니 무조건 알아듣지 못할 것이라고 생각하고 글을 쓰는 것이 좋다.

김 대통령의 충고다. 그의 '대통령 수칙' 7번이 '국민이 이해를 못할 때는 설명 방식을 재고하자'다. 상대가 내 말을 못 알아들을 때는 그를 탓하지 말고, 내 표현이 잘못된 것은 아닌지, 어렵게 말한 것은 아닌지 다시 한번 생각해봐야 한다는 것이다.

김대중 대통령은 최대한 쉬운 표현을 찾기 위해 노력했다. 그래서 김 대통령의 연설문에는 비유나 속담이 많이 등장한다. 햇볕정책을 설명할 때는 이솝 우화가 동원됐다.

바람과 해가 나그네의 옷을 누가 먼저 벗기나 내기를 했습니다. 바람은 강제로 벗기려 하나 실패했습니다. 해는 따뜻한 햇볕을 쬐어 나그네가 스스로 옷을 벗게 합니다. 햇볕정책이 그렇게 하자는 것입니다.

이처럼 아무리 어려운 내용도 김대중 대통령의 손을 거치면 쉽고 명쾌한 내용으로 바뀌었다. 노무현 대통령은 여기서 한 발짝 더 나아간다.

글이라는 것은 중학교 1, 2학년 정도면 다 알아들을 수 있게 써야 한다.

실제로 중학교에서 배우는 수준이 어디쯤인지 알고 싶다며 중학교 교과서를 가져와보라고 한 적도 있다. 역사의 진보에 대한 노 대통령의 정의, 즉 소수가 누리던 것을 더 많은 사람에게까지 확산하는 것. 그런 시각에서 보면 선택된 소수가 아니라 누구든지 이해할 수 있는 쉬운 글을 쓰는 것이야말로 역사 발전에 일조하는 길이다.

글쓰기는 나와 남을 연결하는 일이다. 그 글을 봐주는 사람이 이해 못하면 아무런 의미가 없다. 무슨 말인지 알아듣게 하고 제대로 이해시킬 책임은 쓰는 사람에게 있다. 좀 심하게 얘기하면 글이나 말은 듣는 사람, 읽는 사람 입에 떠 넣어줘야 한다. 손에 잡히도록 쥐여주어야 하는 것이다.

어떻게 해야 하나? 첫째, 당연히 쉬운 말로 써야 한다. 전문용어에 돼먹지 않은 알은체는 자제해야 한다. 영국의 학자 F. L. 루카스가 말한 것처럼 사람들에게 멋지게 보이기보다는 사람들을 도와주겠다는 마음의 자세가 필요한 것이다.

둘째, 명확하게 짚어줘야 한다. '내가 하려는 얘기의 요점은 이것, 이것, 이것이다'라고. 그래서 읽는 사람이 척 보면 알 수 있어야 한다. 예컨대 민주주의를 설명할 때도 두 대통령은 왜 민주주의를 해야 하는지, 민주주의를 하면 어떤 비전을 가질 수 있는가에 대해 일목요연하게 정리하고, 눈에 선하게 그려주었다.

김대중 대통령은 《옥중서신》에서 민주주의는 한마디로 '참여의 정치'라고 했다. 참여의 정치란 백성이 주인 되는 정치,

백성이 자신의 운명을 자기가 결정하는 정치, 백성이 스스로
신이 나서 건설하고 나라를 지키는 정치, 백성이 그 속에서 발
전하는 정치라며 그 비전을 이렇게 보여주었다.

민주주의가 발전하면 그 어떤 힘 있는 집단도 넘보지 못하는
건강하고 힘 있는 사회가 될 것이며, 한반도의 통일을 주도할
수 있고, 경제가 살아나며, 문화가 꽃피우고, 복지가 일어나게
될 것입니다.

노무현 대통령은 민주주의를 '인간의 행복과 존엄을 중심에
놓고 있는 사상', '기회의 균등을 보장하는 사상', '번영에 가장
적합한 제도', '평화를 이루는 토대', '공존과 통합의 기술'이라
고 정의했다. 그의 평생 비전인 '사람 사는 세상'에 대해서도
명확하게 짚어주었다.

사람답게 대우를 받는, 사람 노릇을 하는, 그러자면 사람이 돈
과 시장의 주인 노릇을 하는, 그런 세상이 되어야 한다.

김대중 대통령은 손에 쥐어지는 비전을 연설문에 담고자 했
다. 나아가 실천을 통해 비전을 현실화했다. 민주화, 생산적
복지, IT 발전, 남북정상회담이 그런 것들이다.

쉬운 이해를 위한 세 번째 방법은 사례를 들고 비유를 하는
것이다. 여행 갔을 때, 가이드가 그 나라 국토 면적을 몇 제곱

킬로미터라고 하면 이해가 쉬웠던가? 한반도의 몇 배다, 이렇게 설명해야 쉽지 않던가.

넷째, 반복해야 한다. 세 번 정도는 반복해야 전달이 분명하게 된다고 한다. 글의 서두에 내가 할 얘기는 이것이다(한 번), 이런 얘기를 하는 배경은 이것이다(두 번), 내 얘기의 결론은 이것이다(세 번) 식으로. 단, 이런 반복이 '강조'로 들리지 않고, 한 얘기 또 하고 또 하는 횡설수설로 들리면 곤란하다.

김대중 대통령은 반복할 것을 주문했다. 다 알아듣는 것 같아도 기억하는 사람은 많지 않다. 말하는 사람은 여러 번 해도 듣는 사람은 한 번이라고 생각할 수도 있다. 2002년 한일 월드컵 당시, 전국에서 열 개의 경기장이 순차적으로 개장 행사를 가졌고, 김대중 대통령은 매번 참석했다. 이때 월드컵 개최의 의미와 파급효과에 대해 모든 연설문을 똑같이 썼다. 연설비서관실에서는 좀 다르게 바꿔봤지만, 대통령은 항상 같은 내용으로 다시 원위치시켰다. 그러면서 아래와 같은 코멘트도 함께 내려보냈다.

나는 같은 말을 반복하지만 듣는 사람은 처음 듣는 것입니다. 설사 같은 말을 다시 듣는 사람이 있다 할지라도 상관없습니다. 한 번 말해서는 머릿속에 잘 기억되지를 않습니다. 그러니 반복하세요.

김대중 대통령은 예를 들 때도 마찬가지였다. 항상 같은 예시를 들었다. 우리 민족의 우수한 독창성을 얘기할 때는 "중국으로부터 불교를 받아들이면 해동불교로 발전시켰고, 유교를 받아들이면 조선유학으로 발전시켰다"고 되풀이했다. 다른 예가 없어서가 아니다. 이것저것 사례를 들면 헷갈릴 것을 염려해서다.

1984년 미국 대선에서 공화당 레이건이 민주당 먼데일을 이긴 이유도 김 대통령은 이렇게 설명했다.

먼데일은 다양한 주제의 연설로 언론의 주목을 받았지만, 레이건은 두세 가지 내용만 되풀이했다. 이에 대해 '레이건은 콘텐츠가 빈약하다'며 비판적인 기사가 쏟아져 나왔다. 하지만 레이건은 괘념치 않았다. 결국 먼데일이 무슨 말을 했는지는 유권자의 머릿속에 명확하게 떠오르지 않았지만, 레이건의 말은 분명하게 기억했다.

이에 반해 노무현 대통령은 반복하는 걸 좋아하지 않았다. 2007년 전국적으로 혁신도시 기공식 행사가 줄줄이 있을 때, 혁신도시의 취지를 매번 달리 설명하기를 원했다. 하지만 노 대통령도 평소 말을 할 때는 반복 화법을 자주 썼다. "맞습니다. 맞고요"가 대표적이다. "민생과 경제를 구별해야 합니다. 구별해서 말해야 합니다", "경제는 경제만 잘한다고 되는 것이 아닙니다"도 노 대통령이 자주 썼던 반복 화법의 예다.

노무현 대통령은 또한 일반인 누구나 쉽게 알아들을 수 있는 서민의 언어를 쓰고자 했다. 하지만 언론에서는 '대통령의 언어'를 쓰라고 옥죄었다. 검사와의 대화에서 "막하자는 것이지요?"라고 했을 때, "못해먹겠다"고 했을 때, "대못질"이라는 표현을 썼을 때도 언론은 대통령의 말이 경박하다, 대통령의 말에 품격이 없다고 비난했다.

과거 권위주의 시대에 군림하는 대통령을 경험한 국민 사이에서도 그래도 대통령인데 그런 표현을 써도 되나, 대통령은 대통령답게 권위가 있어야지 하는 소리들이 나왔다. 국민은 '서민 대통령'을 원한다고 말했지만, 머릿속에는 '강하고 근엄한 대통령'이 대통령다운 대통령으로 남아 있었다. 하지만 대통령의 말씨는 쉬이 고쳐지지 않았다. 대통령은 이렇게 생각했을지도 모른다. '대통령의 말이 따로 있는가, 대통령은 이렇게 해야 한다고 누가 만들었는가.'

그래서였을까? 노무현 대통령은 깔끔하게 정제된 표현보다는 진솔하고 투박한 표현을 좋아했다. 우리가 살면서 평소 쓰는 일상어로 우리의 삶 속에 파고들려고 했다. 다음의 글은 노무현 대통령이 국회의원이었던 1988년의 기록이다. 평범한 일상어로 된 진솔하고 투박한 그의 진심을 읽을 수 있다.

제가 생각하는 이상적인 사회는 더불어 사는 사람 모두가 입는 것, 먹는 것, 이런 걱정 좀 안 하고, 더럽고 아니꼬운 꼬라지 좀 안 보고, 그래서 하루하루가 좀 신명 나게 이어지는 그런 세상입니다. 만일 이런 세상이 지나친 욕심이라면 적어도 살기가 힘들어서, 아니면 분하고 서러워서 스스로 목숨을 끊는 그런 일은 없는 세상입니다.

— 1988년 7월 국회 본회의 사회문화에 관한 질문 중

그런 점에서 스티븐 킹의 《유혹하는 글쓰기》에 나오는 이 대목은 새겨들을 만하다. "지금 이 자리에서 엄숙히 맹세하기 바란다. '생리현상을 해결했다'고 쓰는 일은 절대로 없을 것이라고 말이다. '똥을 싸다'는 말이 독자들에게 불쾌감이나 혐오감을 줄 것이라고 생각한다면 '대변을 보았다'고 써도 좋다."

글은 쉽게 써야 한다. 말과 글은 듣는 사람, 읽는 사람이 갑이다. 설득당할 것인가, 감동할 것인가의 결정권은 듣는 사람, 읽는 사람에게 있으니까. 그렇다면 쉬운 글은 쓰기 쉬운가? 더 어렵다. 더 많은 고민을 필요로 한다. 차라리 어려운 글이 쓰기 쉽다. "쉽게 읽히는 글이 쓰기는 어렵다"고 한 헤밍웨이의 말은 확실히 맞다.

22

노 대통령이 보고서 작성에 주문한 한 가지

명료하게 써라

'단순한 것이 복잡한 것을 이긴다.' 커뮤니케이션에서는 특히 그렇다. 김대중 대통령은 이 말의 의미를 정확히 알고 실천했다. "단순화해라. 많은 것을 전달하려는 욕심을 버려라. 한두 가지로 선택하고 거기에 집중해라." 박학다식한 사람이 빠지기 쉬운 함정을 대통령은 알고 있었다. 최대한 절제했다. 버리는 것을 아까워하지 않았다. 쉽지 않은 일이다.

'지식의 저주'는 그렇게 만만하지 않다. "단순한 문제를 복잡하게 말하는 데는 지식이 필요하고, 복잡한 문제를 단순하게 말하는 데는 내공이 필요하다"는 말도 있지 않은가. 아는 것은 쓰고 싶고, 힘들게 쓴 것은 버리기 싫다. 지식의 저주는 마지막까지 글 쓰는 사람을 괴롭힌다.

2000년 미국 대선 당시 조지 W. 부시와 앨 고어의 대결에서 단순한 부시가 달변의 고어를 이겼다. 국민은 복잡하고 어려운 것을 싫어한다는 것을 부시는 알았다. 무엇보다 그 자신이 단순했다. 이에 반해 고어는 복잡했다. 많은 논리와 수치를 동원했다. 2007년 노무현 대통령이 4년 중임제 개헌을 제안했을 때 박근혜 당시 한나라당 대표는 대통령을 향해 '참 나쁜 대통령'이라는 말만 되뇌었다. 왜 나쁜지 근거도 논리도 빈약했다. 노무현 대통령은 이렇게 말했다.

나쁜 대통령은 자기를 위해 개헌하려는 대통령이다. 난 내가 아닌 후임자를 위해 개헌하자는 것이다.
－2007년 1월 3부 요인과의 오찬사

그러나 여론은 단순한 메시지의 손을 들어주었다. 사람들은 생각보다 참을성이 없다. 불확실한 상황을 못 견뎌 한다. 애매한 것을 싫어하고 분명한 것을 좋아한다. 복잡한 것에 진저리를 치고 간결한 것에 환호한다. 여기에 따라야 한다.

간단명료하지 못했을 때 폐해는 적지 않다. 무엇보다 전하려는 메시지가 제대로 전달되지 않는다. 귀에 걸면 귀걸이, 코에 걸면 코걸이 식 여러 해석이 나온다. 오해와 억측을 낳을 수 있다. 의도적으로 왜곡될 우려도 있다. 특히 언론에 발표하는 성명서나 어떤 사안에 대해 해명을 하는 경우에는 각별히 유념해야 한다. '당신의 글에 이런 내용이 있지 않느냐?'고 꼬투리를 잡아도 할 말이 없다.

　노무현 대통령은 자신이 하고 싶은 얘기가 정확하게 전달되기를 바랐다. 그것이 글을 쓰는 대원칙이었다. 멋을 부리다가 전하고자 하는 메시지가 불명확해지는 것을 용납하지 않았다. 문장구조도 단순했다. 주어와 서술어가 하나씩 있는 단문을 선호했다. 수식어도 최대한 줄였다. 수식어가 여기저기에 걸리면 복잡해진다. 복잡해지면 어려워진다. 간결할수록 명확하고 매끄러워진다. 이러한 전달 방식의 하나로 활용했던 것이 비유적 표현이다. 원래 있던 속담을 응용한 것도 있고, 노 대통령이 직접 만든 것도 있고, 출처를 모르는 것도 있다.

　'목욕도 안 하고 장가가는 격이다.'
　'물 젖은 솜이불에 칼질하는 격이다.'
　'젖만 짜도 될 텐데, 소를 잡자는 격이다.'
　'무른 감도 쉬어가면서 먹어라.'
　'거지가 지나가면 온 동네 개들이 다 짖는 법이다.'
　'마른 나무 부러뜨리듯이 하면 안 된다.'
　'날아가는 고니 잡고 흥정한다.'

김대중 대통령은 복잡한 내용을 단순명료하게 바꾸는 능력이 탁월했다. 아무리 심오한 내용도 대통령의 손을 거치면 쉽게 이해가 됐다. 김 대통령은 이렇게 주문하기도 했다.

연설문은 들으면서 머릿속에 그 골자를 정리할 수 있게끔 명료해야 합니다.

노무현 대통령도 다르지 않다. 북핵 문제 해법에 대해 기자들이 물었을 때 이렇게 답변했다.

복잡한 문제일수록 간단하게 얘기하는 게 좋습니다. 왜냐하면 그것이 더 이해하기 쉽고, 더 명료할 수 있기 때문입니다. 북핵 문제는 풀릴 수밖에 없습니다. 상식적으로 생각해보면 다른 방법이 없기 때문입니다.

보고서 작성에 관해서도 이렇게 요구했다.

보고서 자체로서 질문할 필요가 없도록 명료하게 만들어주기 바랍니다. 그것이 보고서의 완결성을 높이는 방법입니다.

요점을 한 줄로 명확하게 정리할 수 있는 게 좋은 글이다. 필자의 생각과 독자의 생각이 같아야 좋은 글이다. 열이면 열 사람 모두 같은 내용으로 요점 정리를 한다면 만점이다. 2005년 8월 15일 제60주년 광복절 경축사에서 노무현 대통령은 이렇게 말했다.

아직도 우리 사회는 크게 세 가지 분열적 요인을 안고 있습니다. 그 하나는 역사로부터 물려받은 분열의 상처이고, 그 둘은 정치 과정에서 생긴 분열의 구조이며, 그 셋은 경제적·사회적 불균형과 격차로부터 생길지도 모르는 분열의 우려입니다.

그러나 언론은 첫 번째 분열의 상처에 해당하는 과거사 문제에만 집중적으로 관심을 가졌다. 이에 대해 대통령은 이번 경축사의 핵심은 과거사에 있는 게 아니고 통합의 시대로 가자는 것이었는데 안타깝다고 했다.

이렇게 다른 해석이 나오는 경우는 바람직하지 않다. 해설이 구구절절 붙어 있는 연설문은 문제가 있다. 듣고 바로 알아야 한다.

그렇다면 간결하면서도 명료한 글의 특징은 무엇일까?

우직한 단순성이 있다

김영삼 대통령의 "굶으면 죽는다". 웃음은 나오지만 얼마나 명쾌한가. 선거 구호에도 이런 게 많다. '못 살겠다 갈아보자.'

꾸미고 에두르지 않는다

노 대통령 표현을 빌리자면 '깐죽깐죽 긁는 방식이 아니라 정면으로 부딪쳐 돌파하는 식'이다. 성철 스님의 "산은 산이요 물은 물이로다". 이런 말이다. 스스로 확신이 없으면 할 수 없는 말이기도 하다.

모호함이 없다

글을 쓰는 목적 중의 하나는 불확실한 것은 확실하게, 애매한 상황을 명료하게 정리하는 데 있다. 그런데 이에 역행한다면 어떻게 되겠는가. 미국의 국민작가 마크 트웨인은 그랬다. "정확한 단어와 비교적 정확한 단어는 번갯불과 반딧불만큼이나 차이가 난다."

구체적이다

추상적이고 관념적인 표현보다는 살면서 겪는 구체적인 말로 얘기해야 읽는 사람, 듣는 사람이 더 공감한다. 복지를 확충하겠다는 말보다는 "최소한 돈이 없어 병원에 못 가고 끼니를 걱정하는 일이 없도록 하겠다"는 말이 더 와닿는다.

강력하다

귀를 사로잡고 마음을 움직인다. 기억에 남고 깊은 인상을 준다. "그럼 아내를 버리란 말입니까?" 같은 촌철살인이 이에 해당한다.

그러나 단순명쾌함은 말처럼 간단하지 않다. 글이 명확하고 단순하려면 어떻게 해야 하는가. 첫째, 글을 쓰는 목적이 분명해야 한다. 그래야 전하고자 하는 바가 명확해진다. 둘째, 본질을 꿰뚫어봐야 한다. 그러지 않으면 메시지를 단순하게 정리할 수 없다. 셋째, 과욕은 금물이다. 집토끼도 잡고 산토

끼도 잡으려고 하면 복잡해진다. 복잡해지면 꼬이고 어려워진다. 넷째, 독자를 믿어야 한다. 믿지 못하면 구구절절해진다. 노파심은 노파심일 뿐이다.

대우 김우중 회장은 달변이었다. 생각도 많고 할 말도 많았다. 그는 1997년 말 IMF 외환위기 국면에서 전경련 회장이었다. 말을 해야 하는 자리이기도 했다. 결과론이지만, 대우 사태에 도움이 되지 않았다. 삼성 이건희 회장은 눌변이었다. 적어도 겉으로 보기엔 그랬다. 도대체 무슨 생각을 하는지 가늠하기도 어렵다. 할 말만 짤막하게 한다. "기업은 2류, 정치는 3류", "마누라와 자식 빼고 다 바꿔라." 그 파괴력은 컸다. 할 말 뚝 부러지게 전달하는 게 좋은 글이다.

23 "살아온 날을 보면 살아갈 날들이 보인다"

진정성으로 승부하라

"낳으실 제 괴로움 다 잊으시고 기르실 제 밤낮으로 애쓰는 마음…"

어버이날에 부르는 노래다. 어머니를 향한 마음이 진심으로 느껴지는 이 노래를 부를 때 음정, 박자 틀렸다고 문제가 되겠는가. 말과 글도 마찬가지라고 생각한다. 진실한 모든 말과 글은 훌륭하다. 진정성이 있기 때문이다. 말과 글의 감동은 진정성에서 나온다.

노무현 대통령이 해양수산부 장관 시절, 국무회의 자리에서 김대중 대통령에게 들은 이 한마디가 가장 감명 깊었다고 한다.

"절대로 굶는 국민이 있어서는 안 됩니다."

나이 일흔 대통령의 진정성이 느껴졌기 때문이다. 진정성을 뜻하는 영어 'authenticity'는 'authentikos(진짜)'라는 그리스어에서 기원했다. 그렇다. 진짜가 진정성의 첫째 조건이다. 솔직하고 정직해야 한다. 마음을 열고 스스로를 속이지 않는 것에서부터 출발해야 한다. 그것이 기본이다.

2003년 3월, 국회 국정연설을 준비하기 위해 저녁 시간에 관저로 갔다. 그곳에 안희정 씨가 있었다. 노무현 대통령이 얘기했다.

"희정 씨, 이번 국정연설에서 나라종금 건을 다 밝혔으면 해요."

대통령은 연설문에 담으라며 구술했다.

정치자금 문제와 관련하여 최근 저의 참모가 관련된 것으로 알려진 이른바 '나라종금 사건'에 대해 말씀드리고자 합니다. 저는 이미 검찰에 이 사건을 정치적 고려 없이 조사해줄 것을 요청한 바 있습니다. 그러나 아무리 철저히 수사를 해도 그 결과를 놓고 또 다른 의구심이 제기될 것이 분명합니다. 그에 따라 소모적인 정쟁이 지속될 가능성이 높습니다. 이는 누구에게도 도움이 되지 않을 것입니다.

무엇보다 사실 규명이 우선되어야 합니다. 만일 '나라종금 사건'에 저의 참모가 관련되어 있다면 그것은 전적으로 저의 책임이 될 것입니다. 저를 위해 일했던 사람의 잘못은 곧 제 잘못입니다. 그리고 그 모든 책임이 저에게 있습니다. 다만 저

는 지금 대통령의 신분인 만큼 저의 임기 중에는 형사소추가
유보될 수밖에 없을 것입니다. 만일 제가 법적으로 책임질 일
이 있으면 임기를 마치는 대로 기꺼이 그 책임을 질 것입니다.

이 문안은 참모들의 만류로 결국 연설문에 들어가지 못했다.

2002년 말 대선 유세 과정에서의 '옥탑방 사건'은 유명하
다. 이회창 후보가 '옥탑방'을 모른다고 해서 궁지에 몰렸다.
20만 표는 날아갔을 것이라고 민주당은 좋아했다. 그런데 다
음 날 라디오 인터뷰에서 노 후보가 자기도 몰랐다고 얘기했
다. 알면서 왜 그랬느냐고 후보에게 물었다. 대답은 간단했다.
문제가 된 후에는 알았지만 그전에는 자기도 몰랐으며, 모른
다는 사실을 전날 아들에게 얘기했다는 것이다. 정말 결벽에
가까운 솔직함이다. 당에서는 40만 표를 잃었다고 한탄했다.
상대 후보의 20만 표를 살려주고, 노 후보는 20만 표를 잃었
다는 계산이었다. 하지만 이로 인해 정말 표를 잃었을까?

노무현 대통령은 심지어 외교도 정직하게 하기를 주문했
다. 인간사 바깥의 일이 아니기에 그래야 한다고 했다.

좋은 게 좋다는 식으로 하는 것이 바람직한 것만은 아닙니다.
때로는 외교에서도 안 되는 것은 안 된다고 솔직히 이야기하
는 것이 옳습니다.

정직한 글이 재미도 있다. 사람들의 흥미를 끌 수 있다. 김대

중 대통령이 자서전을 준비하면서 집필팀에 당부한 것도 이 것이었다.

정직하게 써주세요. 대통령을 역임한 사람으로서 국민에게 솔직하게 자기 일생과 통치기록을 남기는 게 의무입니다.

— 강원택 외, 《김대중을 생각한다》, 삼인

진정성의 두 번째 조건은 진실한 것이다. 이것은 솔직한 것과는 좀 다르다. 진실하다는 것은 단지 감추지 않고 속이지 않는 것이 아니다. 그것보다 한 단계 더 나아간 것이다. 진심이 담기지 않은 솔직함도 있다. 외교적 수사가 그렇다.

김대중 대통령은 진심으로 대하는 것을 대화의 제1원칙으로 삼았다. 대통령은 이렇게 얘기한다.

모든 대화에서 가장 중요한 것은 인간적 신뢰를 쌓는 것이다. 입장이나 의견 차이가 없을 수는 없다. 하지만 진심으로 대하면 신뢰가 생기고, 신뢰가 쌓이면 모든 문제는 풀 수 있다. 진정성이 상대의 마음을 움직인다. 진정성 있는 대화는 그 시작은 힘들지만, 한 번 시작되면 쉽게 깨지지 않는다.

김대중 대통령은 이런 원칙을 갖고 많은 정상과 지도자를 만났다. 국민 앞이라도 해야 할 쓴소리는 해야 한다고 생각했다. 그것이 지도자의 용기이고 도리라고 했다. 김 대통령을

'정치 9단'이라고 말하는 사람이 있다. 그것이 '술수'나 '꼼수'를 말하는 것이라면 틀렸다. 대통령은 늘 진실한 태도로 임했다. 양심의 소리에 귀를 기울였다. 모든 사안을 진지하게 대했다. 그가 정치 9단이라면 진정성의 결과일 뿐이다.

노무현 대통령은 탄핵 이후에 '정치 10단'이란 소리를 들었다. 개헌을 제안했을 때도 정략이 숨겨져 있을 것이라고들 얘기했다. 개헌 제안에 대해 진정성 논란이 일자, 2007년 1월 지방 언론과의 간담회 자리에서 이렇게 얘기했다.

나에게 진정성을 따지지 마십시오. 그것은 증명할 수 없는 것입니다. 객관적으로 그 말이 옳은지 그른지 따지는 것이 중요한 것이지, 진정으로 하면 어떻고 안 진정으로 하면 어떻습니까? 정치인이 진정으로 안 하는 말이 어디 있고, 또 진정으로 하는 말이 어디 있습니까?

오죽했으면 이런 말까지 했겠는가. 노무현 대통령은 '꼼수'나 '잔머리'를 쓰지 않아 늘 문제가 됐다. 대연정 제안 때도 그랬다. 이종석 당시 국가안전보장회의 사무차장의 증언이다.

"2004년 2월 초 북한이 6자회담 재개에 동의해왔다. 대통령에게 건의했다. '아직은 보안사항이지만, 기자들에게 6자회담 전망이 밝아지는 것 같다고 말씀해주십시오. 며칠 후 북한의 복귀 사실이 공표되면 정부가 중요한 역할을 했다고 인정할 것입니다.' 보고를 받은 대통령은 나를 물끄러미 쳐다보다가 한마디 했다. '하지 맙시다.'"

　속셈이나 저의가 없는 것, 겉과 속이 같은 것이 진실한 것이다. 지나치게 계산하거나 수위를 조절한 메시지는 진정성 면에서 힘을 잃는다. 2006년 4월, 노무현 대통령은 독도문제에 관한 강도 높은 대응방침을 담은 특별담화문을 발표했다.

> 독도문제를 일본의 역사교과서 왜곡, 야스쿠니신사 참배 문제와 더불어 한일 양국의 과거사 청산과 역사인식, 자주독립의 역사와 주권수호 차원에서 정면으로 다루어나가겠습니다.
> 　물리적인 도발에 대해서는 강력하고 단호하게 대응할 것입니다. 세계 여론과 일본 국민에게 일본 정부의 부당한 처사를 끊임없이 고발해 나갈 것입니다. 일본 정부가 잘못을 바로잡을 때까지 국가적 역량과 외교적 자원을 모두 동원하여 지속적으로 노력할 것입니다. 그 밖에도 필요한 모든 일을 다할 것입니다. 어떤 비용과 희생이 따르더라도 결코 포기하거나 타협할 수 없는 문제이기 때문입니다.
> ─2006년 4월 한일관계에 대한 특별담화문

이에 대해 일본 언론은 '국내용'이라고 평가절하했다. 국내에서조차 일부에서는 '국면 돌파용'이란 소리가 나왔다. 정말 그런가? 노무현 대통령의 이 발언은 어느 날 불쑥 나온 얘기가 아니다. 다른 의도를 갖고 한 발언은 더더욱 아니다. 오랜 숙고를 거쳐 내놓은 것이다.

침략과 지배를 정당화하는 사람이 이웃에 살면, 우리가 할 일
은 불신하고 경계하는 일이다.

─2005년 4월 홍보수석실과의 환담

조용한 외교로는 안 된다. 피해갈 수 없다. 일본이 스스로를
경계하지 않으면 우리가 경계할 수밖에 없다.

─2005년 5월, 이상수 전 민주당 의원과의 환담

진정성의 세 번째 조건은 뉘우치는 것, 즉 반성하는 것이다.
이에 대해서는 구구한 설명이 필요하지 않다. 일본과 독일이
전후 처리를 어떻게 했는지 보면 알 수 있다. 노무현 대통령
의 자서전《운명이다》에는 스스로에 대한 질책이 많다.

무엇보다 말이 문제였다. 나는 구어체 현장 언어를 구사했으
며 반어법과 냉소적 표현을 즐겨 썼다. 원래는 그렇지 않았는
데 인권변호사로서 민주화운동을 할 때 이런 언어습관이 생
겼다. 그때는 청중에게 강한 인상을 주는 표현이 필요한 시대
였다. 언로가 막혀 있었고 표현의 자유가 보장되지 않은 사회
에서 반정부 투쟁을 하는 데는 그런 어법이 효과가 있다. 야당
을 할 때도 억울한 노동자들을 돕는 활동을 하다 보니 정서적
으로 격앙된 때가 많아서 그렇게 했다. 대통령 후보가 되고 선
거를 하는 과정에서 언어습관을 고쳤어야 했다. 권위주의적
대통령 문화는 극복해야 할 문제였지만, 국민에게 믿음과 안

정감을 주는 품격 있는 언어를 사용하면서 그 일을 했어야 했다. 그런데 대통령이 되고 나서 그렇게 하지 못했다. (중략) 퇴임한 후에 오바마 대통령의 연설과 토론을 보았다. 그는 사회적 소수파에 속한 시민운동가 출신의 정치인이지만 매우 품격 있는 언어를 구사했다. 나도 그렇게 했었더라면 더 좋았을 것이다.

김선일 씨의 죽음을 접하고 마음이 괴로웠다. 내 탓인지 모른다는 자책감이 들었다. 국가가 국익을 위한다는 명분으로 국민을 희생시켜도 되는가? 정답을 찾을 수 없었다.

2003년 4월 국정연설 준비 과정에서도 고해성사 같은 개인적 소회를 밝혔다. 다음은 대통령 구술 내용 가운데 최종 연설문에는 빠진 부분이다.

저는 유신헌법으로 공부하여 고시에 합격했습니다. 이 점 늘 마음의 부담으로 남아 있었습니다. 많은 분들이 유신 철폐를 외치다 감옥에 가고 고문당하고 목숨까지 잃던 시절이었기 때문입니다. 그러다가 '부림사건' 변론을 맡게 되었습니다. 내용을 파악해보니 너무도 어처구니가 없었습니다. 젊은이들을 모질게 고문해서 억지로 조작해낸 사건이었습니다.

그러한 현실을 보고 결심했습니다. 사회정의를 세우겠다는 거창한 생각이 있었던 게 아니었습니다. 내 자식들이 나중에 이런 상황에서 고생하지 않도록 하겠다는 일념이었습니다. 그랬던 것이 오늘 여기까지 왔습니다.

진정성의 네 번째 조건은 행동과 실천이다.

그 사람이 살아온 날들을 보면 그 사람이 살아갈 날들이 보인다.

노무현 대통령이 자주 쓰던 말이다. 중요한 것은 행동과 실천이다. 말로만 해서는 진정성을 얻을 수 없다. 김대중 대통령은 행동으로 진정성을 보여주었다. 박해와 시련, 죽음의 고비에서도 민주주의에 대한 신념을 버리지 않았다. 일관되게 남북관계 발전을 위해 매진했다. 그를 죽이려 했던 사람들과도 화해를 시도하고 용서했다. 민주주의, 남북관계, 용서와 화해에 관한 그의 메시지에 힘이 실리는 이유다.

노무현 대통령을 봐도 진정성은 그 사람의 행적으로 평가받는다는 게 사실이다. 1995년 부산시장 선거에서 낙선한 그는 이렇게 말했다.

결코 굽히지 않는, 결코 굴복하지 않는, 결코 타협하지 않는 살아 있는 영혼이 이 정치판에서 살아남는 증거를 보여줘 우리 아이들에게 결코 불의와 타협하지 않아도 성공할 수 있다는 하나의 증거를 꼭 남기고 싶었습니다.

─1995년 부산시장 선거 낙선 연설

여기서 그쳤으면 진정성이라 할 수 없다. 종로 국회의원에 당선되고서도 그는 또다시 부산에 도전했다. 그래서 '바보'라는 별명을 얻었고, 지역주의 극복에 관한 진정성을 누구도 의심하지 않게 됐다. 그는 한결같이 권력과 싸우고 권력을 경계했다. 대통령이 되기 전에는 특권 앞에 무릎 꿇지 않았다. 대통령이 된 후에는 국민 위에 군림하지 않았다.

진정성을 말할 때 놓쳐서는 안 될 게 하나 있다. 자신이 빠지면 안 된다는 것이다. 사돈 남 말하듯 하는 것은 진정성이 없는 것이다. 자기희생을 전제해야 한다. 어느 날 노 대통령이 비서관 몇 명과 오찬을 하는 자리였다. 무슨 얘기를 하다 그리 됐는지는 기억나지 않지만 대통령이 물었다. "여기 다들 감옥 갔다 와봤지요?" 면면을 보니 전부 다 그러하고, 나만 아니었다. 그냥 넘어갈 수 없어 나는 아니라고 대답했다. 민망한 내 눈빛을 보았던지, 윤태영 실장이 "강 비서관은 80년 고등학생 때 데모를 했습니다" 하며 끼어들었다. 대통령이 그때서야 한마디 한다. "그렇지?"

또한 진정성은 선한 뜻만으로 평가되는 것은 아니다. 취지가 좋으니까, 나는 이런 선한 동기를 갖고 한 일이니 진정성을 인정해달라는 것은 곤란하다. 진정성은 자기 행위의 결과에 대해서도 책임을 지는 것이다. 그것이 막스 베버가《직업으로서의 정치》에서 말한 책임윤리고, 진정성이다.

2003년 10월 당시 최도술 비서관의 비자금 사건이 불거지자 노무현 대통령은 긴급 기자회견을 열고 모두연설에서 이렇게 말했다.

최도술 씨는 약 20년 가까이 저를 보좌해왔습니다. 그의 행위에 대해서 제가 모른다 할 수가 없습니다. 입이 열 개라도 그에게 잘못이 있다면 거기에 대해서는 제가 책임을 져야 합니다. 우선 이와 같은 불미스러운 일이 생긴 데 대해서 국민 여러분께 깊이 사죄드립니다.

아울러 책임을 지려고 합니다. 수사가 끝나면 그 결과가 무엇이든 간에 이 문제를 포함해서 그동안에 축적된 여러 가지 국민의 불신에 대해서 국민에게 재신임을 묻겠습니다.

2004년 3월, 대선자금과 관련한 특별기자회견을 하루 앞두고 회의가 있었다. 대통령과 민정수석실, 연설비서관실이 참석한 관저에서 하는 기자회견 모두연설 준비회의였다. 나는 준비한 초안을 보고했다. 대통령은 한마디만 했다.

"됐습니다. 내가 알아서 하겠습니다."

다음 날 대통령은 직접 메모한 내용으로 연설했다.

죄송합니다. 부끄럽고 난감하기 짝이 없습니다. 거듭 머리 숙여 사과드립니다. 번번이 하는 사과, 말로 끝나는 사과, 그 뒤엔 다시 달라지지 않는 정치 등 국민 여러분은 사과받기에 지치고 짜증이 나는 일인지 모르겠습니다. 저는 오늘 사과를 다르게 하겠습니다. 책임지겠다고 약속드린 바와 같이 앞으로도 책임지겠습니다. 그리고 진지한 자세로 책임을 이행하겠습니다. 같은 일로 다시 사과하는 일이 없도록 하겠습니다.

측근 문제에 대해서도 얘기했다.

최도술 씨는 20년 가까이 일을 맡았고, 안희정 씨는 15년 가까이 됐습니다. 제가 감독하고 관리할 범위 안에 있는 사람들이기 때문에 이들의 잘못은 제가 책임져야 합니다. 거듭, 거듭 사과드립니다. 이들이 조달하고 사용한 대선자금은 저의 손발로서 한 것입니다. 법적인 처벌은 그들이 받되 정치적 비난은 저에게 하기 바랍니다.

두 대통령은 자기 내면의 소리를 들었다. 그것을 행동으로 옮겼다. 이름만으로 의미 있는 상징이 됐다. 서거 이후 더 많은 사람에게 애틋한 기억과 존경의 대상으로 남아 있는 이유, 바로 진정성의 힘이다.

24

그럴 때만
일국의 대통령인가요?

애드리브도 방법이다

노무현 대통령은 임기 내내 시달렸다. '일국의 대통령이 준비된 연설을 해야지, 왜 그렇게 즉흥적으로 연설을 하느냐'고. 애드리브에 대한 공격이었다. 노 대통령의 애드리브는 현장 교감을 위한 연설의 일부였다. 그가 애드리브를 하는 경우는 세 가지 상황이다.

첫째, 현장의 청중 상황이 예상과 다를 때. 둘째, 앞서 연설한 사람이 준비해 간 연설문 내용을 먼저 언급해버렸을 때. 셋째, 연설 현장에서 새로운 생각이 떠올랐을 때. 이런 때에도 준비해 간 연설문을 고집해야 하는 것인가? 순발력 있는 대응과 생생한 현장 연설이 어려워 써준 대로만 읽어야 하는 경우가 아니라면 왜 굳이 그래야 하는지 모르겠다.

노무현 대통령은 현장에 가기 직전까지 고치기를 반복했다. 연설 시작 직전에 고친 연설문이 소위 '준비된 연설문'일 뿐이다. 그것을 연설 시작 후에 한 번 더 고친들 그게 무슨 문제인가. 기자들에게 사전에 나눠주는 준비된 연설문이란 것도 기자들의 취재 편의를 위해 제공되는 것일 뿐, 실제로 연설한 내용이 진짜 연설문이다. 준비된 연설문이란 건 그야말로 사전에 만들어놓은 연설문일 뿐이다.

노무현 대통령은 후보 시절에 '깽판'이란 용어를 쓴 적이 있었다. 어느 신문에서 사설까지 써서 크게 문제 삼았다. 이에 대해 노 대통령은 이렇게 반론했다.

수천 단어가 쏟아진 연설 중에서 단어 하나 딱 주워가지고 노무현이 자질 없다고 사설까지 쓴 것은 수만 평짜리 과수원에 가서 썩은 사과 하나 주워 들고 이 과수원 사과가 모두 썩었다고 말하는 것과 마찬가지다.

더 나아가 이렇게 일갈했다.

천 마디 말 가운데 쓰레기 같은 말 하나 했다고 그 쓰레기만 주워 담은 신문은 쓰레기통 아니냐.

애드리브를 즐겨 하는 클린턴과 오바마 대통령을 질타하는 것을 본 일이 있는가. 순발력이 뛰어나다, 매력적이다, 준비한 원고보다 감동을 준다는 등 칭찬 일색이다. 노무현 대통령 입장에서 애드리브는 상대에 대한 추임새이고 배려였다. 그에게는 원고를 줄줄 읽는 것이 청중에 대한 예의가 아니었다. 눈을 맞추고 그들과 교감하며 말하는 것이 최소한의 성의 표시라고 생각했다. 결코 가벼워서가 아니다. 권위주의적, 제왕적 대통령의 모습이 싫었을 뿐이다. 참고로, 권위주의 정권 시기에는 대통령이 자신을 지칭할 때 '나는'이나 '본인은'을 썼다. 김대중, 노무현 대통령은 깍듯이 '저는'이라고 낮췄다. 단, 군과 경찰 대상의 연설이나, 국가 정상 자격으로 하는 외교 연설에서는 낮춤말을 쓰지 않고 '나는'이라고 했다.

김대중 대통령 역시 청중의 반응에 대해 각별히 신경 썼다. 특히 국민의 마음을 읽어내고, 정서적으로 부응하려고 노력했다. 서민생활의 어려움에 대해서는 진심을 담아 공감했다. 때로는 눈물도 흘렸다. 순발력 또한 노무현 대통령 못지않게 뛰어났다. 하지만 예를 갖추는 방식이 달랐다. 김대중 대통령은 원고를 읽는 것이 청중에 대한 예의라고 생각했다. 그래서 자신이 녹음해서 내려 보내준 원고, 즉 머릿속에 완벽하게 정리되어 있는 연설 내용도 글로 써서 그것을 다시 읽었다. 그렇다고 설화舌禍가 전혀 없었던 것은 아니다. 2001년 국군의 날 기념사가 문제가 됐다.

우리 역사를 되돌아보면 세 번의 통일 시도가 있었습니다. 신라의 통일과 고려의 통일, 이 두 번은 성공했습니다. 하지만 세 번째인 6·25전쟁은 성공하지 못했습니다.

야당과 보수언론이 벌떼같이 달려들어 문제 삼았다. 연설비서관실도 벌집을 쑤셔놓은 것 같았다.

애드리브 자체는 나쁘지도 좋지도 않다. 따라서 애드리브를 하면 안 된다는 것은 말이 안 된다. 좋은 애드리브는 현장감을 살리고 청중과 혼연일체가 되게 한다. 다만 실패한 애드리브가 문제가 될 뿐이다. 애드리브로 오히려 분위기가 썰렁해진다거나, 예정된 연설 시간을 맞추지 못하는 것 등이 문제다. 따라서 애드리브도 준비가 필요하다. 노무현 대통령은 언젠가 이런 얘기를 했다.

자네들 내가 즉흥적으로 얘기하는 것 같지? 물론 그럴 때도 있지. 그러나 대부분은 자네들 연설문을 보고 이 대목 정도에서 이런 얘기를 추가해야겠구나 생각을 한다네. 간혹 원고에 없는 얘기를 시작했는데 생각보다 좀 길어지는 경우가 있지. 그때는 연설을 하면서 준비한 원고 어디쯤으로 되돌아갈지를 찾아본다네. 그래서 가끔 말을 하면서 원고를 뒤적거리지. 추가된 분량만큼 미리 준비한 연설에서 빼야 하니까. 그래야 연설 시간을 넘기지 않고 끝낼 수 있거든.

실제로 노 대통령은 귀신같이 본래 원고로 돌아와 예정된 연설 시간을 맞추곤 했다.

노무현 대통령의 애드리브가 환영받은 적이 한 번 있다. 2005년 취임 2주년 국회 국정연설 때다. 대통령은 연설 말미에 원고에 없는 내용을 말했다.

지금 한나라당 내에서는 선진한국이라는 얘기를 한나라당이 먼저 연구하고 채택을 검토하고 있었는데 대통령이 표절했다는 말씀을 하고 계신 것 같습니다. (중략) 사실에 관한 증명자료를 제출해주시면 로열티를 지불하는 방향으로 그렇게 한번 연구 검토하겠습니다.

한나라당 의원들의 박수가 터져 나왔고, 다음 날 언론들도 우호적인 기사를 내보냈다.

다음은 노무현 대통령이 자신의 말버릇에 대해 2007년 1월 윤태영 당시 대변인에게 토로했다는 내용이다. 여기에는 자신의 말에 대한 자성과 자신의 말을 비판하는 언론에 대한 아쉬움이 담겨 있다.

내가 항상 당황하는 것은 현장에서는 분위기가 좋아서 오늘 이야기는 잘된 것 같다는 생각을 하고 기분이 좋았는데, 막상 집에 와서 방송이나 신문 보도를 보면 어이없는 실수가 나온다는 점이다. 정말 문제는 내가 보아도 민망스럽게 보인다는 것이다. 전체적으로 내용이 좋고 분위기가 좋아도 한두 군데 약점이 될 만한 대목을 잘라놓고 나머지를 다 생략해버리면 그렇게 되는 모양이다. 내 잘못이다.

그러나 언론은 아무 잘못이 없는 것인가? 과연 공정한 것인가? 너무 재미를 좇는 것이거나 악의로 그렇게 하는 것은 아닌가? 옛날 군사정권 시절의 대통령들은 아무 약점도 없었던 것일까?

말버릇에 약점이 있다. 이것은 전적으로 내 책임이다. 고상하고 세련된 말보다는 보통 사람들의 일상적인 말투를 그냥 쓴다. 속어와 속담을 잘 가리지 않는다. 고쳐보려고 해도 잘 고쳐지지 않는다. 그 자리와 듣는 사람들의 분위기가 좋을수록 사고가 잘 난다.

특히 꼬투리 잡히기 딱 좋은 표현이 많다. 직설적으로 표현한다. 독설과 야유도 좋아한다. 상대가 있는 말이면 금방 싸움을 붙이기가 좋다. 비유도 많고, 역설과 반어적 표현을 좋아한다. 앞뒤 잘라버리고 뜻을 왜곡하기가 딱 좋다. 모두가 내 탓이다.

그러나 항상 궁금하다. 언론은 항상 그래야 하는 것인가? 과연 국민은 기분이 나빴을까? 품위 없는 대통령 때문에 마음이 많이 상했을까? 정말 부끄럽고 자존심까지 상했을까? 그냥 술안줏감 정도로 생각하고 지나간 것일까?

노무현 대통령이 궁금해한 마지막 내용은 나 또한 궁금하다.

보이지 않는 유령이 되어라

스피치라이터! 여기에 상응하는 우리말이 있으면 좋겠는데 딱히 없다. 연설문 대필자? 연설 작가? 좀 이상하다. 그냥 스피치라이터가 좋겠다.

미국에서 대통령 스피치라이터라는 자리가 공식적으로 생긴 건 1921년 제29대 워런 하딩 대통령 때부터라고 한다. 그 뒤 케네디의 시어도어 C. 소렌슨부터 오바마의 존 파브로에 이르기까지 미국 대통령의 입이 그들 펜 끝에서 움직였다. 레이건이 소련을 일컬어 말한 '악의 제국'과, 부시의 '악의 축' 발언도 그들의 스피치라이터인 페기 누넌과 마이클 거슨의 손끝에서 나왔다. 케네디의 유명한 말, "조국이 당신을 위해 무엇을 해줄 것인지 묻지 말고, 당신이 조국을 위해 무엇을 할 것인지 물어라"가 워런 하딩의 "시민들이 나라를 위해 무엇을 할지 걱정하도록 해야 한다"는 말에서 따왔다는 재미있는 설이 있다.

대통령 스피치라이터는 보람 있는 자리다. 대통령의 시간을 절약해주는 일을 하기 때문이다. 대통령의 손과 발, 머리가 되기는 쉽다. 하지만 입이 되는 것은 결코 쉬운 일이 아니다. 연설비서관실을 제외한 청와대 다른 참모들이 만든 일의 결과물은 대통령이 참고만 할 뿐이지만, 연설문은 대통령이 직접 보고 읽어야 한다. 본인 것이기 때문이다. 마음에 들지 않으면 통과할 수가 없다. 마음에 들 때까지 대통령의 시간적 부담을 덜어주는 게 스피치라이터의 임무다.

대통령 스피치라이터의 조건은 무엇일까? 거두절미하고 얘기하면, 고스트라이터Ghost Writer가 되어야 한다. 이것이 가장 중요하다.

인수위원회를 거쳐 참여정부에 합류한 지 얼마 되지 않아 노무현 대통령이 나에게 이런 말을 한 적이 있다.

"이건 내 연설문이 아니야."

너무나 치명적인 지적이었다. 스피치라이터에게는 '나'가 없다. 자기를 버려야 한다. 언젠가 어느 고위 공무원이 '공무원에겐 영혼이 없다'고 해서 화제가 된 적이 있는데, 스피치라이터야말로 자기 영혼이 있어선 안 된다. 대신, 연설하는 사람에 빠져 살아야 한다. 그 사람에게 빙의되어야 한다. 그 사람의 아바타가 되어야 한다. 연설 현장에 가면 그분은 어떤 생각, 무슨 말을 할까? 그것만 생각해야 한다. 그 사람의 논리 전개 방식과 고유의 표현 방식, 어투나 호흡, 즐겨 쓰는 용어와 농담까지 철저하게 따라야 한다. 그래서 특유의 개성과 색깔이 드러나도록 해야 한다. 누가 봐도 이 연설문은 그 사람의 것이라는 생각이 들게 해야 하는 것이다.

연설문 초안을 쓰면 김대중 대통령 연설문은 호남 출신 행정관이, 노무현 대통령 연설문은 부산 출신 행정관이 어투까지 흉내 내면서 몇 번씩 읽어봤다. 김대중 대통령은 '그리하여', '~해 마지않습니다', '말하자면' 같은 표현을 자주 썼다. 노대통령 역시 자주 쓰는 단어들이 있었다. 예를 들어 '더 이상'은 늘 '이상 더'라고 썼다. 연설문에 '더 이상'으로 써놓아도 대통령은 '이상 더'라고 읽었다. 이런 표현이 많다. 연설비서관실은 각자 책상에 붙여놓고 가급적이면 대통령이 자주 쓰는 단어를 썼다. 자신을 드러내는 순간, 그는 이상 더 대통령의 스피치라이터가 아니다.

2007년 1월 말, 노무현 대통령의 신년연설이 있었다. 그러고 나서 며칠 후 신년 기자회견이 예정되어 있었다. 대통령은 기자회견이 있을 때마다 모두연설을 했다. 김대중 대통령 때에는 1년 중 가장 큰 연설문이 두 개였다. 신년 기자회견 모두연설과 광복절 경축사. 노 대통령 때부터는 대통령 신년연설이 생겨 기자회견은 기자들과의 질의응답에 초점이 맞춰졌다. 그래서였다. 대통령이 며칠 전에 있었던 신년연설에 많은 얘기를 했으니, 거기에서 빠진 얘기만 넣어 간략하게 작성해 달라고 전화로 지시했다. 정말 간략하게 작성해 보고했다. 행사 당일 아침 대통령은 불같이 화를 냈다. 내가 대통령의 뜻을 잘못 읽은 것이다. '간략하게'의 의미를 내 편한 대로 해석한 것이다. 스피치라이터로서 있을 수 없는 일이다.

이쯤에서 내가 고스트라이터를 하게 된 배경에 대해 고백하는 게 좋을 것 같다. 나는 여러 사람 앞에서 말하는 게 심각할 정도로 부담스럽다. 대학 4학년 때, 논문을 직접 발표해야 졸업할 수 있었다. 학우들 앞에서 발표할 용기가 도무지 나지 않았다. 발표하는 날 아침, 병에 술을 한 통 담아왔다. 내 차례가 되기 직전에 화장실에 가서 벌컥벌컥 마셨다. 시간이 지날수록 취기가 올랐지만 떨리지는 않았다. 청와대에 들어가기 직전, 대우그룹에서 마지막 직급은 과장이었다. 하지만 차장으로 대우 생활을 마칠 수 있었다. 차장 진급이 내정된 상태에서 승진자 교육에 들어가지 않고 미뤘다. 교육 과정 중에 3분 스피치가 있었기 때문이다. 그러다 어느 날 대우그룹 회장비서실이 해체되었다. 남 앞에서 말하는 것을 두려워하는 사람에겐 고스트라이터가 제격이다.

스피치라이터의 두 번째 조건은 잘 알아들어야 한다는 것이다. 말귀를 알아먹어야 한다. 알아듣는 게 쉬운 것 같아도 그렇지 않다. 대통령의 구술을 함께 들어도 열이면 열 모두 해석이 다르다. 그중에 분명 답이 있기는 한데, 아무튼 서로 다른 이야기를 한다. "대통령은 이런 말씀을 하고 싶은 거야." "이 말을 꺼내고자 하는 대통령의 의도는 이것이야." 십인십색이다.

모르면 물어봐야 한다. 대충 깔아뭉개고 앉아서 쓸 일이 아니다. 필요하면 다시 구술을 해달라고 요청해야 한다. 이를 위해 노무현 대통령은 청와대 역사에서 처음으로 연설비서관을 본관에 자리 잡게 했다. 처음 이사한 날, 대통령이 연설비서관실에 왔다. 어찌할 바를 모르는 우리에게 대통령은 차도 한 잔 안 주냐며 경직된 분위기를 누그러뜨렸다. 냉장고에 있는 콜라 한 잔을 따라 드렸다. 대선 유세 때, "청와대 복도에서 참모들과 어깨 툭 치며 인사하는 대통령이 되고 싶다"고 한 얘기가 빈말이 아니었구나 생각했다.

김대중 대통령과 업무적으로 만나는 기회는 영상 메시지 녹화 때뿐이었다. 모든 것은 필문필답이고, 구두로 받는 코멘트는 부속실을 통해서 간접적으로 들었다. 영상 메시지는 대통령이 직접 현장에 가지 못하는 경우에 녹화를 해서 보내는 연설 대용이다. 그런 영상 메시지가 한 달에 서너 건은 됐다. 일정을 잡아 한 번에 두 건 정도를 녹화하는데, 해당 메시지 초안을 작성한 행정관이 배석하게 되어 있다.

그 밖에 스피치라이터로서 조건이 한두 가지 더 있을 수 있다. 몸이 튼튼해야 하고, 약간의 순발력이 있으면 금상첨화다. 간혹 번갯불에 콩 구워 먹듯이 연설문을 써야 하는 때도 있어서 그렇다. 고 김선일 씨 테러사건과 관련하여 담화문을 써야 하는 경우가 그랬다. 새벽 5시에 연락을 받고 사무실에 나와 곧장 써서 노무현 대통령에게 6시 전에 보고해야 했다. 이런 때는 애간장이 탄다. 아울러 스피치라이터는 믿음을 주어야 한다. 설사 미진하다 싶더라도 자신감을 보여야 한다. '최선을 다해 초안을 준비했다, 다 찾아봤고 더 이상 나올 새로운 내용은 없다, 우려되는 것도 다 챙겼다, 그러니 걱정할 것 없다, 대통령은 최상의 서비스를 받고 있다.' 대통령에게 그런 자신감을 보이고, 대통령은 그런 스피치라이터를 신뢰해야만 함께 일할 수 있다.

스피치라이터는 단순히 연설문만 쓰는 사람이 아니다. 연설문을 쓰는 과정에서 대통령에게 들은 내용 가운데 다른 비서실에서 알아야 할 것은 해당 부문에 알려주는 통로 역할도 해야 한다. 연설문에서 '무엇을 하겠다'고 대통령이 언급했는데, 해당 부처에서 액션플랜을 갖고 있지 않으면 낭패이기 때문이다. '올해의 3대 목표, 5대 과제' 이런 식으로 묶어 새로운 슬로건을 만들어주는 것도 스피치라이터의 몫이 되기도 한다. 대통령의 입을 통해 발표되면 그것이 곧 목표와 과제가 된다. 하지만 스피치라이터는 메시지의 내용을 만드는 사람은 아니다. 그것은 정책 담당자의 몫이다. 다만 그것을 설득력 있게 전달하는 것이 스피치라이터의 역할이다. 그런데 간혹 내용까지 만들어내라고 하는 사람들이 있다. 실제 그렇게 해보려는 스피치라이터도 있다. 그것은 착각이다.

대통령 스피치라이터가 힘들기만 한 것은 아니다. 얻는 것도 많다. 무엇보다 '대통령'이라는 시대의 거인에게 배울 수 있다. 연설문 쓸 때처럼 대통령의 생각을 제대로 배울 기회는 없다. 자부심도 크다. 대통령의 생각을 누구보다 잘 안다는 자부심이다. 연설비서관실은 늘 대통령의 최근 생각을 좇는다. 각종 행사나 회의 혹은 식사 자리에서 대통령이 하는 말 한 마디 한 마디를 챙겨서 좋아야 한다. 연설문을 쓰는 것만큼 중요한 일이다. 이것을 잘하면 연설문은 거저 써진다. 기업이나 단체에서도 CEO의 말을 따라가는 담당자를 둘 필요가 있다. CEO도 결국은 말로 경영을 하기 때문이다.

대통령 연설문을 연설비서관실에서 다 쓰는 것은 아니다. 대부분은 해당 부처와 각종 위원회 등에서 초안을 받는다. 글 자체로선 매우 훌륭하다. 그러나 다시 써야 한다. 초안에서는 기본적인 정보만 취하고 대통령의 생각으로 새로 써야 한다.

이 세상에 글을 잘 쓰는 사람, 생각이 뛰어난 사람은 많다. 하지만 김대중 대통령과 노무현 대통령의 연설문을 쓸 수 있는 사람은 별로 없다. 매일매일 이분들의 생각을 좇아간 사람만 쓸 수 있다. 그러니 스피치라이터는 글을 잘 쓰는 사람이 아니다. 생각이 많은 사람을 필요로 하지 않는다. 그런 사람일수록 자기의 생각으로 자기 글을 쓰려고 하기 때문이다. 노무현 대통령은 유시민 전 장관을 비롯해 내로라하는 문필가들에게 의견을 구하고 연설문 초안을 받아보기도 했다. 그것은 김대중 대통령도 마찬가지였다. 하지만 단 한 번도 채택된 적이 없다. 자신의 연설문이 아니라고 생각했기 때문이다.

25

손목시계에 '침묵'이라 써놓은 김 대통령

잘 듣고 많이 말하라

서구에 비해 우리나라 사람들이 글쓰기를 더 두려워한다. 왜 그럴까? 여러 이유가 있겠지만, 말하기와 듣기에 덜 익숙한 것도 원인 중의 하나일 듯싶다.

말과 글은 한 몸이다. 말에서 글이 나왔으니 말이 먼저일 것이다. 그래서 어떤 이는 말을 입말, 글을 글말이라고도 한다. 그렇다고 말이 글의 충분조건은 아니다. 말을 잘한다고 해서 반드시 글을 잘 쓰는 것은 아니기 때문이다. 그러나 필요조건은 된다. 글을 잘 쓰기 위해서는 잘 말하는 습관을 들일 필요가 있다. 말이 되는 글이 괜찮은 글이기 때문이다.

그런데 우리의 현실은 어땠는가. 말을 절제하는 게 미덕으로 받아들여져 왔다. '말 많으면 공산당', '밥상머리에서 말을 하면 복 달아난다', '침묵이 금이다', '빈 수레가 요란하다'는 말을 들으며 살아왔다. 말에 대해 호의적인 격언은 '말로 천 냥 빚을 갚는다' 정도. 심지어 미팅 자리에 나가서도 킹카는 침묵한다. '방자'와 '향단이'가 실컷 떠들어서 분위기를 잡아놓으면 짝이 맺어지는 것은 침묵하던 '몽룡'과 '춘향'이다.

소통과 토론을 강조했던 노무현 정부는 말만 하고 행동은 하지 않는다며 'NATO(No Action Talk Only) 정부'라는 비아냥거림을 들었다. 우리나라만 그런 게 아니다. 동양권이 그랬다. 노자는 "아는 사람은 말하지 않고 말하는 사람은 아는 것이 없다"고 했다. 우리는 입을 닫았다. 침묵이 최선의 방책이었다. 자연스럽게 듣는 것과도 멀어졌다. 토론 훈련은 더더욱 안 됐다. 이런 환경에서 글을 잘 쓰는 걸 기대하기는 어렵다. 우물에 가서 숭늉 찾겠다는 심보다.

1970~1980년 개발연대에는 호방하고 통 큰 리더십이 대접받았다. 카리스마가 넘치고 불도저 같은 추진력이 있는 보스형 말이다. 1990년대에는 소위 혁신형 리더가 주목받았다. 아이디어가 많고, 전략과 비전이 있고, 사고가 유연하며, 통찰력을 갖춘 리더를 찾았다. 지금은 지식정보화, 민주주의, 퍼스널미디어 시대다. 리더십의 조건도 바뀌었다. 감성적인 리더십을 필요로 한다. 감성적인 리더는 커뮤니케이션 역량과 공감하는 능력을 갖춰야 한다. 친화력이 주요 덕목이다. 대화와 토론, 소통이 중요해졌다. 말하기 능력이 이 시대의 기본 소양이 되었다.

그럼 어떻게 해야 말을 잘할 수 있을까. 일단 말을 많이 하는 습관을 들여야 한다. 의도적으로 많이 해야 한다. 그렇다고 수다쟁이가 되어서는 곤란하다. 나는 다음의 네 가지가 맞아야 말을 잘할 수 있다고 생각한다.

1. 방향이 맞아야 한다

굳이 통찰이라고까지 할 것은 없다. 쓸모 있는 말이면 된다. 옳은 소리이면 더할 나위 없다. 욕을 먹고 비판을 받더라도 옳은 소리를 용기 있게 말하는 게 중요하다. 여기에는 머리보다 뜨거운 가슴이 필요할지도 모른다. 두 대통령은 시대의 흐름을 읽는 통찰력과 국민의 마음을 읽는 능력을 갖고자 했다. 눈을 부릅뜨고 세상 돌아가는 원리를 찾으려 했고, 귀로는 민심의 소리를 듣고자 했다.

2. 앞뒤가 맞아야 한다

굳이 논리라고 할 것까지는 없다. 청산유수가 아니어도 상관없다. 세련되게 말할 필요도 없다. 듣는 사람이 고개를 갸우뚱하지 않게 하는 수준이면 된다. 이를 위해서는 충분한 준비가 있어야 한다.

3. 쿵짝이 맞아야 한다

굳이 듣는 사람을 내 편으로까지 만들 필요는 없다. 그래도 혼자서 떠드는 말, 지루한 말은 곤란하다. 뭔가 하나라도 있어야 한다. 재미가 있어도 좋고, 정감이 있어도 좋고, 진심이 담겨도 좋다.

4. 언행이 맞아야 한다

한 말은 지켜야 하고, 말과 행동은 일관성이 있어야 한다. 그러기 위해서는 자신을 있는 그대로 드러내는 게 좋다. 포장을 많이 할수록 행동으로부터는 멀어진다.

말에도 종류가 많다. 가장 흔한 게 대화이고, 이 밖에도 지시·토론·발표·인사·연설·대담·협상 등 다양하다. 말을 하는 목적에 따라서도 즐거움 유발이나 감동·정보 전달·사실 설명·행동 촉구 등으로 나뉠 수 있다.

두 대통령은 말을 잘했고 많이 했다. 듣기도 잘했다. 모두 글쓰기 연습 과정이었다. 노무현 대통령은 토론하는 것을 참 좋아했다. 토론을 일상화했다. '고민해보자'의 동의어로 '토론에 부치자', '좀 더 토론해보자'고 했다. '정책 내용이 부실하다'는 말을 하고 싶을 때에는 '깊이 있는 토론이 없었던 것 같다'고 표현했다. 노무현 대통령은 토론할 때 희망을 본다고까지 말했다. 토론의 용도도 다양했다. 무엇보다 의사결정과 문제 해결을 위해 토론했다. 인사 문제에도 토론이 동원됐다.

한 사람의 속삭이는 진언으로 결정하지 않습니다. 토론과 공개 검증을 거쳐 인사를 하고 있습니다.

보고를 받을 때도 일방통행이 아니라 토론식으로 하자고 했다. 회의도 토론 형식으로 진행할 것을 주문했고, 글쓰기는 토론을 통해 완성해갔다.

실제로 노무현 대통령은 '토론과 대화를 통한 정책 결정 시스템화'를 국정운영의 핵심과제로 삼았다. 청와대 직원들에게도 이렇게 당부했다.

문제를 처리할 때는 반드시 토론을 열심히 해라. 토론의 목적은 상대방을 굴복시키는 것이 아니라 내 생각의 오류를 발견하기 위한 것이다. 교만하지 말아야 하지만, 강한 자존심을 가져야 한다.

김대중 대통령 역시 토론을 즐겨 했다. 특히 국제정세에 관해 토론을 많이 했다. 싱가포르 리콴유 총리와의 '아시아적 가치' 논쟁은 유명하다. 1950년대 초 부산에서 이희호 여사를 만난 곳도 '면우회'라는 독서토론 모임이었다. 대통령이 되는 데도 토론 실력이 일조했다. 1997년, 우리나라 대선 후보의 첫 TV토론에서 맞붙은 이회창 후보는 김대중 대통령의 상대가 되지 못했다.

김 대통령의 토론 실력은 6·15남북정상회담에서도 빛이 났다. 2000년 6월 초 회담을 앞두고 모의 토론연습이 진행됐다. 김정일 위원장을 비롯해 실제 인물 대역들과 다섯 시간 동안 토론이 이어졌다. 연방제 통일방안, 국가보안법, 미군 철수 문제 등 북측이 제기할 것으로 보이는 사안에 대해 묻고 답하는 실전연습이었다. 실제 회담에서 대통령은 말을 아끼고 상대를 배려하면서도 주도권을 갖고 대화를 이끌어갔다.

김대중 대통령은 2008년 9월 노르웨이에서 열린 노벨평화상 정상회의에서 '대화의 힘'이라는 주제로 다음과 같이 연설했다.

성공의 무기는 공동이익에 기초한 대화입니다. 하느님은 우리에게 말할 능력을 주었습니다. 하느님은 우리가 말을 통해서 서로 소통하고, 갈등을 해소하고 협력하도록 요구하고 있습니다.

김대중 대통령은 대화할 때 여섯 가지 원칙을 갖고 있었다.

첫째, 상대를 진심으로 대한다.
둘째, 어떤 경우에도 '아니다'라고 말하지 않는다.
셋째, 상대와 의견이 같을 때는 나도 같은 의견이라고 말해준다.
넷째, 대화가 끝났을 때는 '당신 덕분에 대화가 성공적이었다'고 말해준다.
다섯째, 되도록 상대 말을 많이 들어준다.
여섯째, 할 말은 모아두었다가 대화 사이사이에 집어넣고, 꼭 해야 할 말은 빠트리지 않는다.

김대중 대통령은 자서전에서도 이렇게 말했다.

정상회담에서 나는 명확한 논리와 쉬운 어법으로 상대편이
편안하게 마음을 열 수 있도록 했다. 조리 있게 말하려고 노력
했다. 대화중에는 꼭 상대가 새길 만한 알맹이를 챙겨 넣었다.
그래서 준비를 많이 했다.

노무현 대통령은 협상을 위한 대화 방법에 있어 색다른 의견
을 갖고 있었다.

협상할 때 상대방에게 내 카드를 보여주지 않는 것이 좋은 것
이라 얘기들을 한다. 그러나 나는 이런 포커페이스는 바람직
하지 않다고 생각한다. 중요한 사안일수록 상대방이 내 카드
를 읽을 수 있게 해줘야 한다. 그래야 내 생각을 읽고 서로 합
치점을 찾아갈 수 있다.

토론과 대화는 말하는 기회이기도 하지만, 말을 듣고 수렴하
는 자리이기도 하다. 그런 점에서 토론은 '말하기'와 '듣기' 둘
다.

김대중 대통령은 경청의 달인이기도 했다. 경청의 '경'은 기
울일 경傾이다. 몸을 기울여 들어야 진짜 경청이다. 대통령은
청와대 내부 회의에서도 간혹 "그렇지요? 예~ 내 생각도 그래
요"와 같은 추임새만 넣어주었다. 말하는 사람의 긴장을 풀어

주기 위한 배려였다. 김 대통령은 자전적 에세이《다시, 새로운 시작을 위하여》에서 이렇게 말한다.

대화는 얼마나 말을 잘하느냐의 문제가 아니라, 상대의 말을 잘 듣는 것에서 출발한다. 따라서 대화의 요체는 수사학에 있는 것이 아니라 상대의 말을 경청하는 심리학에 있다. 소크라테스는 '상대방의 말을 경청할 때 비로소 대화가 가능하다'고 말했다. 남의 말에 귀 기울일 줄 모르는 사람은 대화의 실격자요, 인생의 실격자다.

최경환 비서관에 따르면 김대중 대통령은 퇴임 후에 주요 일정이 없는 토요일 오후가 되면 비서관들과 대화하기를 즐겼는데, 어느 날 경청에 대해 이렇게 고백했다고 한다.

내가 지금 하는 말은 나를 두고 하는 말이다. 과거에 나 혼자 말 다했다. 심지어 손목시계에, 또 화장실에 '침묵'이라고 써 붙여놓기까지 하면서 말을 자제하려고 했다. 남의 말을 듣고, 사람을 격려하는 것, 내 자랑을 안 하는 것이 중요하다. 또한 사람이 낙심했을 때 용기를 주는 말을 많이 해야 한다. 이것을 기술적으로 하면 안 되고 마음으로 해야 한다. 이렇게 하는 데는 많은 시간이 걸린다.

노무현 대통령은 남의 말을 잘 듣지 않았을 것이라고 오해하는 사람들이 있다. 그렇지 않다. 겸손한 성품 그대로 낮은 자세로 새겨듣는 타입이었다. 특히 친밀한 관계가 아닌 경우에는 철저히 듣는 쪽을 택했다. 한번은 노무현 대통령이 글 검토회의를 시작하기 전에 이런 말을 한 적이 있다.

회의하러 들어가면 사람들 얼굴을 죽 한 번 봅니다. 특히 눈을 봅니다. 어떤 사람의 눈은 아무 생각이 없습니다. 심지어 귀찮다는 눈빛을 보냅니다. 그에 반해 어떤 사람의 눈은 빛이 납니다. 대통령이 무슨 소리를 하려는지 호기심이 가득한 눈, 무언가를 얻어가겠다는 눈빛을 봅니다. 그것이 듣는 사람의 자세라고 생각합니다.

글 잘 쓰기는 잘 듣기로부터 시작하는 게 맞다. 스스로 중심만 잡을 수 있으면 많이 들을수록 좋다. 잘 들어야 말을 잘할 수 있고, 말을 잘해야 잘 쓸 수 있다.

26

다섯 번의 죽을 고비, 6년의 감옥 생활

자기만의 콘텐츠를 만들어라

글쓰기는 자신의 경험과 생각을 보여주는 것이다. 경험한 것과 생각한 것, 이것이 콘텐츠다. 그런 점에서 두 대통령은 평생 동안 콘텐츠를 만들어왔다.

노무현 대통령은 도전과 응전의 삶을 살았다. 인권변호사, 청문회 스타, 6월 항쟁의 주역, 3당 합당 반대, 부산에서 세 번의 낙선, 대통령 당선, 귀향과 서거. 이러한 삶의 궤적은 많은 생각을 만들어냈고 그 생각이 콘텐츠로, 말과 글로 드러났다.

다음은 노무현 대통령이 2001년 12월 민주당 상임고문이었던 시절 서울후원회 행사에서 대선 후보 출마를 선언하면서 한 연설문이다.

조선 건국 이래 600년 동안 우리는 권력에 맞서서 권력을 한 번도 바꿔보지 못했다. 비록 그것이 정의라 할지라도, 비록 그것이 진리라 할지라도, 권력이 싫어하는 말을 했던 사람은, 또는 진리를 내세워 권력에 저항했던 사람은 전부 죽임을 당했다. 그 자손들까지 멸문지화를 당했고 패가망신했다. (중략) 이 비겁한 교훈을 가르쳐야 했던 우리 600년의 역사, 이 역사를 청산해야 한다.

퇴임을 8개월여 앞둔 2007년 6월 노무현 대통령은 '노무현을 사랑하는 사람들의 모임(노사모)' 총회에 축하 영상 메시지를 보냈다.

민주주의에 완성은 없을 것입니다. 그러나 역사는 끊임없이 진보합니다. 우리 민주주의도 선진국 수준으로 가야 합니다. 그리고 거기에 만족하지 않고 성숙한 민주주의를 이뤄가야 합니다. 민주주의의 핵심 가치인 대화와 타협, 관용, 통합을 실천해야 합니다. 미래를 내다보고 민주주의의 완전한 이상과 가치를 실현하기 위해 끊임없이 노력해 나아가야 합니다. 민주주의 최후의 보루는 깨어 있는 시민의 조직된 힘입니다. 이것이 우리의 미래입니다.
－2007년 6월 제8회 노사모 총회 축하 메시지

역사의 진보에 대한 믿음, 민주주의가 나아가야 할 방향을 담고 있다. 노 대통령의 연설문은 가슴을 뜨겁게 한다. 사람을 행동하게 하는 그 무엇이 있다. 바로 노무현 콘텐츠의 힘이다.

김대중 대통령의 인생 역정이야말로 파란만장이다. 다섯 번의 죽을 고비와 6년간의 감옥 생활, 수십 년간의 연금과 망명, 대통령 당선, 노벨평화상 수상. 국제사회에서 더 인정받는 '김대중'의 브랜드 가치는 이러한 시련과 환희의 용광로가 빚어낸 빛나는 결과물일 것이다.

김대중 대통령 스스로도 자신의 인생을 일컬어 '고난과 영광의 회전무대'라고 표현했다. 여러 차례 선거에 떨어지고, 사업도 망하고, 부인까지 잃은 제1무대, 처음 국회의원에 당선돼서 제1야당 대통령 후보가 된 제2무대, 도쿄에서의 납치사건, 감옥, 사형 선고, 망명, 연금, 두 번의 대통령 선거 낙선으로 점철된 제3무대, 대통령 당선, IMF 외환위기 극복, 남북정상회담, 노벨평화상의 영광을 남긴 제4무대.

2000년 12월 노벨평화상 수상 연설을 앞두고 연설비서관실에서 몇 차례 초안을 보고했다. 김대중 대통령은 묵묵부답이었다. 직접 작성한 초안이 내려왔다. 살아온 역정을 담고 있었다. 우리는 익히 알고 있는 얘기인지라 식상해 보였다. 그러나 노벨상 수상 현장에서의 반응은 뜨거웠다. 고난과 역경의 삶을 얘기할 때 박수 소리가 특히 우렁찼다. 참석자들은 '그 사람만의 콘텐츠'에 가장 큰 관심을 보이고 감동했다.

김대중 대통령은 정치인이자 사상가였다. 그에게는 분명

'사상'이 있었다. 노무현 대통령도 '김 대통령님은 사상가'라는 말을 몇 차례 하는 걸 들었다.

김대중 전 대통령은 철학이 있는 대통령이셨습니다. 햇볕정책이야말로 한반도와 동아시아의 미래를 내다보는 원대한 철학적 구상에 기초한 것입니다.
－2004년 6·15남북공동선언 4주년 기념 국제토론회 축사

김대중 대통령은 그냥 민주투사가 아니고 뛰어난 사상가였다. 해박한 지식을 가지고 있었다. 끊임없이 새로운 지식을 받아들였다. 그리고 그 지식을 전략적으로 요령 있게 활용하는 지혜까지 지닌 특별한 지도자였다.
－노무현, 《운명이다》, 돌베개

물론 누구나 사상가가 될 수는 없다. 철학자가 될 필요도 없다. 그렇지만 콘텐츠는 필요하다. 자기 인생에서 길어 올린 자신만의 콘텐츠가 있어야 한다.

콘텐츠는 어떻게 만드는가. 나는 인생 경험이 보잘것없는데 어떻게 하지? 걱정하지 않아도 된다. 독서하는 것도 좋아하지 않는다면? 방법은 있다. 남의 것을 훔치는 것이다. 훔치는 방법은 관찰이다. 세심하고 용의주도한 관찰이다. 일본의 어느 시인은 나무 하나를 보는 관찰에도 단계가 있다고 했다. 1단계, 그냥 나무를 본다. 2단계, 나무의 흔들리는 모양을 본

다. 3단계, 나무의 종류를 본다. 4단계, 나무의 생명력을 본다. 5단계, 나무 아래 쉬다 간 사람을 본다. 6단계, 나무를 통해 피안彼岸을 본다.

김 대통령은 《다시, 새로운 시작을 위하여》에서 이렇게 말한다.

나는 길거리의 꽃을 보고 지구의 운명과 환경을 생각했으며, 거리의 간판을 보고 우리 경제의 흐름과 사회문화의 변화상을 살폈습니다.

관심 있는 만큼 보이고, 알면 사랑한다고 했다. 베르나르 베르베는 12년 동안 관찰한 결과, 소설 《개미》를 썼다. 주변 사람과 사물에 대해 호기심을 갖고 열심히 관찰하면 된다.

두 대통령도 호기심이 충만했다. 김대중 대통령은 늘 새로운 이야기에 귀를 곤두세웠다. 그는 지적·문화적 소양과 함께 왕성한 탐구정신을 가진 정치인이었다. 바쁜 일정 중에도 지식인들과 지적인 주제에 관해 몇 시간씩 대화를 이어갈 만큼 지적 호기심이 왕성했다.

노무현 대통령은 한술 더 떴다. 산에 가면 풀과 나무, 꽃 이름을 물어봤다. 비행기를 타면 구름 아래 펼쳐진 산맥과 강 이름을 궁금해했다. 차로 이동 중일 때도 옆에 앉은 수행비서에게 끊임없이 질문을 던졌다. 호기심이 많은 사람은 주의 깊게 관찰한다. 관찰하다 보면 이런저런 연상이 떠오른다. 그걸 가지고 자기를 잘 들여다보면 생각이 만들어진다. 이 생각들이 모이면 자기 콘텐츠가 된다.

노무현 대통령의 콘텐츠 '사람 사는 세상'은 그가 1981년 부산 지역에서 일어난 최대의 국가보안법 조작 사건인 부림사건을 변론하면서 생겨났다.

> 분노로 인해 머릿속이 헝클어지고 피가 거꾸로 솟는 듯했다. 도저히 스스로를 걷잡을 수 없을 만큼 큰 충격이었다.
>
> ─ 노무현,《여보, 나 좀 도와줘》, 새터

부림사건은 내가 아닌 남의 경험이다. 애정을 가지고 지켜보고 파헤치다 보니 자신의 생각, 자기 콘텐츠가 만들어진 것이다. 대통령이 되고서는 그가 만든 정책이 콘텐츠다. 노무현 대통령은 그래서 정책으로 평가받고 싶어 했다. 노 대통령뿐만 아니라 모든 대통령은 재임 중에 만든 자기 콘텐츠를 갖고 있다. 두 대통령에 와서 본격적으로 만들어지기 시작한 콘텐츠도 있다. 바로 민주주의, 복지, 시민사회, 균형발전, 남북관계에 관한 콘텐츠들이다.

자기 콘텐츠를 만드는 데는 선택과 집중이 필요하다. 모든 분야에 관심을 갖는 것은 가능하지도 않을뿐더러 실익도 없다. 모든 사람을 자기편으로 만들 필요도 없다. 포기할 건 깨끗하게 포기하자. 이를 통해서 어떤 사람을 생각했을 때 특정 콘텐츠가 떠오르면 대성공이다. 노무현 대통령 하면 떠오르는 '지역구도 정치 극복', 김대중 대통령을 생각하면 떠오르는 '남북관계 발전'이 두 대통령의 대표적인 콘텐츠다. 그렇다고 한 우물만 팔 것까지는 없다. 서너 개의 우물로 범위를 좁혀 접근하면 된다.

자기 콘텐츠는 무엇으로 정할 것인가. 누구나 얘기하는 다음의 방법이 가장 좋다고 생각한다. 첫째, 내가 좋아하고 관심 있는 분야다. 평안 감사도 자기가 싫으면 할 수 없다. 둘째, 내가 잘할 수 있는 분야다. 나에게 유리한 전쟁터를 놔두고 남의 땅에 가서 힘들게 싸울 필요가 있는가. 셋째, 이슈가 되거나 남들이 흥미로워하는 분야여야 한다. 남들이 봐주지 않으면 아무 소용없다.

그렇다면 좋은 콘텐츠의 조건은 무엇일까.

목적의식이 분명해야 한다

콘텐츠를 통해 무엇을 줄 것인지를 먼저 생각하라. 재미냐, 감동이냐, 정보냐, 교훈이냐, 공감이냐, 위로냐, 생활의 유익이냐를 결정해야 한다.

스토리가 있어야 한다

스토리텔링이 유행이라서 따르자는 것이 아니다. 스토리가 있어야 읽힌다. 스토리가 거창하면 에피소드라도 많이 포함해야 한다.

사물보다는 사람과 연관 짓는 게 좋다

사람들은 사람에 관심이 많다. 하고 싶은 말을 사람과 관련지어 풀어내라.

내 것이어야 한다

콘텐츠로 내놓을 때는 내 것이어야만 한다. 어디에나 있는 것이 아니고, 남과 다른 것이어야 한다.

널리 확산될 수 있는 콘텐츠를 만들라

콘텐츠는 콘텐츠 자체로는 의미가 없다. 인용되거나 공유되지 못하면 죽은 콘텐츠다. 읽히는 콘텐츠로 만드는 과정이 필요하다. 이를 《글쓰기의 모든 것》이란 책에서는 3C로 설명한다. 어떻게 포장할 것인지 콘셉트Concept를 가지고, 독자에 맞게 커스터마이징Customizing해서, 창의적인Creative 화법으로 풀어내라고.

바야흐로 콘텐츠 전성시대다. 우리 주변에 콘텐츠는 넘쳐난다. 영화·음악·드라마·게임·애니메이션뿐만이 아니다. 내 주변에서 들리는 수많은 대화, 내 눈에 보이는 모든 게 콘텐츠 소재다. 포착해내는 힘만 있으면 된다. 누구 말대로, 잘 차려진 밥상에서 당신은 숟가락만 들면 되는 것이다.

27 영상 메시지와 서면 메시지는 무엇이 다를까

형식도 무시할 수 없다

아무리 맛있는 음식도 어울리지 않는 그릇에 담으면 맛이 떨어진다. 훌륭한 요리사는 음식을 잘 만들 뿐 아니라 그릇도 잘 고를 줄 알아야 한다.

글쓰기도 그렇다. 내용뿐만 아니라 형식도 고민해야 한다. 문학에도 장르가 있다. 시·소설·수필·논설문 등 작가들은 자기가 하고자 하는 이야기나 자신의 감정을 표현하기에 적절한 장르를 찾아 글을 쓴다. 같은 장르 안에서도 문체란 게 있으니 자신이 쓰고자 하는 내용에 맞는 것을 골라 써야 한다. 한마디로 번지수를 잘 찾아야 글의 느낌이 살아나고 전달이 잘된다. 신문 기사도 마찬가지다. 팩트(사실관계)를 다룬 기사를 박스로 처리한다든지 분석이나 해설, 전망을 스트레이트로 다루는 일은 없다. 우리 일상에서도 부지불식간에 이런 형식에 대해 고민한다. 직장 상사에게 보고해야 할 일이 있을 때 정식 보고서를 작성해야 할지, 이메일로 할지, 구두로 할지 생각한다. 특히 요즘은 자기가 하고 싶은 말이 있을 때, 이를 표출할 수 있는 여러 통로가 있다. 굳이 신문이나 방송이 아니더라도 트위터(X)·페이스북·인스타그램·카카오스토리·블로그 등 참으로 다양하다. 이 가운데 자신의 생각이나 느낌을 전달하기에 가장 적합한 매체를 선택하는 게 중요하다.

대통령이 말을 하고 글을 쓰는 것도 이와 같다. 대통령은 연설이나 기고 요청이 오면 우선 그것을 해야 할지부터 판단한다. 그리고 한다면 어떤 형식으로 할 것인지 생각한다. 대통령이 대외적으로 하는 말과 글은 여러 형식이다.

첫째는 연설문이다. 가장 중요한 자리라고 생각될 때 직접 참석해서 연설을 한다.

두 번째는 영상 메시지다. 중요한 자리이나 바빠서 갈 수가 없을 때 쓰는 방법이다. 청와대 안의 녹화하는 장소에서 영상을 녹화해 보낸다.

세 번째는 서면 메시지다. 영상 메시지보다는 중요도가 떨어지는 자리에 보낸다. 주로 청와대 수석이나 장관이 가서 대통령의 메시지를 대독한다.

네 번째는 축전이나 조전이다. 서면 메시지보다 내용도 짧고 중요도도 떨어진다.

그 밖에 담화문·기고문·서신 등이 있다. '제왕적 대통령' 시절에는 담화문이라 하면 위압적인 내용을 담았지만 두 대통령의 민주 정부에서는 '국민에게 드리는 글'이라 하여 현안에 대한 대통령의 생각을 밝히는 데 쓰였다. 특히 노 대통령은 자신의 생각을 직접적이고 명확하게 전달하고자 할 때 이 방식을 자주 활용했다. 국민과 직접 소통하기 위한 방편이었다. 기고문은 무게감 있는 주제를 얘기할 때 쓰이고, 서신은 친근감을 보이는 글에 적합하다.

김대중 대통령은 〈국민과의 대화〉라는 형식으로 방송을 자주 활용했다. 〈국민과의 대화〉가 있을 때는 공보수석실 안에 따로 팀을 구성해 철저히 준비했다. 그렇다고 권위주의 정권 때처럼 질문을 미리 받지는 않았다. 속된 말로 '짜고 치는 고스톱' 같은 것을 싫어했다. 대통령 스스로가 순발력이 있고 어떤 질문에도 답이 준비되어 있었기 때문에 그럴 필요가 없었다. 그럼에도 김대중 대통령은 모의연습까지 할 정도로 신경을 많이 썼다. 복장과 넥타이까지 직접 챙겼다. 출연해서도 조크를 던지고, 어떤 질문에는 길게, 어떤 질문에는 짧게 답하면서 지루한 느낌이 들지 않게 했다. 방송의 특성을 알고 그것에 맞춘 것이다.

노무현 대통령의 2005년 2월, 취임 2주년 연설은 당초 세가지 방안이 검토됐다. 먼저, 기자회견 형식이었다. 그러나 한달 전에 신년 기자회견이 있었고, 회견은 현안에만 관심이 모아지기 때문에 남은 3년의 국정 방향을 밝히기에는 적절하지 않았다. 다음으로, 토론 형식이었다. 관훈클럽이나 방송기자

246

클럽에 나가 패널들과 토론하는 것을 검토했으나, 대통령이 전하고자 했던 '선진한국의 비전과 전략'을 차분하게 설명하는 데 적합하지 않아 제외됐다. 결국 연설 형식을 취하기로 했고, 기왕이면 국민의 대표기관인 국회에서 하기로 했다. 국회 존중 의지를 보이기에 좋고, 의원의 협조를 구하는 데도 도움이 된다는 점도 고려됐다. 이처럼 메시지만큼이나 그에 맞는 형식은 심사숙고의 대상이었다.

28

어느 연설보다
위대한 웅변, '눈물'

이미지를 생각하라

이미지냐, 콘텐츠냐? 형식이냐, 내용이냐? 겉이냐, 속이냐?
대다수는 전자보다는 후자 쪽 손을 들어줄 것이다. 그런데
이와 전혀 상반된 주장이 있다. 바로 '메라비언 법칙'이다. 어
떤 사람이 말을 했을 때, 그로부터 받는 인상은 자세와 용모,
복장, 제스처가 55%, 목소리 톤이나 음색이 38%, 내용이 7%
의 중요도를 갖는다는 것이다. UCLA 심리학과 교수 앨버트
메라비언의 주장이다. 이 주장에 따르면 말의 '내용'은 중요
도란 면에서 고작 7%의 비중밖에 되지 않는다. 나머지 93%
는 이미지가 좌우한다. 이미지가 말이나 글보다 강하고, 몸이
입보다 더 많은 말을 한다는 것이다.

　이 주장이 맞다면 말을 통해 집권한 두 대통령의 성공을 어

떻게 설명할 것인가. 김대중, 노무현 두 대통령은 사투리를 버리지 못했다. 고집 센 투사 이미지가 강했다. 특히 김 대통령은 쇳소리와 특유의 억양이 TV 토론에 걸림돌이 될 만큼 단점으로 지적됐다.

외국의 경우도 그렇다. 최고의 연설가로 꼽히는 윈스턴 처칠은 선천적 말더듬이였다. 링컨은 쉰 목소리와 켄터키 사투리, 너무 높은 음색으로 듣는 사람을 불편하게 했다. 케네디 역시 강한 보스턴 억양을 사용했고 성량도 작았다. 그뿐만 아니라 처칠과 링컨 모두 호감 가는 외모는 아니었다.

어디 외모뿐인가? 김 대통령에게는 '빨갱이', '정치 술수의 화신', '거짓말쟁이', '대통령병 환자', '더블백'이라는 용공조작과 지역감정, 그리고 온갖 추잡한 이미지가 덧씌워졌다. 노 대통령에게도 '아마추어', '친북좌파', '경제를 포기한 대통령', '독불장군', '돈키호테'같이 고집 센 예측불허의 인물이라는 악의적인 평가가 많았다. 이미지 메이킹이 아니라 이미지 조작의 피해를 당한 셈이다.

그럼에도 이들을 광복 이후 최고의 연설가라고 하는 데에 토를 달 사람은 없다. 또한 사후에까지 국민으로부터 큰 사랑을 받는 정치인이 됐다. 왜일까? 그 답은 정체성에서 찾아야 한다. 정체성은 행적으로부터 나온다. 어떻게 살아왔는지가 중요하다. 이미지가 정수기를 거쳐 나온 물이라면, 정체성은 있는 그대로의 물이다. 그 사람 자체다. 두 대통령의 살아온 역정이 좋은 연설을 만드는 힘이었던 것이다.

우리나라 대통령 선거에서 후보의 외양이나 억양 등 이미지가 중요해지기 시작한 것은 1997년부터다. TV 토론이 도입되면서 소위 미디어 선거, 이미지 전략이란 게 주요 화두로 등장했다. 하지만 서구는 그 역사가 오래됐다.

로저 아일스라는 사람이 있다. 레이건과 조지 부시의 이미지 메이킹을 맡았던 그는 "당신 자신이 메시지다"라는 명언을 남기기도 했다. 1984년 레이건은 73세라는 고령으로 재선에 도전했다. 상대는 56세의 젊은 후보 월터 먼데일. 레이건의 많은 나이는 먼데일의 공격 대상이었을 뿐 아니라 유권자들에게도 우려 사항이었다. 2차 TV 토론을 앞두고 로저 아일스는 이렇게 말문을 열 것을 레이건에게 주문했다.

"나는 먼데일 후보의 나이를 문제 삼지 않기로 결심했다. 먼데일 후보가 너무 젊고 경험이 전혀 없다는 사실을 정치적인 목적에 이용하지 않겠다는 것이다."

아일스는 '고령'이라는 약점을 방어하려고 하지 않았다. 레이건의 타고난 유머감각을 살려 이미지 메이킹에 활용했다. 결과는 대성공이었다.

김대중, 노무현 두 대통령은 '이미지 메이킹'에 거부감을 나타냈다. 노무현 대통령은 더욱 그러했다. 청와대 생활 5년 동안 가장 힘든 것 중의 하나가 화장하는 것이었다고 회고할 정도로 억지로 꾸미는 것을 싫어했다. 대선 후보 기간부터 퇴임 때까지 노 대통령의 코디네이터 역할을 담당한 박천숙 씨는 대통령이 있는 그대로의 모습으로 보이길 원했다고 전한다.

"준비한 의상에 대해 싫은 내색을 한 번도 한 적이 없었습니다. 옷은 입어서 편하면 된다는 소탈한 성격이셨습니다. 양복은 대중적인 국산 브랜드를 구입했고 대통령이 자주 입으셨던 베이지색 점퍼는 남대문 시장에서 구입한 것입니다."

노무현 대통령이 영상 메시지를 녹화할 때에는 참모들이 주문을 하기도 한다. 목소리 톤이 너무 낮으니 높여달라거나, 표정을 좀 더 밝게 해달라고 요구한다. 그러면 대통령은 최대한 받아주려고 노력한다. 하지만 과도한 연출 요구는 오히려 어색함으로 돌아오기 일쑤였다.

두 대통령은 본인 뜻과 무관하게 이미지 덕을 보기도 했다. 그것은 눈물이다. 2002년 대선 당시 '노무현의 눈물'은 큰 반향을 불러일으켰다. 투사 이미지로만 비쳤던 그의 인간적인 면모를 여실히 보여준 장면이었다. 노 대통령은 또 2007년 9월 5·18민주화운동을 소재로 한 영화 〈화려한 휴가〉를 관람한 후 눈시울을 붉히기도 했다.

2009년 5월 노무현 대통령 영결식에서 김대중 대통령이 권양숙 여사를 붙들고 오열하는 모습은 백 마디 천 마디 말보다 더 큰 감동을 주었다. 비록 당국의 반대로 추도사를 하지는 못했지만 그것은 어느 연설보다 위대한 웅변이었다. 함석헌 선생이 "눈에 눈물이 어리면 그 렌즈를 통해 하늘나라가 보인다"고 하지 않았던가.

그런데 이러한 눈물도 흘리는 사람에 따라 다르다. 타고난 품성과 인간에 대한 애정을 바탕으로 하지 않은 눈물은 '악어의 눈물'로 비칠 수 있다. 실제 그런 정치인을 우리는 많이 봐왔다.

'진짜'를 보여줘야 한다. 가짜는 금세 들통나게 돼 있다. 만들어낸 가짜는 반드시 실패한다. 오히려 역효과가 난다. 그런 점에서 두 대통령은 좋은 '진짜'를 가졌다. 속이 한없이 여렸다. 감동도 잘하고 수줍음도 많았다. 무엇보다 인간적이었다.

영상 시대다. 비주얼을 무시할 수 없는 시대다. 감성적·정서적 접근이 필요하다. 콘텐츠를 중시하되 이미지도 놓치지 말자. 아니 적극적으로 신경 써 관리하자. 단, 진짜를 보여주자.

대통령과의 특별한 여행

대통령은 1년에 네댓 차례 해외 순방길에 오른다. 통상 일주일 정도의 일정이다. 해외 순방을 앞두고 연설비서관실은 가장 바쁘다. 한꺼번에 열 개 가까운 연설문을 준비해야 하기 때문이다. 대통령 순방은 한 번에 서너 개 나라를 묶어서 떠난다.

나라마다 준비해야 할 연설문이 두세 개는 반드시 있다. 상대국 정상과의 만찬사가 있고, 경제인과의 점심을 겸한 간담회에서 오찬사가 있다. 내각책임제 국가에서는 정상인 총리와 만찬을 갖고 대통령과도 자리를 하는데, 이때도 연설문이 필요하다. 국왕이 있는 나라는 왕과 함께하는 자리에서도 연설을 해야 한다. 정상회담이 끝난 뒤에 발표문이 있는 경우가 대부분이며, 어느 나라에서는 대학에 가서 강연을 하기도 한다. 김대중 대통령과 노무현 대통령 집권 초반까지만 해도 출국인사와 귀국보고라는 것도 있었다. 그러니 나라별로 두세 개씩 3개국을 순방하게 되면 적을 때는 여섯 개, 많을 때는 아홉 개의 연설문을 준비해야 했다.

김대중 대통령은 순방 연설문 작성에 정성을 다했다. 늘 방문 국가에 대해 각별한 우의를 전하고자 했다. 일례로, 2000년 3월 독일 순방 때 경제인 대상 연설에서 동원된 소재는 이렇다.

첫째,《프랑크푸르터 알게마이너 차이퉁》지를 비롯한 독일 언론이 우리 민주 세력을 지원해주었다.

둘째, 독일은 1973년 일본에서 납치되고 1980년 사형선고를 받았을 때 국제적 구명운동의 거점이었다.

셋째, 19세기 독일 시인 프리드리히 폰 실러는 '친구는 기쁨을 두 배로 해주고 슬픔은 반으로 해준다'고 했다.

넷째, 독일 속담에 '참다운 우정은 추운 겨울에도 얼지 않는다'는 말이 있다.

다섯째, 독일은 IMF 외환위기 때 유일하게 한국에서 투자금을 회수해가지 않은 나라다.

여섯째, 차범근 선수가 프랑크푸르트 팀에서 선수생활을 했다.

첫째, 둘째와 같은 개인적인 인연이 친근감을 표시하는 데는 효과적이다. 셋째, 넷째와 같은 내용을 발굴하기 위해서는 주독 대사관과 연락하고, 한국에 있는 독일 전문가에게 자문해 조언을 받기도 한다. 그래도 대통령은 간혹 더 적절한 내용을 찾아보라고 주문하곤 했다. 다섯 번째 정보는 경제 부처로부터 얻는다. 여섯 번째 같은 내용이 작지만 알차다.

연설비서관실에서는 반드시 한 명의 직원이 순방에 동행한다. 현지에 가서도 연설문을 수정할 일이 많기 때문이다. 여기에서 준비해 간 연설문이 막상 현지에 가면 바뀌는 수가 많다. 흔한 경우는 아니지만 상대국과 체결하기로 한 MOU(양해각서)가 취소된다든지, 막상 현지에 가서 물어보니 연설문에 들어 있는 속담이나 격언을 별로 쓰지 않는다든지, 사소하게는 연설문에서 거명된 인사가 참석하지 않는 경우도 발생한다. 이 모두가 연설문을 손봐야 하는 경우다. 또한 특별한 경우에는 대통령이 현지에 가서 생각한 내용을 추가로 넣으라고 지시하기도 한다.

노무현 대통령 순방을 수행할 때였다. 상대국 정상이 말하는 교역액 수치가 우리가 준비한 연설문과 달랐다. 대통령은 즉석에서 순발력 있는 조크로 넘겼다.

두 나라 사이에 교역이 활발하다 보니 비행기 타고 오는 사이에 또 늘어났나 봅니다.

대통령 순방 연설 준비는 적어도 순방일로부터 20일 전에는 시작된다. 그사이 국내에서 벌어지는 행사는 행사대로 연설문을 준비해야 하기 때문에 일이 두 배로 많아진다. 순방 연설문은 모두 번역을 해야 하는 번거로움도 있다.

순방 연설 초안은 외교부로부터 받는다. 다른 부처에 비해 초안이 좋은 편이다. 평소에 글을 많이 다루어봐서 수사가 좋고 매끈하다. 하지만 대통령은 의례적인 외교적 언사보다 좀 더 깊숙한 얘기를 건드려주기를 바랐다. 이에 관해서는 국정원에서 받아보는 정보가 매우 참신했다. 보통 대통령에게만 보고되는 자료인데, 노 대통령은 연설비서관실에도 공유해줬다. 자료에는 상대국 정상의 이런저런 버릇과 추문에 이르기까지 적나라하게 나와 있다. 이것을 보고 연설문을 쓰면 확실히 좋은 감을 유지하면서, 결례되는 소재를 피할 수 있다.

순방 연설문을 작성할 때 가장 큰 애로는, 쓸 말은 적은데 연설 계기는 많다는 점이다. 정상과의 만찬에서는 이 얘기, 경제인과의 오찬에선 저 얘기 등으로 한정된 소재를 잘 분배해야 한다.

그래도 가장 고역은 귀국보고 연설문을 쓰는 일이었다. 돌아오는 비행기 안에서 순방 성과를 일목요연하게 정리해야 했기 때문이다. 더욱이 귀국보고 연설은 성남에 위치한 국가원수 및 국빈 전용 공항인 서울공항에서 생방송으로 중계했다. 우리 영공에 거의 도착해서야 연설문이 만들어진 때도 있었다. 낭독본을 만들 시간조차 부족하여 메일로 보내주고 서울공항에서 대기하고 있던 연설비서관실 직원이 출력하여 대통령 연단에 간발의 차이로 갖다놓은 적도 있다.

사실 순방 기간 중 가장 고생하는 것은 대통령이다. 말 그대로 쉴 새 없이 짜인 일정을 소화해야 하기 때문이다. 그래도 대통령은 순방길을 좋아했다. 몸은 힘들지만 마음만은 편했기 때문이다. 김대중 대통령 때에는 순방에서 돌아와 비행기 바퀴가 땅에 닿으면 수행원 모두가 박수를 쳤다. 고생한 대통령에 대한 감사의 표시이자, 순방을 무사히 마친 데 대한 안도의 박수였다. 처음 김대중 대통령을 모시고 간 순방에서 돌아온 날, 박수 치는 것이 어색하면서도 나도 그 일원이 됐다는 것에 뿌듯해했던 기억이 있다.

순방지에서의 대우는 모두 최정상이다. 호텔도 그렇고, 식사도 그렇다. 또한 현지에는 인근 대사관에서 차출된 외교관과 국내에서 지원 나간 공무원들이 대통령 도착 한 달여 전부터 모든 준비를 해놓고 기다린다. 한국국제협력단KOICA 단원이나 현지 교민들도 일손을 도와준다. 해외에서 만나는 우리 동포는 무척 반갑다. 또한 그들도 모국 대통령의 방문에 벅차오름 같은 것을 느낀다.

연설비서관실에서 간 직원은 이들을 통해 현지 분위기나 느낌을 알 수 있다. 어떤 경우에는 일손을 도와준 사람들에게 준비해 간 연설문을 보여주고 현지 정서에 맞는지를 물어보기도 한다. 사람들은 대통령 연설을 미리 보고 여기에 도움을 줬다는 것만으로 기뻐하고는 했다. 그저 고맙고 감사할 따름이었다.

수행원들은 국내에서보다 몇 배 더 긴장한다. 언제였는지는 가물가물하지만 장소는 싱가포르였던 것으로 기억한다. 경제부처 수행원 중 한 사람이 호텔 방에서 깜빡 잠이 들었다가 대통령 일정에 늦게 됐다. 호텔 문 앞에 기다리고 있는 승

용차를 향해 전력 질주하다가 출입문 옆 대형 유리를 깨고 그 자리에서 기절했다. 엄청나게 두꺼운 유리였는데, 그것을 통과해버린 것이다. 그 수행원은 사고 후 국내로 이송되었다고 들었다.

순방 수행원은 적은 인원으로 대통령이 국내에서와 다름없이 업무를 할 수 있도록 최선을 다한다. 해외에 나가서도 대통령은 국내 문제를 계속 보고받고, 필요한 경우에는 의사결정을 해야 하기 때문이다. 국내와 밤낮이 바뀔 정도로 시차가 나는 나라를 가는 경우에는 아예 잠을 못 잔다고 봐야 한다. 국내에서 일어나는 일도 모아뒀다 보고해야 하고, 현지 일은 그것대로 또 챙겨야 한다. 순방을 따라가서 세 시간 이상 자본 적이 없는 것 같다.

관광은 꿈도 꿀 수 없다. 공항과 호텔 사이를 이동 중에 보는 것이 전부다. 거기에다 언어와 사정이 각각 다르기 때문에 불편한 것이 한둘이 아니다. 예컨대 아프리카 순방의 경우에는 아무리 최고급 호텔이라 하더라도 인터넷을 비롯해 모든 게 불편하다. 호텔 측이나 현지 직원들에게 도움을 청해도 "This is Africa"를 연발할 뿐이다.

해외에 가면 모두 통역이 있는 연설이기 때문에 더욱 주의를 기울인다. 통역은 순차통역과 동시통역이 있는데, 대통령 연설은 한 문장씩 끊어서 하는 순차통역인 경우가 많다. 이런 경우에는 사전에 통역관과 어디서 끊어갈지를 협의한 후, 대통령 낭독본에도 표시를 해둔다. 그러면 대통령은 끊어가는 자리에서 통역에게 마이크를 넘긴다.

대통령 순방 행사는 떠날 때부터 특별하다. 청와대에서 경찰 호위를 받으며 서울공항으로 향한다. 대통령과 함께 타고 갈 특별기가 서 있다. 우리나라는 대통령 전용기가 없다. 비행기가 워낙 비싸 노무현 대통령 때부터 구입을 검토했으나, 아직 없다. 그래서 아시아나와 대한항공이 교대로 전세기를 제공한다. 물론 돈을 받는다. 비행기 내부를 개조해야 하기 때문에 억대의 돈이 들어간다.

일반 공항에서와 달리 비행기를 타거나 내릴 때 특별한 수속 절차는 없다. 그냥 타고 내리면 된다. 다만 대통령의 안전을 위해 보안 검사만 철저히 한다. 현지에 가면 군악대가 나와 환영 팡파르를 울리고 극진한 환대를 한다. 후진국으로 갈수록 의전은 더 심하다. 우리의 1970년대처럼 환영 인파가 연도를 가득 메우기도 한다. 우리보다 잘사는 나라라 할지라도 국빈방문의 경우에는 미안할 정도로 예우를 다한다. 차량 통제를 하고 우리를 태운 차는 호텔까지 논스톱으로 달린다. 국내에서 느껴보지 못한 어떤 것을 느낀다.

한국을 떠난 전용기는 순방 기간 내내 대통령과 일정을 함께한다. 서너 나라를 가는 경우 한 나라에서 하루나 이틀을 머무는데, 그동안에 승무원들은 현지에서 대기한다. 빡빡한 일정의 순방을 소화할 때에는 승무원이 부럽기도 했다. 현지에서 그냥 휴식을 취하면 되니까. 하지만 대통령과 일행이 비행기에 타면 이들은 정신없이 바쁘다. 일반 비행기같이 식사 제

공 시간이 따로 없다. 아무 때나 수시로 맛있는 먹을거리를 제
공한다. 서비스는 그야말로 최고다. 특히 아시아나와 대한항
공 간의 보이지 않는 경쟁까지 있어 가장 우수한 승무원을 순
방 전용기에 배치한다고 들었다. 심지어 한 승무원은 순방 수
행원들과 일일이 사진을 찍어, 헤어질 때 사진 뒤에 편지까지
써서 주곤 했는데, 아내에게 보여주었다가 별로 좋지 않은 소
리를 들은 적이 있다.

29

"우리는 아무리 약해도 강합니다"

글쓰기에도 용기가 필요하다

김대중 대통령은 이렇게 말했다.

> 용기는 모든 도덕 중 최고의 미덕이다. 용기만이 공포와 유혹
> 과 나태를 물리칠 수 있다.

글을 쓰는 데도 용기가 필요하다. 첫 줄을 쓰는 용기, 자신을
직시할 수 있는 용기, 자기 생각을 솔직하게 드러내는 용기,
쓴 글을 남에게 내보이는 용기가 필요하다. 말하는 것도 마찬
가지다. 술 마시지 않고 말할 수 있는 용기, 대중 앞에 설 수
있는 용기가 있어야 한다. 사랑을 고백하고 사과와 용서를 구
하는 일도 용기가 없으면 어렵다. 하지만 여기서 그런 용기를

말하려는 게 아니다. 양심과 소신을 지키는 용기를 말하려고
한다.

엄혹했던 군사독재 시절, 필화筆禍사건을 주로 변론했던 한
승헌 변호사는 그의 책《권력과 필화》서문에서 이렇게 말한
다. "필화는 있어서 불행한 것도 아니고 없다고 다행인 것도
아니다. 전자가 의당 해야 할 비판과 저항의 살아 있음의 증좌
일 수 있고, 반면에 후자는 압제하에 항복한 침묵과 굴종의 반
사적 현상일 수도 있기 때문이다."

중학교 1학년 노무현도 작은 필화사건을 겪었다. '우리 이
승만 대통령'이란 제목의 글짓기 시간에 '택도 없는 대통령'이
란 뜻으로 '택통령'이란 석 자만 써서 낸 것. 그 이유를 묻는 선
생님에게 "이승만 대통령이 독재자여서 그랬다"고 답해서 벌
선 일이 있다.

남들이 모두 '그렇다'고 할 때 '아니다'라고 말할 수 있는 용
기, 모두가 침묵할 때 먼저 나서서 말할 수 있는 용기가 있어
야 한다. 그래야 진실한 글을 쓰고 진심으로 말할 수 있다. 두
대통령은 용기가 있었다. 아무리 어려운 상황에서도 용기 있
게 말하고 글을 썼다.

1980년대 초 총칼로 권력을 찬탈한 신군부 세력이 달콤한
제안으로 회유하려 했을 때 김대중 대통령은 이렇게 말했다.

내가 당신들에게 협력하면 일시적으로는 살지만 영원히 죽는
다. 그러나 당신들에게 협력하지 않으면 일시적으로는 죽지만

역사와 국민의 마음속에 영원히 산다. 따라서 나는 영원히 사
는 길을 택하겠다.

1970년대에는 이념 공세를 각오하면서까지 '3단계 통일론'
을 주창했던 그였다.

1981년 9월 노무현 대통령은 부림사건 변론에서 기득권을
내려놓는 용기를 보여주었다. 돈 잘 버는 변호사의 길을 버리
고 인권변호사의 가시밭길을 택한 것이다. 그 이후 부산 지역
민주화운동의 선봉에 서게 한 그의 생각과 외침은 다름 아닌
이것이었다.

우리 아들딸들이 이런 세상에 살게 해서는 안 됩니다.

1990년 1월, 3당 합당의 부당함을 지적하며 외친 단호한 그
한마디는 또 어떤가.

이의 있습니다!

모두 용기가 필요한 일이다.

하지만 모든 사람이 두 대통령같이 될 수는 없고, 또 그럴
필요도 없다. 김 대통령 말처럼, "인터넷에 글을 올리면 된다.
하다못해 담벼락을 쳐다보고 욕을 할 수도 있다". 하지만 이조
차도 용기가 있어야 한다. 김대중 대통령은 자서전에서 참된

용기에 대해 이렇게 말한 바 있다.

> 우리는 아무리 강해도 약합니다. 두렵다고, 겁이 난다고 주저
> 앉아만 있으면 아무것도 변화시킬 수 없습니다. 두렵지 않기
> 때문에 나서는 것이 아닙니다. 두렵지만, 나서야 하기 때문에
> 나서는 것입니다. 그것이 참된 용기입니다. 그럴 때 우리는 아
> 무리 약해도 강합니다.

그렇다. 영화 〈변호인〉을 보고 느낀 것도 말하는 용기였다. 두
렵지만, 용기를 내어 나설 때 사람에 의해 역사는 바뀐다는
사실이었다. 말하고 글을 쓰는 것이야말로 용기를 필요로 한
다. 또한 우리는 글을 보며 용기를 얻는다. 그럼으로써 세상
은 변화한다.

1999년 10월, 부산 민주공원 개원식을 축하하기 위해 김대
중 대통령이 부산을 찾았다. 대통령에 앞서 축사를 한 김영삼
전 대통령이 노골적으로 김 대통령을 비난했다. "이 나라의 민
주주의가 위기에 처해 있습니다. 이대로 가면 내년 총선거는
사상 유례가 없는 부정 타락 선거가 될 것이요, 독재의 망령이
되살아날 것입니다. (중략) 임기 말에 내각제 개헌으로 장기
집권이 획책될 것입니다."

현직 대통령이 축하해주기 위해 자신의 정치적 근거지인
부산에 왔는데, 손님 대접은 못해줄망정 말도 안 되는 험담을
늘어놓았다. 이를 용기라 해야 할지 모르겠다. 재밌는 것은 더

긴 원고를 준비했는데 바람에 원고가 날아간 탓에 그 정도였다고 한다. 뒤이어 '존경하는 김영삼 전 대통령'으로 시작한 김 대통령의 연설은 이런 내용을 담고 있었다.

지난 1979년 당시 야당 총재로 온갖 박해를 받으면서도 과감하게 투쟁하여 부산과 마산, 그리고 전 국민의 궐기에 크게 기여하신 김영삼 전 대통령의 공로에 대해서 높이 찬양하고자 합니다.

30

연설비서관실에서 독회를 하는 까닭

**주변 사람들에게
글을 적극적으로 보여주어라**

'디캔팅decanting'이라는 것이 있다. 와인에 가라앉은 찌꺼기를 제거하고, 고유의 향을 살려내는 과정이다. 글 쓰는 과정에도 이런 디캔팅이 필요하다. 자기가 쓰고 있는 글에 대해 주변 사람에게 얘기하고, 또 그들의 의견을 듣는 것이 바로 글쓰기의 디캔팅 과정이다. 청와대에도 연설문을 비롯해 글과 관련하여 이런 과정이 있다. 바로 독회讀會란 것이다. 일종의 글 검토회의다.

김대중 대통령은 광복절, 〈국민과의 대화〉 등 비중 있는 몇몇 행사에서만 이를 가동했다. 참석자 범위도 수석비서관급 이상으로 제한했다. 참석자들은 미리 글을 읽어본 후 자신의 의견을 가지고 올라갔다. 대통령과 토론을 하지는 않았다. 참석자가 얘기하고 대통령은 들었다. 어떤 주제에도 본인 의견이 있는 대통령이지만 듣기만 했다. 대통령은 아무리 하찮은 의견도 경청했다. 얘기하는 사람이 오락가락하면 그 내용을 정리해줄 정도로 핵심을 더 잘 파악했다. 언젠가 김대중 대통령은 대화가 틀어지는 세 가지 경우를 얘기했다. 첫째는 상대방 의견을 무시하는 경우이고, 둘째는 자기 혼자 결론을 다 내버리는 경우이며, 셋째는 자기 자랑만 늘어놓는 경우다.

노무현 대통령 역시 독회를 했다. 주로 토론하는 방식이었다. 참석자도 글과 관계되는 사람은 행정관까지 다 불렀다. 대통령이 무슨 생각을 하고 있는지 알아야 글도 잘 쓸 수 있다고 생각했다. 얘기를 주도한 것은 늘 대통령이었다. 노 대통령은 얘기를 하면서 새로운 생각을 떠올렸다. 말이 말을 가져오다 보니 정해놓은 회의시간을 훌쩍 넘기기 일쑤였다. 우리는 어디서 저런 생각이 마르지 않는 샘처럼 끊임없이 나올까 궁금했다.

연설비서관실에서도 자체적으로 독회를 했다. 국민의 정부에서는 중요한 연설이 아니면 같이 모여서 머리를 맞대지는 않았다. 담당 행정관이 초안을 써서 비서관에게 보고하면 비서관이 손을 봐서 대통령에게 보고했다. 한 명의 비서관이 여러 행정관의 글을 검토하다 보니 의도하지 않게 행정관 간에 경쟁도 됐다. 어느 행정관 초안은 비서관이 쉽게 오케이를 하고, 어느 행정관 글은 다시 쓰라는 소리를 들으면 꽤 스트레스를 받았다.

참여정부에서는 연설비서관실에 모여 같이 썼다. 일종의 집단집필이다. 물론 초안은 담당 행정관이 쓴다. 그러나 이것은 그야말로 초안일 뿐이다. 비서관과 모든 행정관이 독회 테이블에 앉는다. 컴퓨터 모니터를 함께 보면서 초안을 쓴 행정관이 한 줄씩 읽어나간다. 고치고 싶은 부분이 있으면 누구나 기탄없이 얘기한다. 비서관의 역할은 이 회의의 사회 정도다. 독회를 할 때 몇 가지 암묵적으로 합의한 룰이 있었다.

첫째, 생각나는 대로 얘기한다.

둘째, 모든 의견은 일단 받아들인다.

셋째, 골고루 돌아가며 한 마디씩이라도 한다.

넷째, 누가 무슨 얘기를 하건 그것에 대해 비판하지 않는다.

다섯째, 결정을 해야 할 때, 서로 의견이 다르면 비서관이 결정한다.

이런 독회제도의 장점은 한둘이 아니다.

첫째, 연설문의 완성도가 높아진다. 토론을 통해 서로의 생각이 섞이고, 대화를 주고받으면서 생각이 발전한다. 다른 사람의 의견을 들으면서 새로운 생각이 떠오르고, 그것이 연설문에 반영된다. 여러 사람이 함께 보니 작은 오류도 잘 잡힌다. 그러다 보니 독회를 거치고 나면 삼베옷이 비단옷이 된다.

둘째, 스트레스를 줄일 수 있다. 글쓰기는 스트레스다. 남보다 더 잘 써야 하는 경쟁 관계에서는 더욱 그렇다. 이 관계를 서로 힘을 모으는 연대 관계로 바꾸면 스트레스를 확실히 줄일 수 있다. 우선, 노무현 대통령으로부터 꾸중을 들었을 경우

충격이 덜하다. 모두의 합작품이니까. 대통령의 꾸중은 아무리 사소한 것일지라도 당사자 입장에서는 결코 가볍지 않다. 반대로 칭찬을 받았을 때는 모두가 함께 기뻐할 수 있다. 대통령 연설문은 쓰는 것도 고역이지만, 대통령의 평가가 더 큰 스트레스인데, 그것이 훨씬 덜한 것이다.

셋째, 연설문 초안을 쓰는 부담이 적어진다. 독회에서 걸러주기 때문이다. 그렇다고 초안을 대충 쓰지는 않는다. 오히려 더 신경을 쓴다. 초안이 좋지 않을 경우에는 독회시간이 길어진다. 그것은 동료들에게 미안한 일이 된다. 그러니 피해를 주지 않기 위해 더 열심히 초안을 쓴다. 또한 다른 사람의 도움으로 자기 초안이 좋아지면, 그다음에는 자기도 도움을 주기 위해 더 노력한다. 독회 전에 다른 사람이 쓴 초안을 보고 충분히 고민한 후 회의에 참석하게 된다.

넷째, 연설문의 톤이 균질해진다. 대통령 연설문은 쓰는 사람에 따라 달라져선 안 된다. 말은 같은 사람이 하는데 이 연설 저 연설이 다르면 되겠는가. 하지만 독회를 거치고 나면 초안을 쓴 사람이 누구이건 간에, 누가 봐도 노무현 대통령의 연설문으로 거듭나게 된다.

다섯째, 교육이 된다. 잘 쓴 사람의 글을 보면서, 또 함께 고치면서 어떻게 글을 써야 하는지 배우게 된다. 그런 결과로 연설비서관실 행정관들의 글쓰기 실력이 같이 올라간다. 협업 과정에서 모두의 역량이 향상되는 것이다.

여섯째, 위기관리가 된다. 글을 쓰는 과정에서 누구나 실수를 할 수 있다. 사실관계 오류 등 실수의 종류도 다양하다. 특히 대통령 연설에서의 실수는 치명적이다. 그런데 여러 사람이 함께 보는 독회에서는 이런 실수가 대부분 잡힌다.

김대중 대통령은 서거 한 달여 전인 2009년 7월 12일 임동원 전 통일부장관에게 전화했다. 7월 14일로 예정된 유럽상공회의소 초청 연설문을 검토해달라는 얘기를 하기 위해서였다. 그게 마지막이었다. 그다음 날 입원했고, 영영 돌아오지 못할 먼 길을 떠났다. 김 대통령은 끝까지 글을 붙들고 있었고, 그 글을 누군가에게 보여주어 좀 더 완벽한 글로 만들고자 했다.

글은 꼭 혼자 쓸 필요 없다. '멀리 가려면 함께 가라'고 하지 않던가. 참여정부 연설비서관실의 독회제도를 자기가 몸담고 있는 조직에서 활용해보는 것은 어떤가. 그게 귀찮다면 적어도 주변 사람에게 글을 보여주어라. 글은 여러 사람에게 내돌릴수록 좋아진다.

31

"자동차들이 고향으로
가고 싶어 합니다"

유머의 힘

유머나 조크는 음식의 고명과 같다. 없어서 문제될 것은 없다. 하지만 잘 얹으면 음식의 맛과 모양이 확 달라진다.

두 대통령은 유머감각이 남달랐다. 그들의 눈동자를 들여다보라. 민주주의를 위해 목숨 걸고 싸운 사람의 그것이 아니다. '이의 있다'며 결연하게 일어섰던 그 눈동자가 아니다. 장난기가 묻어난다. 무언가 재미있는 일을 찾는 악동 같다. 나아가 두 대통령에게는 특유의 아우라가 있다. 만나는 것만으로도 기분이 들뜬다. 볼 때마다 새롭고 기대된다. 한 마디 한 마디가 정말 재밌다. 상대를 배려하기 위한 마음이 느껴진다.

김대중 대통령이 영상 메시지를 녹화할 때였다. 배석하는 참모들은 휴대전화를 놓고 올라간다. 녹화 중에 휴대전화가 울리면 대통령이 처음부터 다시 녹화를 해야 하기 때문이다. 그야말로 대형사고를 치는 셈이다. 그날 처음으로 녹화 중에 휴대전화 벨소리가 울렸다. 대통령이 녹화를 중단했다. 공보수석실 비서관 중의 한 사람이었다. 당황해서 어찌할 바를 모르고 전원을 끄려 했지만, 버튼을 못 찾고 허둥댔다.

"내가 꺼줄까요?"

폭소가 터졌다. 김대중 대통령은 싸할 뻔했던 분위기를 이렇게 조크로 넘겼다. 그렇지 않았다면 그 비서관은 얼마나 마음이 불편했겠는가.

김대중 대통령은 〈국민과의 대화〉를 비롯해 방송에 나가서도 특유의 유머감각을 발휘했다. IMF 고통 분담 차원에서 월급을 반납할 생각이 있는지 묻자, "나야 청와대에서 먹여주고 재워주는데 그렇게 하지 못할 이유가 없지 않느냐"고 답해 웃음을 자아냈다. 대통령은 2000년 1월 MBC 〈21세기위원회〉라는 프로그램에 나가 이런 일화도 소개했다.

"1980년 사형 선고를 받고 죽을 날을 기다리는데, 우리 아내가 '김대중을 살려달라'고 기도하는 게 아니라 '하느님 뜻에 따르겠다'고 해서 어찌나 섭섭했는지 몰라요."

김 대통령은 죽음을 목전에 둔 상황을 설명할 때도 익살을 곁들였다.

"법정에서 최종 형이 선고되는 순간, 나는 판사의 입을 뚫어져라 쳐다봤어요. 입술이 옆으로 찢어지면 사형이고, 둥글게 튀어나오면 무기였어요. 살고 싶었어요. 옆으로 찢어지지 않기를 간절히 바랐지요."

1998년 11월 중국을 국빈방문했을 때, 장쩌민 주석이 김 대통령에게 젊어 보이는 비결을 물었다.

"저는 오랫동안 망명과 연금, 감옥 생활을 했습니다. 그동안에는 제 인생이 중단되다시피 했으니 노화도 중단되었겠지요."

최경환 비서관이 《김대중 리더십》에서 전하는 사례 두 가지만 더 소개하겠다.

2006년 10월 전남대 명예박사학위 수여식. 여학생 사회자가 "이제 전남대 선배가 됐으니 후배들을 잘 지도해주십시오"라고 하자 김대중 대통령은 이렇게 응수했다.

"나는 오늘 명예박사학위를 받고 전남대와 처음 인연을 맺었으니 먼저 온 여러분이 선배지 내가 왜 선배입니까? 선배님들이 후배인 나를 잘 봐주십시오."

2006년 10월 서울대 개교 60주년 초청강연. 북핵 문제가 다시 불거져 '전쟁 불사론'까지 등장하자 김대중 대통령은 전쟁만은 안 된다며 던진 비유인데, 강연장을 웃음바다로 만들었다.

찰리 채플린이라는 희극배우가 있었는데 그 사람이 히틀러를 반대하고 전쟁을 반대한 사람입니다. 그 사람이 희극배우답게 말했어요. "전쟁은 전부 40대 이상의 사람만 가라. 나이 먹은 사람들이 자기들은 전쟁에 안 가니까 쉽게 결정해서 젊은 사람들을 죽게 만든다. 그러니까 나이 먹은 사람들이 전쟁에 나가서 죽든지 살든지 해야 한다."

노무현 대통령 역시 유머와 위트의 달인이었다. 친근한 이미지와 친화력의 저변에는 타고난 해학과 기지가 있었다. 2004년 5월 연세대 리더십 특강에서 노 대통령은 어떻게 살아왔는지 얘기하다가 요즘 근황에 대해 이렇게 설명했다.

"손녀가 예쁩니다. 그런데 아무리 예뻐봤자 빤하죠. 한계가 있지요. 저를 보면 상상이 되지요?"

2004년 12월 풍기 인삼 재배 현장 방문. 홍삼이 남성 정력에 좋다며 권하자 노 대령은 시식하며 한마디를 던졌다.

"우리 집사람에게는 그 얘기 하지 마세요."

2007년 6월 원광대 명예박사학위 수여식. 학위 수여장에 명예박사를 의미하는 '명박'이라는 단어가 쓰여 있었다.

"이제 걱정이 되는 것 하나가, 여기 보니까 '명박'이라 써놨던데, 제가 '노명박'이 되는가 싶어가지고…. 하여튼 뭐 이명박 씨가 '노명박'만큼만 잘하면 괜찮습니다."

노무현 대통령은 참모들과 격의 없는 농담도 즐겼다. 봉하에 내려가 얼마 되지 않았을 무렵, 집필에 몰두하던 대통령은 책의 목차를 짜서 참모들에게 넘겨주며 이런 말을 덧붙였다.

"헉! 나는 죽는 줄 알았다. 인자는 너거들이 죽을 차례다. 나는 한참 좀 쉬어야겠다."

양정철 전 비서관의 증언이다.

그의 해학과 기지는 해외 순방에서 더 유감없이 발휘됐다. 윤태영 전 부속실장 증언을 중심으로 소개한다. 2004년 11월 아르헨티나 부에노스아이레스대학 명예교수 위촉장 전달식.

"세계적으로 저명한 부에노스아이레스대학으로부터 명예교수 위촉장을 받아 매우 영광스럽게 생각합니다."

이어 위촉장을 들고 사진 촬영을 한 후 한마디 보탰다.

"그런데 이제 교수가 됐는데 위촉장을 읽을 수 없어 큰일입니다. 위촉장을 읽을 수 있도록 공부를 다시 하겠습니다."

2004년 11월 브라질 방문 시 룰라 대통령과의 정상회담. 대통령 표현을 빌리자면 '귀국해서 국민에게 자랑할 것이 한 보따리'일 만큼 많은 현안이 해결됐다. 이에 대한 감사의 뜻을 노무현 대통령은 이렇게 표시했다.

"선물을 너무 많이 받아서 비행기가 뜰 수 있을지 걱정입니다."

이런 유머가 나오기까지 얽힌 에피소드가 있다. 정상회담 도중 룰라가 시가를 피워 물었다. 외교 관례에 어긋나는 일이었다. 노 대통령도 시가를 한 대 달라고 했다. '맞담배' 정상외교의 진풍경이 벌어졌고, 현안이 술술 풀려나갔다.

2006년 12월 호주 방문 시 존 하워드 총리 주최 공식오찬 답사. 대통령은 원고에 없는 얘기를 꺼내 들었다.

불만이 하나 있습니다. 그것은 우리가 매년 60억 달러 적자를 보고 있다는 것입니다. 그래서 여러분께 꼭 당부드리고 싶습니다. 우리 한국은 배를 잘 만드니까 최소한 한국으로 석탄과 LNG를 싣고 갈 때 꼭 한국 배로 부탁드립니다. 또한 제가 여러 나라를 갔을 때, 한국산 자동차와 휴대전화를 보면 그 나라에 무한한 친근감을 느낍니다. 내년에 또다시 오는데 지금보다 훨씬 더 강한 친근감을 느낄 수 있게 각별히 배려해주시기 바랍니다.

대통령은 수입 확대 요구라는 딱딱한 통상 문제도 유머감각을 발휘해 부드럽게 전달했다.

호주산 철광석이 우리나라에 수입되어 자동차가 되었습니다. 이제 그 자동차들이 고향으로 가고 싶어 합니다.

미국 대통령이 모범은 아니지만, 그들은 유머를 중시한다. 백악관에는 유머 담당 작가가 별도로 있을 정도. 노 대통령 임기 마지막 해에 《대통령의 위트》가 출간되었다. 미국의 밥 돌 전 공화당 대통령 후보가 쓴 책이다. 여기 보면 역대 미국 대통령의 유머리스트 순위가 나온다.

1위 에이브러햄 링컨 가장 위대하고 가장 재미있었던 우리의 대통령.

2위 로널드 레이건 배우로서 결코 타이밍이 어긋나는 법이 없었다.

3위 프랭클린 루스벨트 그의 위트는 미국이 공황과 세계대전
을 견뎌내는 데 도움이 됐다.

미국 대통령은 청중을 웃게 만드는 것이 대통령의 의무라도
되는 것처럼 끊임없이 유머를 시도한다. 미국 상원의원 후보
자리를 두고 대결할 때 스티븐 더글러스 의원은 에이브러햄
링컨에게 공격적인 언사도 서슴지 않았다.

"당신은 두 얼굴을 가진 이중인격자요."

링컨이 받아쳤다.

"만약 내게 두 개의 얼굴이 있다면 하필 이런 중요한 자리에
이 얼굴을 가지고 나왔겠소."

물론, 링컨이 잘생겼다고 생각하는 사람에게는 이해되지 않
는 조크다.

로널드 레이건의 조크는 위기상황에서 빛이 났다. 1981년
존 힝클리의 저격을 받고 급히 병원에 옮겼을 때 간호사가 그
의 몸에 손을 대자 "우리 아내에게 허락받았나요?", 수술 집도
의사에게는 "당신들 모두 공화당원이겠지요?"라고 했다는 일
화가 알려지면서 지지율이 83%까지 올랐다. 하지만 다음 해
지지율이 30%까지 내려가자 참모들이 걱정했다. 레이건은
"다시 한번 총 맞으면 된다"고 응수했다.

영국의 처칠도 촌철살인의 유머로 유명하다. 처칠이 화장

실에서 대기업 국유화를 주장하는 노동당수 클레멘트 애틀리와 만났다. 그의 옆자리가 비어 있었지만 처칠은 계속 기다렸다. 이를 본 애틀리가 이유를 묻자 처칠이 대답했다.

"큰 것만 보면 국유화하려고 하는 당신이 내 것을 보고 국유화하자고 달려들면 큰일 아니오."

말이나 글에서 유머를 던지기는 쉽지 않다. 욕심나지만 두려운 게 유머와 조크다. 받아들여지지 않을지도 모른다는 두려움, 실패했을 때 감수해야 하는 썰렁함 때문이다. 그래서 유머나 조크는 용기를 필요로 한다.

그러나 쫄지 말자. '아니면 말고'다. 용감하게 도전해보자. 도전하면 50%의 성공 확률이 있지만, 시도하지 않으면 100% 실패뿐이다.

대연정 제안은
갑작스러운 게 아니었다

타이밍을 잡아라

영화 〈광복절 특사〉에서는 주인공이 광복절 하루 전날 탈옥을 시도한다. 하루만 지나면 특사로 풀려날 텐데 그것을 모르고 탈옥을 감행한다. 전화기 발명은 우리가 아는 그레이엄 벨이 아니라 엘리샤 그레이가 먼저였다고 한다. 그러나 특허 접수는 두 시간 차이로 벨이 빨랐다. 간발의 차이가 두 사람의 운명을 갈랐다.

바로 타이밍이다. 스포츠에서도 승패의 갈림길이 나눠지는 순간이 있다. 이 타이밍을 잘 잡아서 어떻게 살리느냐가 중요하다. 경제야말로 타이밍이다. 경기부양책을 발표하건, 주식이나 부동산을 매매하건, 타이밍이 생명이다. 하물며 '타이밍의 예술'이라고 하는 정치는 말할 것도 없다. 적당한 시점에 필요한 말을 하는 게 정치다. 김대중 대통령은 이렇게 얘기했다.

> 정치에서는 이슈를 주도하는 능력이 있어야 한다. 그러기 위
> 해서는 타이밍이 중요하다. 먼저 이슈를 제기하고 경쟁하는
> 상대방이 그 이슈에 따라오면 그 게임은 이슈를 제기하는 쪽
> 이 이길 가능성이 높다. 정치에서는 아침에 말을 했다면 주목
> 받을 말도 저녁에 하면 아무런 관심을 끌지 못하는 경우가 있
> 다. 또 우리 쪽 이슈라고 생각했던 것을 상대방에게 선점당하
> 는 경우도 많다. 권투 선수가 링에 오르면 상대방과 악수하고
> 눈인사를 하고 처음에는 잽을 날리며 탐색전을 벌인다. 그러
> 나 이 모든 것을 생략하고 선방을 날리는 적극적인 자세도 필
> 요하다.
>
> ─최경환, 《김대중 리더십》, 아침이슬

아무리 잘 만든 정책도, 오랜 시간 고심한 인사도, 진심이 담
긴 사과도 타이밍이 맞지 않으면 좋은 결과를 기대할 수 없
다. 글도 발표하는 타이밍을 잘 잡아야 한다.

제17대 국회의원 총선거를 달포 정도 앞둔 시점이었다.
2004년 3월 초 부속실로부터 대통령의 지시 사항을 전해 들
었다. 대통령 권력에 관한 발표문 준비였다. 아래와 같은 초안
을 작성한 상태에서 대통령에게 미처 보고도 하지 못하고,
3월 12일 탄핵소추안 기습 가결을 맞았다.

지금 세계는 변화와 혁신의 경쟁 속에 있습니다. 하루빨리 나쁜 폐습을 정리하고 미래를 향해 나아가야 합니다. 지역구도에 안주하면서 서로 발목을 잡고 허비할 시간이 없습니다.

이대로 가면 변화의 속도 경쟁에서 뒤처지고 미래에 대한 불안이 커질 수밖에 없습니다. 사사건건 시비가 걸리고 정책이 아닌 감정적인 다툼만 일삼는다면 우리의 미래가 어떻게 되겠습니까?

지난 1년처럼 하루도 조용한 날 없이 흔들리는 상황이 지속되는 것은 국가의 장래와 국민을 위해서 결코 바람직한 일이 아닐 것입니다.

그것이 누구든 책임을 맡은 지도자나 정치세력이 주도적으로 국정을 운영할 수 있게 해줘야 합니다. 그래야 앞날을 예측하고 계획을 세워서 차분하고 일관성 있게 정책을 운용할 수 있습니다. 정부와 국회가 손을 맞잡고 안정된 정국 속에서 정치개혁과 국가혁신에 나설 수 있어야 합니다.

그런 점에서 저는 이번 총선에서 협력 가능한 우호 세력이 국회의 과반수를 확보하게 되기를 기대합니다.

그러나 저의 기대와 달리, 야당이 과반수를 차지하게 되면 국회의 다수 정치 세력에게 대통령의 권한을 대폭 양보해서 정국을 주도하도록 할 것입니다.

나아가 이러한 타협과 공존조차 어려운 상황, 즉 대통령이 자리를 지키고 있다는 사실만으로도 국정이 갈등에 휩싸이고 혼란스러울 때는 사임의 결단을 내리도록 하겠습니다. 그래서 총선 이후 1년 이내에 대통령 선거가 치러지도록 하겠습니다.

이 제안은 탄핵으로 타이밍을 놓치고 1년 4개월이 지난 2005년 7월 '대연정'이라는 이름으로 공식 제기되었다. 본래 취지는 지역구도 극복과 관용의 민주주의 실현을 통해 신뢰와 협력, 대화와 타협의 정치를 해보자는 것이었다. 하지만 대통령의 뜻은 온데간데없어졌다. 여소야대로 수세에 몰린 대통령의 정치적 꼼수로 폄훼되었다.

글을 써놓았다면, 발표할 내용이 있다면 타이밍을 생각해야 한다. 최적의 타이밍을 찾기 위해 힘써야 한다. 그것을 포착하는 것만으로도 절반은 성공이다. '타이밍이 전부다Timing is everything'라는 서양 속담도 있지 않은가.

여섯 번의 고비를 넘었다

2007년 역사적인 제2차 남북정상회담! 노무현 대통령이 연설해야 하는 자리는 모두 여섯 차례였다. 생각보다 연설문은 중요하지 않았다. 남북정상회담에서 중요한 것은 역시 정상회담 그 자체였다. 연설비서관실에서는 여섯 개의 연설문을 보고했다. 노 대통령은 거의 수정을 하지 않았다. 평소 국내 연설문을 대하는 것과 사뭇 달랐다. 어차피 연설은 의례적인 절차라고 생각한 듯하다.

첫 번째 자리는 남북정상회담 서울 출발 대국민 인사. 이 연설은 서면 메시지로 대신하여 언론에만 배포되었다. 2000년 제1차 남북정상회담 때에는 서울공항 생중계 화면을 통해 김대중 대통령이 "뜨거운 가슴과 차가운 머리로 회담에 임하겠다"는 인상적인 말을 남긴 바 있다. 그러나 노무현 대통령은 조용히 방북길에 올랐다.

남북정상회담에는 연설문만 필요한 것이 아니었다. 북행길

군사분계선 도로변에 놓일 표지석 문구도 정해야 했다. 연설
비서관실에서 '평화를 여는 길, 번영으로 가는 길'로 보고했
다. 노무현 대통령은 이미 김대중 대통령이 열어놓은 문으로
내가 가는 것이니 '평화를 다지는 길'로 바꾸라고 지시했다.
그럼 군사분계선을 넘는 순간에 대통령은 무슨 말을 할 것인
가? 연설비서관실은 아래와 같은 말씀자료를 보고했다.

원래 있었던 이 길이 끊어진 것은 불과 50여 년 전입니다. 오
늘 넘는 이 길이 많은 사람들이 오가는 넓고 큰 길이 되기를
바랍니다.
— 제1안

사람과 사람, 마음과 마음을 이어주는 것이 길입니다. 오늘 넘는
이 길이 평화와 공동 번영으로 가는 큰길이 되기를 바랍니다.
— 제2안

역사의 상처였던 이 길이 희망의 큰길이 되기를 바랍니다.
— 제3안

대통령으로부터 메모가 내려왔다.

분단의 선을 넘는다. 지난 반세기, 우리 민족이 이 분단선 때
문에 많은 고통. 이번에 내가 갔다 오면 더 많은 사람들이 왕

래할 수 있을 것. 많은 사람들이 왕래하면 분단선도 무너질 것. 사람들이 만든 것이니, 사람이 지울 수 있을 것. 이번 걸음이 성공할 수 있도록 기도해주시기 바람.

결국 대통령은 이렇게 얘기했다.

저는 이번에 대통령으로서 이 금단의 선을 넘어갑니다. 제가 다녀오면 또 더 많은 사람들이 다녀오게 될 것입니다. 그러면 마침내 이 금단의 선도 점차 지워질 것입니다. 장벽은 무너질 것입니다.

— 노무현 대통령 군사분계선 통과 메시지

평양으로 출발하는 당일 대통령은 아침부터 분주했다. 국무위원들을 한자리에 모았다. 정상회담에 임하는 각오를 내비쳤다.

"두루미와 여우의 우화처럼 만나서 서로 딴 얘기만 하는 것은 아닐지 걱정된다."

드디어 대통령을 태운 차량 행렬이 청와대를 떠났다. 북방한계선을 넘는 우리를 향해 북측 경비병이 경례했다. 북녘을 향해 한 시간 가까이 달린 후 휴게소에 잠시 들렀다. 한복을 곱게 차려입은 북측 여성들로부터 과일 냉차를 한 잔씩 대접받은 후 다시 차를 달렸다. 평양 입구 오르막길인 듯싶은 데서 차가 멈춰 섰다. 몇 분을 기다린 후 다시 출발해 고개를 넘어

서니 굉음에 가까운 함성이 들리고 눈앞에는 수만 명의 북녘
동포가 손에 손에 꽃을 들고 우리 일행을 반겼다. 그곳에 김정
일 국방위원장이 있었다. 4·25문화회관 앞마당에서 5만 명의
환영 인파와 함께 간단한 환영 행사가 있었다.

두 번째 연설문은 남북정상회담 평양 도착 성명이었다. 서
면으로 배포한 도착 성명은 아래와 같이 시작됐다.

> 북녘 동포와 평양 시민 여러분, 반갑습니다. 여러분의 따뜻한
> 환영에 마음속 깊이 뜨거운 감동을 느낍니다. 북녘 동포 여러
> 분께 남녘 동포가 보내는 따뜻한 인사를 전합니다….
>
> —2007년 남북정상회담 평양 도착 성명

그날 저녁에는 김영남 최고인민회의 상임위원장이 주최하는
만찬에서 노무현 대통령의 답사가 있었다. 대통령은 연설문
의 토씨 하나 건드리지 않고 그대로 읽었다. 심기가 불편하
신가, 아니면 긴장한 탓일까? 외국에 나가면 대통령은 늘 만
찬장 분위기를 화기애애하게 만들었기 때문에 좀 의아했다.
이유가 있었다. 오후 5시에 있었던 김영남 상임위원장과의
회담 분위기가 문제였다. 김영남 위원장은 우리의 자주성 문
제를 거론하며 회담을 질질 끌었고, 대통령은 "잘 들은 걸로
하겠다"는 표현을 쓸 정도로 불쾌감을 표시했다. 급기야 수
행원들에게 "짐 싸서 내려갈 준비를 하자"고 할 정도로 정상
회담의 전망은 어두웠다.

다음 날 열린 정상회담에서는 분위기가 확 바뀌었다. 대통령의 불편한 심기가 전달이 되었는지 북측의 태도가 많이 달라졌다. 아침에 대통령이 묵고 있는 백화원 초대소로 김정일 위원장이 찾아왔다. 두 정상은 전날에 이어 두 번째로 손을 맞잡았다. 오후 정상회담은 일사천리로 진행되었다. 대통령은 나중에 이렇게 회고했다.

"대화 시간이 빠듯했다. 마치 술이 있으면 안주가 있어야 한다고 해놓고 그다음에는 이 안주에는 이 술이 좋다 하는 식으로 대화를 밀어붙였다. 됐냐? 하고 됐다! 하면 한 건 해치우고, 또 다른 안건으로 넘어가고 하는 식으로 네 시간 동안 굉장히 능률적인 회담을 했다. 그래도 시간이 부족해서 꺼내보지도 못한 문제가 많았다."

정상회담이 있던 날 밤, 대통령 주최로 열리는 남북정상회담 답례 만찬 연설에서 대통령은 준비해 간 연설문을 그대로 읽었다. 목소리는 전날에 비해 훨씬 활기차고 힘이 있었다.

어제와 오늘, 저는 과연 '피는 물보다 진하다'는 이런 말을 실감하고 있습니다. 가는 곳마다 뜨겁게 맞아주신 북녘 동포 여러분의 환대는 영원히 잊지 못할 것입니다. 특별히, 우리 일행이 편안하게 머물 수 있도록 세심한 배려를 아끼지 않으신 김정일 국방위원장께 깊은 감사를 드립니다….

－2007년 남북정상회담 답례 만찬사

그날 밤 고려호텔에 묵고 있는 내게 북측 사람이 찾아왔다. 대통령이 백화원 초대소로 데려오라고 했다는 것이다. 다음 날 있을 대국민 보고 연설을 준비하기 위해서였다. 도착하니 나 혼자만을 위한 저녁식사가 준비되어 있었다. 대형 식탁에 덩그러니 앉았다. 열서너 차례 나오는 코스 요리를 가져오는데 음식을 넘길 수가 없었다. 연설문 작성에 대한 부담 때문이었다. 저녁식사를 마치고 정상회담에 배석한 조명균 안보정책비서관 등과 함께 밤을 새워 연설문을 작성했다. 방에는 TV 소리를 크게 틀어놓았다. 만에 하나 도청에 대비한 것이었다. 연설문 작성을 마친 시간은 새벽 5시. 대통령 방에 원고를 넣어놓고 백화원 마당을 산책했다. 꿈만 같았다. 원고에 관해 대통령은 말이 없었다. 이 내용을 가지고 알아서 하겠다는 뜻이었다.

백화원 초대소에서 돌아오니 '난리'가 나 있었다. 나를 담당했던 북측 직원이 사색이 돼 있었던 것이다. 그는 나를 호텔 밖으로 나가지 못하도록 감시하는 책임을 맡은 북측 요원(우리로 따지면 국정원 직원)이었는데, 내가 밤새 사라져버렸으니 놀란 모양이었다. 원래 남측 수행원은 그 누구도 호텔 밖에 나가지 못하게 되어 있었다. 그렇다고 대통령이 나를 찾는 마당에 내가 자청해서 북측 요원에게 보고할 의무는 없는 것 아닌가. 하지만 그 친구는 상부로부터 엄중한 책임을 묻겠다는 불호령이 떨어졌다며 아침에도 내가 나타나지 않았으면 자기는 죽은 목숨이었다고 나를 탓했다. 전날까지만 해도 나에게 우리 아내의 직장도 알고 있고, 차는 무엇을 타며 어디 사는지도 안다며 호기를 부리던 친구였다.

돌아오는 길에 들른 개성공단에서 노무현 대통령은 준비해 간 연설문을 덮어두고 긴 시간 동안 즉석연설을 했다.

여러분, 반갑습니다. 저녁 못 먹었지요? 미안합니다. 좀 일찍 약속대로 시간 맞추어 와야 되는데, 김정일 위원장께서 안 보내줘서 제시간에 못 왔습니다. 따뜻하게 이렇게 환영해주셔서 정말 감사합니다….

마지막으로 도라산역에서 있었던 남북정상회담 대국민 보고 연설. 노무현 대통령은 약간 격앙된 표정으로 준비된 연설문에 새로운 말을 추가하면서 정상회담 결과를 열정적으로 설명했다.

제가 가는 것에 대해서 반대하는 분들도 많이 있고, 또 더 많은 분들은 갔다 와야 된다고 하시면서 여러 주문을 내놓으셨습니다. 그 주문을 어떻게 다 소화할까 매우 걱정을 했습니다. 그래서 혹시 돌아오는 보따리가 좀 작더라도 만남 자체가 의미가 있는 것이니까 그것으로 이해해주십사 해서 '욕심 부리지 않겠습니다' 이렇게 미리 한 자락 깔아놓고 갔습니다. 그리고 제가 준비해 갔던 보따리를 확 풀어놨습니다. 이제 돌아오는 길에 그 보자기로 다시 성과를 싸는데, 가져갔던 보자기가

조금 작을 만큼, 작아서 짐을 다 싸기가 어려울 만큼 성과가
좋았다고 저는 그렇게 생각합니다.

—2007년 남북정상회담 대국민 보고 연설

청와대 생활 8년 동안 가장 어렵게 준비했던 연설문이 그렇
게 큰 문제 없이 넘어가고 있었다.

33

"그가 쓴 글을 가져와보세요"

자기만의 글을 쓰자

국민의 정부에서 연설 행정관으로 일하면서 김대중 대통령에게 가장 많이 들은 말이 하나 있다.

"무엇이 되느냐보다 어떻게 사느냐가 중요하다. 모든 사람이 인생의 사업에서 성공할 수 없다. 하지만 원칙을 가지고 가치 있게 살면 성공한 인생이고, 이런 점에서 우리 모두는 성공한 인생을 살 수 있다."

이것을 '글'에 대비하여 얘기해보자.

"글을 잘 쓰려고 하기보다는 자기만의 글을 쓰는 것이 중요하다. 모든 사람이 글을 잘 쓸 수는 없다. 하지만 자기만의 스타일과 콘텐츠로 쓰면 되고, 이런 점에서 우리 모두는 성공적인 글쓰기를 할 수 있다."

우리는 누구나 저마다의 생각과 스타일이 있다. 생각과 스타일에는 우열이 없다. 자신감을 갖고 자기 생각을 자기답게 쓰자.

그럼 자기 글이란 어떤 글인가?

첫째, 자기만의 관점이 있어야 한다. 김대중 대통령은 이에 대해 이렇게 얘기한다.

모든 지식은 내 자신의 비판의 그물에서 여과시켜 받아들여야 한다. 설사 그것이 미숙하고 과오를 범할 위험이 있을지라도. 그것이야말로 내가 나로서 사는 유일한 지적 생활의 길이다.

— 최성, 《김대중 잠언집》, 다산책방

자신의 관점 없이 이 사람 저 사람의 생각을 옮겨서 짜깁기를 하다 보면 흥부 옷처럼 정체불명의 총천연색 누더기 글이 된다. 자기 세계가 있는 글은 물 흐르듯 술술 읽힌다. 자기 세계가 관점을 만들고, 관점이 있어야 훌륭한 글이 된다. 언론에도 논조라는 게 있다. 똑같은 사실을 전해도 신문마다 해석은 다르다. 영화감독들에게도 각기 다른 경향이 있다. 세상을 보는 시각, 각자의 세계관이 다르기 때문이다. 그런 점에서 노무현 대통령의 다음 말은 맞는 말이다.

글은 자신의 가치관, 세계관대로 쓰는 것이다. 타당성만 있다면 튀는 것을 주저하거나 개의할 일이 아니다.

노무현 대통령은 공직자를 기용할 때도 그가 쓴 글을 가져와 보라고 했다. 저서나 신문 기고글을 찾아보고 판단했다. 노 대통령은 정치권에도 이렇게 얘기했다.

자기 의제와 자기 노선을 갖지 않은 정당은 몰락한다.

김대중 대통령도 비슷한 당부를 했다.

정치인에게는 그 사람 하면 떠오르는 무언가가 있어야 한다. 그렇게 하려면 첫째는 정책적 전문성이 필요하고, 둘째는 정치적 정체성이 필요하다.

이것이 바로 글의 논조다. 이어서 김대중 대통령은 자기 말을 하고, 자기 글을 써야 한다고 일침을 가한다.

야당은 야당답게, 여당은 여당답게 일할 줄 알아야 한다. 그렇게 할 경우 자연히 상대로부터 비판의 대상이 되고, 심지어 비난과 모욕을 당하는 수가 있다. 그러나 이것을 두려워해서는 안 된다. 반대를 두려워해서 자기 할 말을 못 하는 리더, 모두로부터 좋은 말만 들으려고 하는 리더는 설사 좋은 사람이라는 소리는 들을지언정 결코 성공하는 리더가 되기는 어렵다.

자기 글의 두 번째 조건은 자기 스타일대로 쓰는 것이다. 스타일은 문체일 수도 있고, 글 쓰는 방식일 수도 있다. 노 대통령은 본인이 구술해준 내용으로 글을 작성해도 어느 때는 "이건 내 글이 아니네"라며 다시 쓸 것을 주문하곤 했다. 자기 콘텐츠이기는 하나 자신의 언어, 노무현의 문체가 아닌 것이다.

〈불후의 명곡〉이란 TV 프로그램에서는 유명 가수의 인기 가요를 후배 가수들이 부른다. 같은 노래인데 전혀 다른 노래처럼 들린다. 편곡을 해서 자기 스타일로 부르기 때문이다. 화가나 문인도 그림과 글만 보고 그것이 누구의 작품인지 알 수 있는 경우가 많다. 화풍과 문체 때문이다. 뭐라 표현하기는 어렵지만 노무현에게도 노무현의 색깔이 있다. "문체는 바로 그 사람이다"고 한 프랑스 철학자 뷔퐁의 말처럼.

관점과 스타일보다는 중요도가 낮지만, 자기만의 느낌도 필요하다. 고유의 감수성 혹은 감각에서 비롯되는 이것이 자기 글의 세 번째 조건이다. 같은 사물을 봐도 느낌은 각자 다르다. 일반적으로 얘기되는 것, 즉 구태의연한 표현 말고 자기만의 인상을 찾아내야 자기 글이 된다. 그런 포인트를 짚어내야 한다. 그게 없으면 그저 그런 글, 주인 없는 글이 되고 만다. 99%의 노력과 1%의 영감 중에 갈수록 1%의 영감이 더 중요해지는 까닭과 같다. 그것이 남과 나를 차별화하고 차이를 만드니까 그렇다.

누구나 아는 이야기지만, 자기만의 인상을 찾아내는 몇 가지 방법이 있다.

의문을 갖는다

궁금하지 않으면 느낌도 없다. 의문에 대한 답을 찾아가는 것이 자기만의 느낌을 만들어가는 과정이다.

고정관념과 관성, 상투성에서 벗어난다

이를 위해서는 독일 극작가 베르톨트 브레히트의 소격효과(거리 두기)와 유사한 '낯설게 하기defamilarization', 역발상의 '뒤집어 보기'가 필요하다. 《마담 보바리》의 작가 귀스타브 플로베르는 '일물일어설一物一語說', 즉 하나의 사물을 나타내는 데는 단 하나의 단어만 적합하다고 주장했는데, 여기서도 벗어나는 게 좋다. 그 사물에 꼭 어울리는 말을 찾다 보면 누구나 쓰는 상투적인 표현이 나올 수밖에 없기 때문이다.

융합적으로 사고한다

자기가 쓰고자 하는 대상(A)을 생각할 때, 자신이 쓰고 있지 않은 것(B)과 연관 지어 생각하는 것이다. 그래서 A도 B도 아닌 새로운 C를 만들어내는 것이다.

유연하게 사고한다

다른 사람의 것을 내 것으로 받아들일 줄 아는 개방적인 태도와 융통성이 있어야 한다.

결론적으로 얘기하면, '내'가 중요하다. 내가 세상을 보는 방식, 나의 시선, 내 시각이 중요하다. 남의 눈치 볼 것 없다. 내 나름의 것이면 된다. 좀 건방져 보이더라도 확실하게 자신을 드러내자. 그리고 뻔뻔하게 우기자. 이게 내 생각인데 어쩔 거냐고.

34

아랫목 윗목론의 탄생

적당히 잘 꾸며라

미국 레이건 행정부 출범에 관여한 정치학자 월러 R. 뉴웰은 그의 책《대통령의 조건》에서 대통령에게 필요한 열 가지 자질 중의 하나로 '감동적인 수사법'을 들었다. 단, 조건이 붙었다. 적당히 해야 한다는 것이었다.

김대중 대통령의 연설은 감동이 있다. '주옥같다'는 말이 절로 나온다. 왜 그럴까. 그의 말은 행동하는 삶에서 우려낸 것이다. 말의 성찬이 아니다. 그래서 같은 말도 감동이 있다.

우리는 전진해야 할 때 주저하지 말며, 인내해야 할 때 초조해하지 말며, 후회해야 할 때 낙심하지 말아야 한다.
논리의 검증을 거치지 않은 경험은 잡담이며, 경험의 검증을 거치지 않는 논리는 공론이다.

또한 김대중 대통령의 수사는 조리가 있다. 논리정연하다. 듣고 있으면 절로 고개가 끄덕여진다.

국민이 언제나 현명한 것은 아니다. 그러나 민심은 마지막에 가장 현명하다. 국민이 언제나 승리하는 것은 아니다. 그러나 마지막 승리자는 국민이다.
역사는 우리에게 진실만을 말하지는 않는다. 그러나 역사는 시간 앞에 무릎을 꿇는다. 시간이 지나면 역사의 진실을 알게 될 것이다.

또한 눈에 보이듯이 그려지고, 연상이 됐다.

정의가 강물처럼 흐르고 자유가 들꽃처럼 만발하며 통일에의 희망이 무지개처럼 피어오르는 나라를 만들고 싶다.

대조법도 자주 등장한다.

금년은 고생해야 합니다. 금년에 고생하지 않으면 10년을 고생하고, 금년에 고생하면 내년에 잘됩니다.
－1998년 5월 〈국민과의 대화〉

100여 년 전 제물포 개항이 제국주의 세력의 강압에 의한 치욕이었다면, 오늘의 인천공항 개항은 세계를 향해 의지와 비전을 가지고 나아가는 자주 대한민국의 영광이 될 것입니다.

－2001년 3월 인천국제공항 개항식 축사

노무현 대통령의 언어는 유쾌하다. 들으면 입가에 웃음이 번진다.

"혀는 짧은데 침은 길게 내뱉고 싶다."
"초소에서 자는 놈들은 걸리는데, 아예 빠진 놈들은 걸리지도 않는다."

누군가 그랬다. 노무현 대통령의 말은 갓 잡아 올린 생선 같다고.

"사진 찍으러 미국 가지 않겠다."
"편지 100통을 써도 배달부(언론)가 전달을 안 한다."

노 대통령은 화려한 수사를 좋아하지 않았다. 담백한 것을 좋아해서 간혹 수사가 많이 들어간 연설문에는 코멘트를 달아 내려보내기도 했다.

다음은 2006년 몽골 대통령 만찬사에 대한 코멘트다.

수사는 간결하고 공감대가 분명한 경우에만 효과가 있습니다. 알맹이 없는 의례적인 수사는 오히려 연설의 품위를 깎을 수 있습니다.

2006년 6·25전쟁 참전용사 위로연 연설문에도 비슷한 코멘트가 달려 내려왔다.

좀 더 차분, 소박하게 다듬어주시기 바랍니다.

반전이 있는, 돌려 치는 수사도 자주 썼다. 2006년 5월 아랍에미리트 순방 시 경제인 오찬간담회에서 노무현 대통령은 이렇게 말했다.

비행기에서 끝없이 펼쳐진 사막을 보며 이 땅이 '신이 버린 땅'이 아닌가 생각했습니다.

순간 경직되었던 좌중이 노무현 대통령의 뒤이은 말로 환하게 미소 짓는다.

하지만 내려와서 몇 시간이 안 돼 제 짐작이 틀렸다는 사실을 알았습니다. 신은 이 나라에 석유를 주고, 이를 활용할 지도자를 주고, 지도자에게 지혜와 용기를 주었습니다.

꼬리에 꼬리를 무는 표현도 간혹 등장한다.

> 민생은 정책에서 나오고, 정책은 정치에서 나옵니다. 정치는
> 여론을 따르고, 여론은 언론이 주도합니다. 언론의 수준이 그
> 사회의 수준을 좌우할 수밖에 없습니다.
> ―2007년 6월 참여정부 평가포럼 강연

두 대통령이 공통적으로 주문한 것이 있다. 이해하기 쉽게
쓰라는 것. 비유법 같은 수사법도 이를 위해 필요하다는 것
이다.

1999년 2월 취임 1주년을 맞은 김대중 대통령은 TV로 〈국
민과의 대화〉를 했다. "경기 회복을 체감하기 어렵다"는 상인
의 질문에 이렇게 답변했다.

> 우리 경기의 현실은 이렇습니다. 차디찬 방 아궁이에 불을 지
> 폈는데, 아랫목에선 약간 훈기를 느끼지만 윗목은 여전히 찬
> 것과 같습니다. 경기가 좋아지면 윗목에도 자연히 온기가 돌
> 것입니다.

이게 그 유명한 '아랫목 윗목론'이다. 이 밖에도 두 대통령은
알기 쉬운 표현을 위해 비유를 많이 했다.

> 정치가는 망원경처럼 사물을 멀리 넓게 봐야 하고, 동시에 현

미경처럼 세밀하고 깊이 보기도 해야 합니다.

 ─ 김대중 대통령

정책이 상품이면 정치는 생산설비입니다.

 ─ 노무현 대통령

두 대통령은 조어와 카피의 천재이기도 했다.

'행동하는 양심'

'철의 실크로드'

'북방경제'

'한반도시대'

 ─ 김대중 대통령

'사람 사는 세상, 깨어 있는 시민'

'권력은 시장으로 넘어갔다.'

'강물은 바다를 포기하지 않는다.'

'농부는 밭을 탓하지 않는다.'

 ─ 노무현 대통령

고대 그리스 철학자 아리스토텔레스는 《수사학》에서 누군가를 설득하려면 에토스ethos(인간적 신뢰), 파토스pathos(감성적 호소력), 로고스logos(논리적 적합성)가 필요하다고 했다. 두 대통령이 남긴 말에서 이 세 가지를 한꺼번에 본다.

인생은 아름답고 역사는 전진한다.
－김대중 대통령

너무 슬퍼하지 마라.
삶과 죽음이 모두 자연의 한 조각 아니겠는가?
미안해하지 마라.
누구도 원망하지 마라.
운명이다.
－노무현 대통령

사람으로서 위엄 같은 게 느껴진다. 군더더기는 없다. 더할 말도 없다. 짧고 긴 호흡은 있다. 명문이다.

35 수정 없이 진행된
만델라를 위한 만찬 연설문

칭찬에도 기술이 필요하다

칭찬을 싫어하는 사람은 없다. 말과 글에서도 칭찬은 많을수록 좋다. 특히 연설문에서 그렇다. 두 대통령은 칭찬에 후했다. 김대중 대통령은 늘 칭찬할 거리를 챙겨 연설문에 넣었다. 칭찬해야 할 사람이 빠지지 않도록 하는 데도 많은 신경을 썼다. 어찌 보면 대통령이란 자리는 칭찬하는 자리다. 노고를 치하하고, 어려운 사람을 격려하고, 선행에 감사하는 일, 이 모든 게 칭찬이다.

그러나 청와대 비서들에게는 달랐다. 참모는 후한 칭찬만이 능사인 대상이 아니다. 대통령의 생각을 알려주고, 잘못된 점을 고치고 가르쳐서 함께 가야 할 상대인 것이다. 더욱이 대통령의 말을 보좌하는 연설비서관실은 애당초 칭찬을 기대할

수 없다. 오직 대통령 마음에 들 때까지 고치는 과정만 있을
뿐이다.

연설비서관실이 보고한 연설문에 대한 노무현 대통령의 평
가는 대부분이 지적이나 당부다. 2005년 열린우리당 제2차 전
국대의원대회 영상 메시지 연설문 초안에는 "왕창 다시 써부렀
습니다. 잘 다듬어주시기 바랍니다"라는 코멘트를, 유엔 아·태
환경과 개발 장관회의 개막식 축사 초안에는 "사회정책수석
실의 초안이 더 낫지 않은가요? 본시의 초안을 기조로 해주시
기 바랍니다. 연설 시간에 문제가 없다면 본시 초안 그대로 해
도 별 지장이 없을 것입니다"라는 코멘트를 달아 내려보냈다.

연설비서관실로서는 충격이다. 노 대통령에게 칭찬받은 게
두세 번 정도 될까? 그중에 하나가 2006년 9월 루마니아 경
제인 대상 연설문이다. 대통령은 "좋~습니다. 분위기도 팍팍
사는 것 같습니다"라는 코멘트를 했다. 잠 못 이루는 밤이 되
었음은 물론이다.

노무현 대통령은 연설문에서도 가급적 의례적인 칭찬은 하
지 않았다. 칭찬을 해도 근거를 가지고 했다. 그에 반해 쓴소
리는 많이 했다. 노 대통령에게 '좋은 게 좋다'는 없었다. 대신
에 칭찬할 때는 최상의 표현으로 아낌없이 했다.

모스크바대학은 세계 지성사에 훌륭한 발자취를 남긴 인류의
위대한 자산입니다.
— 2004년 9월 러시아 모스크바대학 연설

김대중 대통령 역시 칭찬은 구체적으로 했다. 그저 덕담 수준이 아니었다. 공부하고 연구해서 했다. 칭찬해야 할 상대에 대해 충분히 알고 난 후에 그 사람이 무엇을 잘했고, 잘했다고 하는 이유는 무엇인지, 앞으로 무슨 일을 좀 더 했으면 좋겠다는 것까지 얘기했다. 정치인의 입에 발린 공치사, 주례사, 국군장병 위문편지같이 정해진 레퍼토리는 없었다. 요즘 유행하는 말로 '영혼 없는' 칭찬은 오히려 역효과를 불러올 수 있다는 것을 알았기 때문이다.

2013년 전 세계인의 애도 속에 타계한 넬슨 만델라 전 남아프리카공화국 대통령은 나와도 각별한 인연이 있다. 2001년 3월 그가 방한했다. 청와대에서 있었던 만찬 연설문은 이렇게 시작했다.

오늘 저는 너무도 귀하고 반가운 손님과 함께하고 있습니다. 그는 '20세기의 위대한 양심'이라고 불리는 분입니다. '정의는 반드시 승리한다'는 것을 고난 속에서 입증하신 분입니다. 화해와 포용만이 모두의 발전을 가져온다고 믿고 계신 분입니다. 평생을 자유와 인권, 민주주의를 위해 헌신하신 만델라 전 대통령 각하와 일행 여러분을 모시게 된 것을 무한한 영광으로 생각합니다.

— 2001년 3월, 만델라 전 남아프리카공화국 대통령을 위한 만찬 연설

김대중 대통령은 이 연설문 초안을 고치지 않았다. 평소에

306

없던 일이었다. 대신에 "이 연설문이 아주 잘됐으니 통역 과정에서 뜻이 잘 전달될 수 있도록 번역에 각별히 신경을 써주세요"라고 주문했다. '칭찬은 고래도 춤추게 한다'고 했던가. 그 후 2년 동안 더욱더 열심히 썼다. 그러나 그게 마지막 칭찬이었던 것으로 기억한다. 그렇다고 자주 혼났던 것도 아니다. 대신에 내가 쓴 초안이 대통령의 육성 녹음테이프로 내려오거나, 다른 사람에게 다시 쓸 것을 지시한 적은 있었다. 나로서는 그 어떤 꾸중보다도 매섭고 또 송구함을 느끼게 하는 꾸지람이었다. 김대중 대통령은 꾸중을 하는 데도 원칙이 있었다. 그 원칙을 자신의 자서전《다시, 새로운 시작을 위하여》에서 밝힌 바 있다.

> 나는 비판을 하면서 두 가지 원칙을 지켜왔습니다. 하나는 먼저 상대방의 입장이나 장점을 인정해주는 비판, 그리고 두 번째는 상대방의 인격을 훼손하지 않으면서 하는 비판입니다. 상대방의 입장이나 장점을 인정해주지 않으면, 상대방은 비판을 자기에 대한 비난으로 생각하고 수용해주지 않습니다. 상대방의 인격을 존중하는 비판이 되기 위해서는 다른 사람들 앞에서 비판하지 말아야 한다는 것입니다.

대통령은 실제로 여러 사람 앞에서 공개적으로 꾸중을 하지 않았고, 따로 불러서 혼을 낸 경우에도 그 사실을 다른 사람에게 얘기하지 않았다. 나는 개인적으로 뵐 기회가 없었으니 당연히 혼날 기회도 없었던 것이다.

글을 쓰거나 말을 할 때 칭찬할 일이 많이 있다. 그럴 경우 두 대통령의 칭찬 방식은 좋은 참고가 될 것이다. 칭찬이 의례적이라고 느껴지지 않게 하라. 실제 상황이나 사례를 들어서 구체적으로 하라. 그렇다고 과하면 안 된다. 조미료 많이 넣은 음식은 느끼하고 몸에도 안 좋다.

36

예의 중시 vs
교감 중시

두 대통령 연설문의 차이

김대중 대통령을 모시다 노무현 대통령을 만나고는 깜짝 놀랐다. 두 분이 어쩌면 이렇게 닮았는지. 지도자는 원래 이렇구나 생각했다.

노무현 대통령의 연설 중에 매우 인상 깊은 것이 있다. 2002년 10월 서울 어느 교회에서 있었던 즉석연설이다.

내가 기억하는 목사 한 분이 있습니다. 나치에 저항했던 마르틴 니묄러라는 분입니다. 그가 이렇게 말했습니다. "나치는 처음에 공산주의자를 잡아갔다. 그러나 나는 공산주의자가 아니므로 관심을 갖지 않았다. 그다음엔 노동자를 잡아가고, 신부를 잡아갔다. 역시 나는 무관심했다. 그러다 나치가 나까지 잡아가려 할 땐 아무도 도와줄 사람이 없었다."

김대중 대통령은 서거 2개월 전쯤인 2009년 6·15남북공동선언 9주년 행사에서 유언처럼 연설했다.

나는 이기는 길이 무엇인지, 또 지는 길이 무엇인지 분명히 말할 수 있다. 이기는 길은 얼마든지 있고 하다못해 담벼락을 쳐다보고 욕을 할 수도 있다. 하지만 무섭다, 귀찮다, 내 일이 아니라고 생각해 행동하지 않으면 틀림없이 지고 망한다. 행동하지 않는 양심은 악의 편이다.

김대중 대통령은 '정의는 반드시 승리한다'는 말을 믿었고 그것에 의지해서 다섯 번의 죽을 고비를 넘겼다. 노무현 대통령은 '정의가 패배하고 기회주의자가 득세하는 역사 청산'을 일생의 과업으로 여겼다.

이런 것이 지도자의 조건일까? 두 대통령 모두 사상가적인 면모를 지녔다. 문화예술적인 감수성이 풍부했다. 독서와 사색, 토론하기를 좋아했고, 이를 통해 사안의 본질을 꿰뚫어보는 통찰력을 키웠다. 그리고 그것을 말과 글로 표현할 줄 알았다. 두 분 다 연설문에 공을 많이 들였다. 그것이 국민에 대한 예의라고 생각했다. 공리공론보다는 실사구시를 추구했고, 사례나 수치를 들어 전하고자 하는 내용의 신뢰도를 높이려고 했다. 무엇보다 좀 더 나은 글을 쓰고자 하는 의욕이 넘쳤다. 나아가 글쓰기 자체를 즐거움으로 여겼다.

논리를 중시한 것도 같았다. 김 대통령은 서면 메시지나 축전같이 짧은 글도 기승전결의 논리적 구조를 중요시했다. 앞뒤의 인과관계가 들어맞아야 했다. 심지어 취임 직후 '각하'라는 호칭을 쓰지 못하게 지시할 때조차 논리적이었다.

"대통령 자체가 높임말입니다. 선생도 사장도 그 자체가 경칭입니다. 보통 말할 때는 '대통령'이라고 하고, 나를 호칭할 때만 '대통령님'이라고 부르면 됩니다."

노무현 대통령 역시 법률가 출신답게 정교한 논리를 폈다.

차이점 또한 많다. 노무현 대통령의 연설은 역동·솔직·소탈·강조어법이 강하다. 이에 비해 김대중 대통령은 안정·설득·논리·반복을 주로 활용했다. 먼저, 일반론에 대한 생각이 달랐다. 노무현 대통령은 연설에 일반론을 담는 것을 꺼려했다. 자신만의 독창적인 논리와 주장·제안을 담으려고 했다.

2003년 5월 제11차 반부패 국제회의IACC 연설문 초안에서 부패의 해악에 대해 언급한 후, 국제 공조를 통해 부패를 일소해야 한다고 썼다. 노무현 대통령은 전면 수정을 지시했다. 부패가 안 좋다는 것을 모르는 사람이 없고, 국제 공조 역시 공자님 말씀에 불과하다는 것이다. 그것보다는 대한민국이 부패 척결을 위해 지금 어떤 노력을 하고 있고, 앞으로 어떤 방향으로 진행해 나갈 것인지, 우리의 이야기를 넣으라는 주문이었다. "Man(인류)에 대해 쓰지 말고 man(한 인간)에 대해 쓰라"고 한 미국의 소설가 E. B. 화이트의 말이 생각나는 대목이다.

이에 비해 김대중 대통령은 다음과 같이 일반론에 가까운 지론을 펼치는 걸 즐겨했다.

> 인류는 농업혁명, 도시혁명, 사상혁명, 산업혁명과 지식정보혁명 등 다섯 번의 혁명을 거쳤으며, 21세기는 눈에 보이지 않는 지식과 정보·문화가 인류 진보를 이끄는 힘이 될 것입니다.
> ─2000년 7월 신지식 직능인대회 연설

다음은 인용에 대한 선호 차이다. 노무현 대통령은 남의 말이나 명언을 인용하는 것을 탐탁지 않게 여겼다. 그러나 김대통령은 세계적인 학자나 권위 있는 국제기구를 자주 인용했다. 마치 대학교수의 좋은 강의를 듣는 것 같은 연설문을 썼다. '합리적 기대이론'을 주창한 노벨경제학상 수상자 로버트 루카스 교수의 말인 "경제는 그 주체들이 기대한 대로 이루어진다. 좋아질 것이라고 생각하면 실제로 좋은 방향으로 가고, 나빠질 것이라고 생각하면 나빠진다"를 인용하여 연설문 초안을 작성한 적이 있다. 이후에 대통령은 '경제는 심리다'라며 이 내용을 몇 차례 인용했다.

한자어 사용도 달랐다. 노무현 대통령은 광복 이듬해에 태어났다. 한글세대다. 가급적 우리말을 쓰려고 했다. '달하다'는 '이르다', '표방하다'는 '내세우다', '풍요로운'은 '넉넉한', '기인한'은 '비롯된', '수립하다'는 '세우다'로 바꿨다. 어쩌면 좀 더 쉬운 말을 쓰고자 하는 노력이었는지도 모르겠다. 우리말 표현이 말의 구수함을 더했다. 김대중 대통령도 우리말 표현을 중시한 것은 다르지 않다. 연설문에 '재테크'란 단어를 썼다가 "재테크란 말은 일본식 표현입니다. 되도록 쓰지 않는 게 좋습니다"라는 코멘트를 받은 적이 있다. 하지만 한자어를 많이 썼다. '만난萬難을 극복하고' 이런 표현이 대표적이다. '어려움을 이겨내고'보다는 고색창연한 맛이 있다. IMF 외환위기 상황에서 특히 많이 썼다.

많은 사람이 아는 대로 두 대통령의 즉석연설에 대한 견해 차이도 있다. 김대중 대통령은 반드시 사전에 준비한 연설문을 읽었다. 정치인은 그래야 한다는 철학을 갖고 있었다. 1년 중 세 개의 연설문은 아무리 바빠도 직접 썼다. 신년 기자회견 모두연설과 광복절 경축사, 국군의 날 연설문이다. 물론 김대중 대통령도 즉석연설이 전혀 없지는 않았다. 6·15남북정상회담 후에 발표한 대국민 보고 연설이 그랬다. 대통령은 평양에서 서울로 돌아오는 비행기 안에서 작성한 메모로 즉석연설을 했다.

만난 것이 중요합니다. 평양에 사는 사람도 우리와 같은 핏줄, 같은 민족이었습니다. 남북공동선언은 매듭이 아니라 시작입니다. 서로 이익이 되는 것부터, 가능한 것부터, 쉬운 것부터 풀어나가야 합니다.

— 2000년 6·15남북정상회담 대국민 보고 연설

노무현 대통령은 청중과 직접 호흡하는 현장 교감형 연설을 선호했다. 정색하고 말하는 것이 아니라, 일반인들이 평소 쓰는 표현으로 자연스럽게 얘기 나누듯이 연설하는 데 주안점을 두었다. 하지만 준비는 철두철미했다. 연설해야 할 날짜가 오기까지 고치고 다듬고 또 수정했다.

김대중 대통령은 배경에서부터 파급효과에 이르기까지 친절하게 풀어서 설명하는 방식을 택한다. 첨단기술을 얘기할 때는 반드시 IT(정보기술), BT(생명공학기술), NT(나노기술), ET(에너지기술), CT(문화기술), ST(우주항공) 여섯 가지를 다 들었다. 초안에 IT, BT만 넣어놓으면 대통령이 수정하면서 나머지 네 개를 꼭 추가했다. 국민의 정부의 성과를 설명할 때에도 민주주의와 시장경제, 지식기반사회, 생산적 복지, 화해와 협력의 남북관계까지 한 묶음으로 언급되어야 했다. 하나라도 빠트리면 반드시 채워 넣었다. 그래서 연설문이 전반적으로 길었다.

노무현 대통령은 단락 처음에 단도직입적으로 규정하고 뒤에 풀어서 설명하는 식이었다. 표현방식에 있어서도 김대중 대통령은 겸양의 표현을, 노무현 대통령은 자신 있는 표현을 좋아했다. 노 대통령은 철학적이고 큰 담론을 좋아한 반면, 김 대통령은 서생적 문제의식과 상인적 현실감각이 함께 반영되어야 한다고 생각했다. 남북 화해협력과 대중경제라는 그의 오랜 꿈과 지향을 IMF 외환위기라는 현실 속에서 풀어내기 위해 전심전력을 다했다. 이상만 추구하면 글이 공허해지고,

현실에 집착하면 가치가 없어진다는 지론에 따른 것이다.

> 나는 가장 현실적인 정치인이면서 가장 비현실적인 원칙을
> 가지고 있습니다. 그것은 원칙과 현실을 합해서 현실적으로
> 성공하는 것을 최선으로 생각하고, 둘 중에 하나를 버릴 때는
> 현실을 버리고 원칙을 지킨다는 것입니다.
> 이상사회는 오늘의 현실 속에서 선이 이기고 악이 패배하는
> 사회입니다. 우리는 이상사회를 완성할 수는 없습니다. 그러
> 나 완성을 지향하고 완성의 확신을 갖고 나아가야 합니다.
> ─ 김대중, 《나의 길, 나의 사상》, 한길사

그렇다고 노무현 대통령의 상인적 현실감각이 무딘 것은 아
니었다. 해외 순방 때 경제인 대상 연설을 보면 알 수 있다.

> 우즈베키스탄 경제인 여러분, 한국 기업에 관심을 가져주시길
> 바랍니다. 우리 기업인들은 전쟁의 폐허 위에서 맨주먹 하나
> 로 성공을 일구어낸 가장 최근의 경험을 가지고 있습니다.
> 　오래전 산업화에 성공한 나라의 기업들에 비해 훨씬 더 도
> 전적이고 기술과 노하우를 나누는 데도 인색하지 않습니다.
> 그런 점에서 한국 기업은 여러분의 좋은 친구가 될 것입니다.
> ─ 2005년 5월 한·우즈베키스탄 경제인 초청 오찬간담회

여러분은 유럽에서 가정에 TV를 한 대 사서 설치하는 데 며

칠 걸리는지 아십니까? 많이 늦지요. 설치하다가도 저녁 6시
가 되면 다음 날 오겠다고 돌아가버립니다. 왜 그리 늦느냐고
불평하면 계약서를 내보이면서 계약대로 하지 않느냐고 반문
한다고 합니다.

한국에서는 오전에 TV를 주문하면 오후에 볼 수 있습니다.
계약서에는 없지만 해줍니다. 한국 기업들은 계약서 플러스알
파로 서비스를 해줍니다.

—2006년 5월 한·아제르바이잔 경제인 초청 오찬간담회

김대중 대통령은 말을 신중하게 고르고, 조심스럽게 접근했
다. 각계의 여론을 수렴하고 관련 부처와 전문가들의 의견을
들었다. 특히 광복절 경축사는 적어도 두어 달 전부터 비서
실장 주재의 팀을 따로 구성하여 각계각층의 의견을 꼼꼼하
게 수렴했다. 그래서 튀는 내용이 없었다.

상대적으로 노무현 대통령은 다소 직설적이더라도 하고 싶
은 얘기를 하는 타입이었다. 우회적이고 암시적인 표현을 좋
아하지 않았다. 늘 말하고자 하는 바를 당당하게 얘기하려 했
다. 지지율 하락으로 정권 재창출에 대한 회의론이 고개를 들
던 2007년 2월 대통령은 《한겨레》에 다음의 내용을 기고했다.

저는 다음 정권까지 책임지겠다고 약속한 일이 없습니다. (중
략) 다음 선거에서 민주 혹은 진보진영이 성공하고 못 하고는
스스로의 문제이고, 국민의 선택에 달려 있습니다. 저에게 다

음 정권에 대한 책임까지 지우는 것은 사리에 맞지 않습니다.

연설 스타일에서도 차이가 났다. 김대중 대통령은 '지르는' 연설을 했다. 그야말로 웅변이었다. 특유의 카랑카랑한 목소리로 조목조목 짚은 후 "내 생각은 이런데 여러분 생각은 어떠십니까?"로 박수를 유도했다. 특히 대통령 되기 이전 대중 유세에서 그랬다. 하지만 노무현 대통령은 만담형 연설, 즉 장단고저는 있지만 그냥 이야기하는 식이었다.

끝으로, 두 대통령 모두 존경하는 사람으로 링컨을 첫손가락에 꼽았다. 그러나 이유는 다르다. 김대중 대통령은 링컨의 용서와 화해의 정신이, 노무현 대통령은 겸손한 통합의 리더십이 존경하는 이유다. 이처럼 두 대통령은 여러 면에서 같으면서 달랐고, 다르면서 같았다. 하지만 분명한 것 한 가지는 있다. 우리 현대사에서 가장 필력이 있는 정치인으로 두 사람을 꼽는 데 아무도 이견이 없을 것이라는 점이다.

피 말리는 취임사 집필 과정

취임사는 국내외 이목이 집중되는 대통령 연설의 백미다. 미국에서도 명연설이라고 꼽히는 것에는 대개 취임사가 많다. 취임사에는 시대정신이 함축돼 있고, 대통령의 철학과 정책, 비전이 담겨 있다. 국정운영 청사진이자 이정표다. 워딩 하나하나는 그 자체로 정부의 국정목표와 실천과제가 된다. 따라서 역대 대통령 누구나 취임사에 많은 정성을 들였다.

노무현 대통령도 예외는 아니었다. 먼저, 취임사 준비위원회가 구성됐다. 지명관 한림대 석좌교수를 위원장으로, 이정우(경북대 교수), 김종심(저작권심의조정위원장), 김주영(소설가), 김호기(연세대 교수), 성경륭(한림대 교수), 임혁백(고려대 교수), 조기숙(이화여대 교수), 이낙연(당선자 대변인) 등 모두 아홉 명이 참여했다. 당시 윤태영 당선자 공보팀장이 간사를 맡았다.

2003년 1월 20일 노무현 당선자가 참석한 가운데 취임사의 골격과 방향을 잡는 첫 회의가 열렸다. 당선자가 국정목표와 국정운영의 원리를 설명했다. 과학기술 혁신, 시장제도 개혁, 품격 있는 문화, 동북아 중심국가 건설, 지방화 구현 등 다섯 가지를 목표로 제시하고, 원칙과 신뢰, 공정과 투명, 대화와 타협, 분권과 자율을 국정원리로 열거했다. 시대정신이자 핵심 키워드로 개혁과 통합을 꼽았다. '개혁은 성장의 동력이고, 통합은 도약의 디딤돌'이란 취임사 문구가 탄생하는 순간이었다. 이어서 변방의 역사를 극복하고 동북아 시대를 열자고 힘주어 강조했다. '변방의식을 버리고 우리 손으로 새로운 역사를 쓰자', '반칙과 특권이 없는 사회', '기회주의자가 득세하는 굴절된 풍토 청산'을 포함시킬 것을 주문했다.

준비위원회는 김종심 위원장을 대표로, 김호기 교수와 조기숙 교수로 구성된 소위원회를 구성하고 집필에 들어갔다. 취임사라는 무게감 때문에 모두가 부담스러워했다. 먼저 김종심 위원장이 펜을 들었다. 김 위원장이 쓴 초고를 김호기 교수가 일부 수정을 했고, 조기숙 교수가 마무리하여 첫 번째 초안이 만들어졌다. 그러면서 취임사 시작 부분만 몇 차례 바뀌었는데, 그 과정을 살펴보면 아래와 같다.

저는 지금 말로 다할 수 없는 감격과 두려움으로 가슴이 떨립니다. 오늘 저는 21세기 새로운 대한민국의 첫 대통령에 취임하기 위해서 여기에 섰습니다.

一첫 번째 초안

저는 방금 역사와 국민 앞에서 '헌법을 준수하며 국가를 보위하겠다'는 선서를 했습니다. 부족한 저를 국민경선을 통해 대통령 후보로 만들어주시고, 흔들리는 저를 지켜주시고, 또 이 자리에 서게 하신 분은 바로 다름 아닌 국민 여러분입니다.

— 두 번째 초안

오늘 우리는 새롭게 시작합니다. 아무도 가보지 못했던 미지의 미래를 향해 첫걸음을 내딛습니다. 새로운 기대와 희망이 이 자리에 넘쳐나고 있습니다. 그리고 저는 역사에 대한 신뢰와 무한한 책임감을 느낍니다.

— 세 번째 초안

2월 3일 5차 취임사 준비위원회가 열렸고, 첫 회의에 이어 당선자가 참석했다. 당선자가 무겁게 말문을 열었다. "열심히 쓴 사람 때문에 말이라는 게 조심스러울 수밖에 없는데, 야박한 지적 같지만 전체적인 틀을 다시 한번 봐주십시오."

당선자는 초안이 마음에 들지 않았다. 글쓰기 강의가 시작되었다. "글에는 자기 피부에 와닿는 구체적인 정책이 나오거나 유려한 역사가 나와야 해요. 그러면서도 아주 쉬운 문장으로 비주얼하게 전개되어야 하지요. 한국의 미래를 비주얼하게 보여주어야 합니다. 그것이 우리가 과거에 겪었던 여러 고난과 부조리와 선명하게 대비가 되면 더 좋지요…."

회의 이후 두 시간 가까이 열띤 토론이 이어졌다. '동북아 시대는 무엇을 의미하며, 그것이 가져올 미래는 어떤 것이어야 하는가? 분단의식과 분열의 역사를 극복하기 위해서는 어떻게 해야 하나? 성숙한 민주주의로 가려면 어떤 자세와 정치 문화가 필요한가? 통합의 조건은 무엇인가?'

취임사 준비위원회에 비상이 걸렸다. 김한길 기획특보와 윤태영 공보팀장 등이 가담해서 다듬었다. 공보팀 일원으로서 나도 거들려고 했지만 역부족이었다. 당선자의 어투나 문체, 콘텐츠에 대한 이해가 턱없이 부족했다. 최종 집필은 이낙연 당선자 대변인 몫이었다. 간결하고 힘찬 연설문이 만들어졌다. 마침내 2월 18일 당선자에게 전달됐다. 당선자는 단 한 자도 손을 대지 않았다. 제목은 '평화와 번영과 도약의 시대로'로 정해졌고, 마지막에 대구 지하철 참사 희생자에 대한 애도 문구가 더해졌다. 대통령은 취임 당일 27분에 걸쳐 자신감 있고 단호한 목소리로 읽어 내려갔다.

동북아 시대, 한반도 평화번영 정책을 설명하는 대목에선 '동북아 경제규모가 장차 세계 규모의 3분의 1이 될 것', '국민의 정부의 성과를 계승할 것'이라는 등 원고에 없던 내용을 추가하기도 했다. 연설을 하는 동안 스물두 차례의 박수가 터져 나왔다. 대통령은 나중에 두고두고 취임사가 잘되었다고 만족해했다.

여담이지만, 미국 대통령 취임사 가운데 가장 긴 것과 짧은 것은 무엇일까. 초대 워싱턴 대통령의 두 번째 취임사가 가장 짧았다. 133단어, 1분 남짓 분량이었다. 가장 긴 취임사는 제

9대 윌리엄 해리슨 대통령이었다. 8,400여 자로 연설은 한 시간이 넘게 걸렸다. 그날은 춥고 비도 내렸다.

앞서 1998년 2월 25일 발표된 김대중 대통령의 취임사도 노무현 대통령의 취임사와 마찬가지로 27분이었다. 50년 만에 처음 이루어진 여야 간 정권교체의 감격이 있었다. 하지만 내용은 노 대통령에 비해 훨씬 실무적이고 구체적이었다. 외환위기 극복을 최우선 과제로 제시했다. '대기업 구조조정', '기업 자율성 보장', '경제 투명성 제고', '외자유치' 등을 실천 과제로 제시하며 경제 문제에 많은 비중을 뒀다. 취임사에서 '경제'라는 단어를 26회, '극복'도 11회나 언급했다. 제목도 '국난 극복과 재도약의 새 시대를 엽시다'였다.

특히 김 대통령은 시대를 읽는 눈이 남달랐다. 21세기를 지식과 정보가 경제발전의 원동력이 되는 지식정보사회, 문화산업이 부의 보고가 되는 시대로 규정했다. 지금의 IT 강국, 한류 열풍은 여기서부터 싹을 틔웠다. 리더의 통찰력에 대해 생각하게 하는 대목이다. 취임사에는 인상적인 대목도 많았다.

"저는 '국민에 의한 정치', '국민이 주인되는 정치'를 국민과 함께 반드시 이루어내겠습니다."

"어떠한 정치보복도 하지 않겠습니다. 어떠한 차별과 특혜도 용납하지 않겠습니다. 다시는 무슨 지역정권이니 무슨 도道 차별이니 하는 말이 없도록 하겠다는 것을 굳게 다짐합니다."

"잘못은 지도층들이 저질러놓고 고통은 죄 없는 국민이 당하는 것을 생각할 때 한없는 아픔과 울분을 금할 수 없습니다."

김대중 대통령의 취임식 연설 중에서 나는 아직도 이 대목을 기억한다.

올 한 해 동안 물가는 오르고, 실업은 늘어날 것입니다. 소득은 떨어지고, 기업의 도산은 속출할 것입니다. 우리 모두는 지금 땀과 눈물을 요구받고 있습니다.

대통령은 취임사를 읽다가 말문이 막히며 울먹였다.

37 국민을 향한 짝사랑 연서

편지를 써야 할 때가 있다

광주 김대중 컨벤션센터 전시홀에는 옥중서신 여러 장이 전시되어 있다.

나의 존경하고 사랑하는 당신에게
매일같이 집에서 오는 편지를 기다리며 이를 읽는 것이 가장 큰 기쁨입니다. 사랑하는 가족의 애정에 넘친 소식을 듣는 것이 얼마나 큰 위로와 힘을 주는지 모릅니다. 그런데 요즈음 당신의 편지를 보면 나의 일을 너무 걱정하고 당신의 무력을 한탄하는 일이 많은데 제발 그러지 말기를 바라오.

아내와 가족에 대한 절절한 사랑이 담겨 있다. 그뿐만 아니라 옥중서신은 역사와 문학, 철학에 대한 높은 식견과 신앙 고백, 민주주의에 대한 열정을 담고 있다.

김대중 대통령은 재임 시절에도 편지를 많이 썼다. 한 달에 두세 통은 썼다. 어려움에 처한 분, 남다른 용기로 귀감이 된 분. 미담의 주인공에게 감사와 위로와 격려의 서신을 보냈다. 2000년 2월 국무위원들에게 '전자정부 하루속히 구현'이라는 제목의 편지를 이메일로 보내기도 했다. 대통령이 보낸 이메일 1호로 기록됐다.

편지를 보낼 대상은 부처와 해당 비서실을 통해 대통령에게 보고됐고, 언론 보도를 보고 공보수석실에서 발굴하기도 했다. 김 대통령은 본인 명의로 나가는 축전, 조전까지 꼼꼼히 검토했지만 서신만은 공보수석 전결로 처리했다. 연설비서관실 막내였던 내가 대통령 서신도 담당했다. 물론 중요한 서신은 대통령이 직접 써서 보냈다.

대통령 서신이 갖춰야 할 몇 가지 조건이 있다.

첫째, 이성보다는 감성적 접근이 필요하다. 논리적이기보다는 정서적으로 접근해야 한다. 똑같은 말도 살가운 표현을 찾으려고 했다. 따뜻하게 쓰고자 했다. 그래야 편지를 보내는 취지에 맞다. 정서적으로 접근하려면 훨씬 많은 정보를 필요로 한다. 많은 정보 중에 대통령이 공감하고 언급할 수 있는 대목을 찾아야 하기 때문이다.

둘째, 상대에게 철저히 맞춰야 한다. 대통령이 편지를 보내게 된 배경이 있다. 그 사연을 먼저 파악하고 거기에 맞춰 써야 한다. 내 얘기를 하는 글이 아니다. 번지수를 정확하게 찾아가야 한다. 상대의 연령, 직업, 교육과 생활수준 등을 고려하는 것은 기본이다. 어린이는 어린이 눈높이에 맞추고, 어르신에게는 최대한 예를 갖춰야 한다.

셋째, 개인적인 느낌을 살려야 한다. 말 그대로 사신私信이다. 일기 다음으로 개인적인 글이다. 받는 사람이 대통령과 은밀한(?) 대화를 한 것처럼 느껴야 한다.

노무현 대통령도 편지를 자주 썼다. 개헌이나 연정 제안 등 주요한 사안이 있을 때마다 '국민에게 드리는 글' 형식을 빌려 수신인을 국민으로 해서 편지를 썼다. 본인이 직접 썼다. 장문이었다. 진심을 다해 썼다. 하지만 답은 신통치 않았다.

이 밖에도 노 대통령은 임기 동안 76통의 편지를 보냈다. 장차관을 비롯한 공무원과 군인, 교사, 국회, 여당에 보내는 편지가 많았고, 언론인에게도 간혹 편지를 썼다. 대통령 뜻과 무관하게 여론재판으로 물러나는 공직자에게는 각별한 위로 서신을 보냈다. 좋은 기사에 대한 감사 표시를 하고, 부당한 기사에 대해서는 반론도 했다. 공개한 편지가 대부분이었지만 비공개 편지도 있었다. 대통령에게 온 편지에 대해서도 가급적 답장을 보냈다.

2007년 1월에는 《까치집 사람들》이라는 시집을 보내온 20대 초반의 장시아 씨에게 다음과 같이 답장을 했다.

편지와 시집 잘 받았습니다. 참 따뜻한 글이었습니다. 무엇보다 나에겐 격려가 됩니다. 사실 요즈음 좀 힘들어하던 중에 편지를 받았습니다. 귀한 편지에 평소 하지 못하던 답신을 씁니다.

언제나 용기를 잃지 말고 밝은 희망을 가꾸어갑시다. 나도 열심히 하겠습니다.

지난번에 보내준 시집은 아직 내 책상 왼편에 놓여 있습니다. 그래도 아직 두 번밖에는 읽지 못했습니다. 그냥 두고 있는 것이지요. 내 책상 위에는 책이 오래 머물지 않습니다. '그늘이 따뜻하다'만 길게 가고 있습니다.

그래도 아무런 도움이 되지 않아서 미안합니다. 어려운 일이 있으면 언제라도 도움을 청해도 좋습니다. 그런 일이 있는 것이 좋은 일인지는 잘 판단이 서지 않지만, 내 마음은 그런 일이 한 번쯤 있으면 좋겠다 싶습니다. 건강하기 바랍니다.

김대중 대통령은 대통령에 취임하기 이전부터 편지 쓰기를 즐겼다. 퇴임 직전에는 임동원 특사를 통해 김정일 위원장에게 친서를 썼다. 퇴임 후에도 세계의 친구들과 편지를 매개로 교유했다. 다음은 최경환 전 비서관의 얘기다.

"대통령의 편지에는 의례적인 게 없었다. 퇴임 후 비서진들이 통상적인 인사와 안부를 묻는 편지를 만들어오면 그것을 참고로 다시 쓰거나 많은 수정을 가했다. 김 대통령은 세계의 친구들에게 한반도를 비롯한 세계 문제에 대해 자신의 분석과 입장, 그리고 이 문제들이 향후 어떻게 전개될 것인지에 대해 적었다. 그리고 어떻게 하면 이 문제가 해결될 수 있고, 어떤 노력을 기울여야 하는지를 적었다. 그리고 편지를 받는 분에게 이런 노력을 해주었으면 좋겠다는 당부를 잊지 않았다."

김대중 대통령이 돌아가시기 전 마지막으로 부친 편지는 중국 시진핑 국가부주석에게 보내는 것이었다. 김 대통령은 2009년 7월 13일 서울 신촌 세브란스병원에 입원하기 위해 집을 떠나면서 침상에 걸터앉아 이 편지에 '金大中'이라고 서명했다. 이 편지에서 대통령은 2개월 전 베이징 방문 때 보여준 중국의 환대에 감사하고, 북한 핵문제 해결을 위한 중국의 협력을 당부했다. 그리고 자신보다 한 살 위인 시진핑 부주석의 노모에게 안부를 전해달라고 말하며 편지를 마쳤다.

김 대통령은 항상 편지를 받는 상대방과의 인연을 상기하는 내용을 추가했다. 당신을 어디에서 만나 이런 이야기를 나눈 적이 있었는데 그때 당신의 의견이 좋았다든가, 최근 당신에 대해 이런 소식을 보도를 통해 들었는데 그것에 대해서 내 생각은 이렇다든가 하는 내용을 꼭 집어넣었다. 그리고 가족에 대한 인사도 구체적으로 넣어 안부를 묻고 전했다. 이렇게 하고 나면 아주 친밀한 사이에서 주고받는 편지가 됐다. 해외여행을 다녀온 경우에도 꼭 초청해주거나 대화를 나눈 상대방에게 아주 친절한 내용의 편지를 보냈고, 이렇게 해서 우정을 유지했다.

─최경환, 《김대중 리더십》, 아침이슬

김 대통령의 편지글을 보면 편지는 어떻게 써야 하는지 모범을 보여준다. 상대방에 대한 안부, 지속적인 관심과 격려, 그 안에 편지를 쓴 목적을 자연스레 녹여내어 친분을 다지고 우정을 유지하는 것. 김 대통령이야말로 기본에 충실한 편지 쓰기를 한 셈이다.

38 왕관을 쓰려는 자, 글을 써라

리더의 조건

리더는 무엇으로 구성원을 이끌까? 과거에는 힘이었다. 중앙정보부, 국세청, 검찰 등으로 상징되는 권력으로 눌렀다. 돈이었던 때도 있었다. 그러나 지금은 그렇지 않다.

그렇다면 정보일까? 조금 일리가 있다. 아니, 상당히 강력한 무기다. 다양하고 깊이 있는 정보는 합리적인 의사결정을 가능하게 할 뿐 아니라, 미래를 내다보는 통찰력의 근거가 되기도 하고, 구성원들에게 동의와 공감을 얻어낼 수 있는 효과적인 수단이기도 하다. 리더들이 매일같이 사람을 만나고, 책과 신문·방송을 가까이하는 것도 이러한 정보를 얻기 위해서일 것이다. 그런데 이러한 정보보다 더 중요한 수단이 있다. 바로 말과 글이다. 말과 글이야말로 모든 것의 종합판이다.

존 F. 케네디의 조언자이자 대통령학의 권위자인 리처드 뉴스태트는 대통령의 권력은 설득하는 힘에 있다고 했다. 노무현 대통령도 《노무현의 리더십 이야기》에서 리더의 힘은 설득력에서 나온다고 했다.

설득력이란 무엇인가? 바로 말과 글이다. 글 한 줄에 리더가 가진 정보와 생각과 지향을 다 함축해낼 수 있다. 또 진심이 담긴 리더의 말 한 마디가 구성원들의 마음을 움직여 조직이나 국가의 장래에 큰 영향을 미칠 수 있다.

김대중 대통령은 늘 강조했다. "지도자는 자기의 생각을 조리 있게, 쉽고 간결하게 말하고 글로 쓸 줄 알아야 합니다." 김대중 대통령의 '영웅론'도 이와 무관치 않다. 대통령은 '영웅'이란 단어를 좋아했다. '민주주의의 영웅', '인권의 영웅' 이런 식으로 영웅이란 말을 자주 썼다. 2000년 5월 광주민주화운동 20주년 연설도 이렇게 시작한다.

이름만 불러도 가슴이 저미는 충장로와 금남로, 그리고 전라남도 도청에서 빛도 없이 스러져간 수많은 민주주의의 영웅들을 생각할 때마다 저는 한없는 슬픔과 감동을 느끼며 새로운 각오를 합니다.

김대중 대통령의 영웅론은 색다르다. "영웅이란 높은 데에 올라가 포즈를 취하고 국민이 원하는 바를 말하는 사람이다. 자기의 생각이 아니라 국민의 생각을 대신 말해주는 사람이 영웅이다." 그러니까 리더는 말하는 사람, 글 쓰는 사람이라는 것이다.

노무현 대통령도 평소 같은 생각을 얘기했다. "지금의 리더는 아무것도 가진 게 없다. 정경유착의 시대도 막을 내렸고, 권력기관도 국민의 품으로 돌아갔다. 대통령이 권력과 돈으로 통치하던 시대는 끝났다. 오직 가진 것이라고는 말과 글, 그리고 도덕적 권위뿐이다." 실제로 노 대통령은 국정원이나 국세청, 검찰 등 권력기관에 의존하지 않았다. 2004년 6월 고위공직자비리조사처 신설과 관련해 검찰총장이 "내 목을 먼저 쳐라"며 반기를 들자, 대통령은 국무회의에서 "그렇게 대들라고 검찰총장 임기를 보장하는 것 아니다"라며 반박했다. 검찰이 권력의 하수인이었던 시절에는 볼 수 없는 진풍경이었다.

리더가 되면 같은 생각을 하게 되는 것일까? 두 대통령은 리더에 관해서 또 다른 비슷한 얘기를 한다.

"리더는 글을 자기가 써야 한다. 자기의 생각을 써야 한다. 글은 역사에 남는다. 다른 사람이 쓴 연설문을 낭독하고, 미사여구를 모아 만든 연설문을 자기 것인 양 역사에 남기는 것은 잘못이다. 부족하더라도 자기가 써야 한다."
"연설문을 직접 쓰지 못하면 리더가 될 수 없습니다."

전자는 김대중 대통령, 후자는 노무현 대통령이 한 말이다.

실제로 노 대통령은 전 공무원을 대상으로 연설문 작성 온라인 교육을 시행하라고 연설비서관실에 지시한 적도 있었다.

민주주의는 말이고 글이다. 말과 글을 통하지 않고 어떻게 문제를 해결하고 합의를 이루어낼 수 있겠는가. 그러므로 민주주의 시대 리더는 말을 하고 글을 쓰는 사람이다. 리더는 자기 글을 자기가 쓸 줄 알아야 한다.

39 | 김대중 대통령이
종이를 반으로 접을 때

글쓰기는 치유의 과정이다

왜 글을 쓰는가. 자신을 표현하기 위해서? 소통하기 위해서?
기록을 위해서? 쓰는 것 자체가 즐거워서? 써야 하니까?

김대중 대통령은 글을 쓰는 게 기쁨이라고 했다. 누군가를
향해 내 뜻을 펼치는 게 설렘이라고 했다. 글을 쓰는 일은 그
자체로 많은 것을 준다. 생각이 정리되고 공부가 된다. 위로와
평안을 준다. 용기를 얻는다. 무엇보다 나를 들여다보게 된다.
스스로 성찰하게 된다. 가슴속에 맺힌 것이 풀린다. 김 대통령
은 어렵고 힘들 때도 글을 썼다고 했다.

나는 어려운 일이 있을 때 백지를 한 장 갖다 놓습니다. 그리
고 그걸 반으로 접습니다. 한쪽에는 어려운 일을 적습니다. 다

른 한쪽에는 다행이고 감사한 일을 적습니다. 그러나 어느 한 번도 한쪽만 채워지는 적은 없었습니다. 어려운 일이 있으면 반드시 좋은 일도 있었습니다. 사는 게 그런 것 같습니다.

김대중 대통령에게 글쓰기는 자기 치유의 과정이었던 것이다. 노무현 대통령도 그랬다. 힘든 일이지만 글 쓰는 일에 큰 의미를 두었다. 글을 통해 국민과 소통하려고 했다. 재임 중에는 가칭 '글 모임'을 만들어 직접 회의를 주재하기도 했다. 청와대 안에서 글을 좀 쓴다는 사람의 모임이었다. 특별한 목적이 있는 것은 아니었다. 무언가 글로 써놓아야 한다는 생각 때문이었다. 글을 남김으로써 역사의 평가를 받고자 했는지 모른다. 그리고 회고록에서 글 쓰는 것을 '살기 위한 몸부림'이라고 했다. 대통령은 글을 쓸 수 없을 때 희망도 끊어졌다.

40

이름을 불러주었을 때 꽃이 되었다

거명하기의 중요성

내가 그의 이름을 불러주었을 때

그는 나에게로 와서

꽃이 되었다.

누구나 아는 김춘수 시인의 시 〈꽃〉의 일부다. 말이나 글에서
반드시 거명해야 할 사람을 잊지 않는 것은 중요하다. 연설
문에 있어서 거명은 가장 기본적인 것이다.

　노태우 대통령 때까지는 '친애하는 국민 여러분', 김영삼 대
통령은 '국민 여러분'으로 연설을 시작했다. 김대중 대통령 연
설의 시작은 무조건 '존경하고 사랑하는 국민 여러분'이었다.
노무현 대통령은 '존경하는 국민 여러분'을 주로 썼지만, 그것

만을 고집하지는 않았다. '나라를 사랑하는 국민 여러분', '평화를 사랑하는 국민 여러분'으로 시작하기도 했다.

이것으로 그치지 않는다. 어느 자리에나 그 자리를 만들기 위해 수고한 사람이 있다. 또한 그 자리에서 반드시 감사를 표해야 할 사람이 있다. 그런 사람들을 한 사람 한 사람 거명하면서 감사를 표하는 것으로도 천 냥 빚을 갚을 수 있다.

김대중 대통령은 이름을 거론하는 데 인색하지 않았다. 또한 철저했다. 연설문 보고를 받으면 거명해야 할 사람 중에 빠진 사람이 없는지부터 챙길 정도였다. 도로나 항만 기공식 행사 연설에는 업체 관계자까지 빠짐없이 언급하고자 했다. 경찰, 군인, 소방관 등 평소 고생하는 사람들을 대상으로 한 자리에서는 특히 그랬다.

거명을 할 때는 절대 해서는 안 되는 실수가 있다. 바로 이름이 틀리는 경우다. 이것은 치명적이다. 특히 외국인의 경우에 이런 실수를 하기 쉽다. 그래서 거명하는 사람의 이름과 직책, 거명하는 순서는 몇 번이고 반복해서 확인해야 한다. 참석 예정 명단에는 있었는데 현장에 오지 않은 사람도 꼼꼼히 챙겨야 한다. 그러지 않으면 다른 거명까지 의례적인 헛말로 들릴 수 있기 때문이다. 이 사람을 거명해야 하는지 아닌지 애매한 경우에는 무조건 넣는 게 좋다. 자기 이름을 부르지 않았다고 평생 등지는 사람도 있다. 거명은 아무리 인심이 후해도 나쁘지 않다.

거명이 꼭 이름을 호명하는 것만을 의미하지는 않는다. 그들이 하는 일에 대해, 그 집단에 대해 언급하면 된다. 연설이나 글을 쓰는 이유 중 하나가 바로 이렇게 칭찬하기 위해서이기도 하다. 거명만 잘해도 최악은 면할 수 있다. 두루뭉술한 거명은 좋지 않다. 구체적일수록 좋다.

기억에 남는 어색한 거명의 순간이 있다. 노무현 대통령은 퇴임한 사흘 후 자신의 홈페이지 '사람 사는 세상'에서 첫마디를 이렇게 시작했다.

"여러분, 안녕하십니까. 불러놓고 보니 호칭이 어중간하다 싶네요."

거명이 필요한 것은 공식적인 자리만이 아니다. 동창회 같은 비공식적인 친목 자리에서도 유효하다. 평소 사이가 좋지 않던 사람도 이름을 불러주는 것만으로 그동안 쌓였던 앙금을 말끔히 걷어낼 수 있다. 반대로, 반드시 언급해야 할 사람을 빠트렸을 때 그 서운함이 평생 갈 수도 있다.

노무현 대통령은 뛰어난 기억력을 가졌음에도 이상하게 사람 이름은 잘 기억하지 못했다. 수석보좌관 회의에서 거의 매일 보다시피 하는 수석의 이름을 물은 적이 있을 정도였다. 하지만 해외 순방을 나가거나 외국 정상이 방문했을 때는 상대방의 이름을 정확하게 기억해서 불렀다. 발음하기조차 어려운 외국 이름인데도 말이다. 아마도 특별한 연습이 있지 않았을까 싶다.

노무현 대통령은 응당 내 이름은 기억하지 못했다. 처음에는 알지도 못했다. 처음 호칭은 '강 국장'이었다. 비서관이 되면서는 그냥 '연설비서관'이었다. 비서관이 되고 2, 3년이 다 되도록 그렇게 불렸다. 그러다가 3년 차 어느 날 '강 비서관'이 되었다. 많이 발전한 것이다. '강원국 비서관'이란 이름 전체를 들은 것은 임기 마지막 해였다. 그때 비로소 내 이름을 암기한 것이다. 그러나 그게 끝이 아니다. 대통령은 아주 가깝다고 생각하는 사람에게는 성을 빼고 '○○ 씨'란 호칭을 썼다.

노무현 대통령이 서거하기 2개월 전쯤 연설비서관실 행정관들과 함께 찾아뵌 적이 있다. 대통령은 이미 그때 많이 힘들어했다. 우리의 근황을 물어보며 '잘 지내고 있다'는 말에 무척 기뻐했다. 나는 당시 회사 생활을 하고 있었는데, '우리 회사에 대통령님을 좋아하는 젊은 친구들이 많아 덕분에 내가 인기가 좋다'고 말씀드리니 다행이라며 활짝 웃었다. 그리고 이어진 부산 지역 교수들과의 만남 자리. 스무 명 가까운 교수들을 앞에 두고 대통령이 서서 얘기하다가 뒤에 앉아 있는 나를 보며 "원국 씨 내 말이 맞지요?" 그러셨다. 내가 대통령에게 처음 들은 '원국 씨'란 호칭이었고, 그것이 노무현 대통령과의 마지막 만남이었다.

"가문의 영광입니다"

나는 스피치라이터로서 두 대통령을 모셨다. 김대중, 노무현. 자랑스럽다. 자리가 높은 분을 모셔서 자랑스러운 게 아니다. 세 가지 이유 때문에 자랑스럽다.

첫째, 김대중, 노무현 두 대통령은 내가 좋아하는 분들이기 때문이다. 그분들이 아무리 훌륭해도 내가 좋아하지 않으면 의미가 없다. 나는 이 두 분을 좋아한다. 나만이 아니라 우리 가족 모두가 좋아한다. 아니 존경한다. 그분들과 일하는 것이 의미 있고, 보람 있었다.

내가 청와대에 들어갈 때 나보다 먼저 제안받은 사람이 있었다. 대우 회장비서실 시절 나의 직속상관이었던 김정호 부장이다. 현재는 우리나라의 대표적인 학술 분야 전문 출판사인 '아카넷' 대표다. 그가 나에게 청와대에 들어갈 생각이 있느냐고 물어왔다. 본인은 그 당시 막 출판사를 차린 입장이어서 곤란하다고 했다. 그때 내 대답은 간단명료했다.

"가문의 영광입니다."

어린 시절부터 아버님으로부터 들은 김대중이란 '신화 속의 영웅'을 내가 모실 수 있다니.

청와대 생활 8년 동안 가장 큰 보람으로 생각하는 게 있다. 연설문에서나마 두 대통령의 가교가 되었다는 자부심이다. 노무현 대통령의 연설문에서 김대중 대통령의 '햇볕정책'을 어떻게 표현할까 고민했다. 또한 6·15남북정상회담 기념식 축사에서 김대중 대통령에 대해 노무현 대통령이 얘기했으면 하는 내용을 초안에 넣었다. 노 대통령의 임기 마지막 해, 민주정부 10년을 평가하는 작업을 할 때도 즐거운 마음으로 참여했다. 모든 것은 노무현 대통령이 최종 수정했지만, 두 대통령 사이에 서 있었다는 것만으로도 행복했다.

두 번째로 자랑스러운 이유는 글쓰기 분야에서 최고인 두 분 대통령과 함께했다는 것이다. 대통령 연설비서관실은 글을 쓰는 곳이다. 글 쓰는 사람에게는 참으로 영광스러운 자리다. 더욱이 두 분은 대한민국 최고의 문필가였다. 그곳에서 일하면서 대한민국의 내로라하는 글쟁이들도 만날 기회가 있었다. 학식이 높은 학자와 교수들, 치열하게 사는 운동가들도 만나봤다. 그러나 그 어느 누구도 두 분 대통령과 견줄 수 있는 사람은 없었다.

글만 잘 쓰는 사람, 생각만 많은 사람들은 많았다. 하지만 생각도 있으면서 그것을 글로 옮길 수 있고, 그 글을 실천할 수 있는 사람은 많지 않았다. 글이 글로 끝나서는 의미가 없다고 생각한다. 글은 실천과 함께 가야 한다. 나는 그게 가능한, 흔치 않은 두 분과 만났다. 정말 분에 넘치는 영광이었다.

세 번째 이유는 두 분 대통령이 내 생각과 맞는 분들이기 때문이다. 아무리 좋아하고 역량이 출중한 분이라 할지라도 생각이 맞지 않으면 함께하기 어렵다.

참여정부가 끝나고 효성그룹에 들어갔다. 내 일은 조석래 당시 전경련 회장의 연설문을 쓰는 일이었다. 당연히 급여도 청와대보다 나았고 상무라는 직급에 여러모로 좋은 대우를 받았다. 무엇보다 조석래 회장 본인이 연설문에 대한 관심과 애정이 남달랐다. 연설문을 쓰는 사람은 회장의 생각을 잘 알아야 한다며 약속이 없는 날은 늘 같이 식사하자고 불렀다. 처음 입사할 때 효성의 인사 담당 임원이 나에게 이렇게 말했다.

"강 상무는 복 받았습니다. 조 회장은 연설을 본인의 명예라고 생각하는 분이십니다. 임원 중에 왜 그렇게 연설에 신경을 쓰시냐고 했다가 호되게 혼난 사람이 한둘이 아닙니다."

실제로 조 회장은 좋은 연설에 대한 갈증이 많아 내가 오기 전까지 회장 연설문 한 번 안 써본 임원이 없었고, 전체 임원 대상으로 연설문 쓰기 워크숍을 몇 차례나 열 만큼 연설을 중시했다. 우리나라에서 연설문의 중요성을 알고 스피치라이터를 대우해주는 몇 안 되는 분 중 하나였다.

연설문을 담당하는 임원 입장에서 정말 고마운 일이었다. 그러나 정작 나와 생각이 달랐다. 내가 김대중, 노무현 두 대통령을 모시며 그분들에게 배운 내용과 조석래 회장의 생각은 차이가 컸다. 내가 배운 것과 정반대되는 내용을 쓰는 것은 행복하지 않았다. 몹시 불편했다. 그래서 두 달 만에 사표를 냈다. 그 후로 6개월을 놀았다.

두 대통령과 만난 행복한 시간

노무현 대통령이 내게 책을 쓰라고 했다. 글쓰기에 관한 책을 쓰라고 했다.

"우리나라 글쓰기 수준을 높일 필요가 있습니다. 특히 공직자들이 그래야 합니다. 글쓰기에 관한 책을 쓰세요. 연설비서관실에서 일하면서 깨달은 글쓰기에 관한 노하우를 공유하는 책을 쓰세요."

현직 대통령으로서 명령이었다.

노무현 대통령은 역사의 진보를 한마디로 정의했다. '한 사람, 혹은 소수가 누리는 권력이나 지위를 좀 더 많은 사람이 나눠 갖고 함께 누리는 것.' 대통령은 본인이 받는 서비스를 좀 더 많은 사람이 누릴 수 있기를 원했다. 대통령 연설문 쓰는 노하우를 누구든 접할 수 있었으면 했다. 그것은 또 하나의 성역을 무너뜨리는 일이었다.

하지만 나중 일로 생각하고 미뤄두었다. 한참 지난 어느 날 대통령은 또 얘기했다.

"책을 쓰는 것은 후일로 미루더라도 공무원 대상으로 교육을 하세요. 글쓰기에 관해 국정브리핑 사이트에 연재를 하는 것도 방법일 거예요."

대통령 지시 사항으로 등재가 되었다. 연설비서관실 행정관들과 함께 몇 쪽짜리 '대통령 연설문 작성 요령'에 관한 글을 써서 대통령에게 보고했다. 그뿐이었다. 청와대를 나와 대학교에서 특강을 할 기회가 몇 번 있었다. 두세 시간 하는 강의였다. 그때마다 '강의 요록'을 만들었다. '대통령 연설문 작성 요령'과 '강의 요록'이 책을 쓰는 밑천이 되었다.

김대중 대통령은 나의 영웅이었다. 엄혹했던 유신 시절, 쉬쉬하며 소곤거리는 어른들의 입에서 나온 '김대중'이란 인물은 역사 속 위인 같은 존재였다. 그분을 3년 가까이 모시는 꿈 같은 일이 현실이 됐다. 아직도 믿기지 않는 일을 그때는 철없이 했다. 내가 제정신이었다면 아마 단 한 줄도 그분께 보여드리지 못했을 것이다.

2013년 11월 11일, 출판사에 휴직원을 냈다. 두 대통령으로부터 배운 게 많다. 8년 동안 배웠으니 중·고등학교 6년과 대학 2년 정도를 다닌 셈이다. 누군가 그랬다. 하루 세 시간씩 10년을 일하면 1만 시간. 그러면 책 쓸 자격이 있다고. 나는 하루 열 시간 이상씩 8년을 했으니 그 세 배는 했다. 더 잊어버리기 전에 기록으로 남겨야겠다고 생각했다. 함께 나눠야 한다고 생각했다.

집 근처 도서관에 나갔다. 하루에 200자 원고지 30장 이상씩 쓰는 것이 목표였다. 한 달이 채 안 걸려 1,000장을 썼다. 책 속에, 기억 속에 파묻혀 사는 시간이 행복했다. 정말, 행복했다.

행복한 이유는 두 가지였다. 첫째, 고등학교를 졸업한 이후 처음으로 내 일을 하는 것 같았다. 대학교 때는 노느라고 정신이 없었고, 그 이후 사회생활은 내 일이 아니었다. 남의 일을 해주고 돈을 받았다. 그러니까 고등학교 때 공부한 이후로 처음 내 일을 했다.

둘째, 두 대통령과 만날 수 있었기 때문이다. 기억 속에서 만나고 책에서 만났다. 매일 만났다. 꿈에서도 만났다. 참 행복했다.

이 책은 늦게나마 노무현 대통령의 유지를 받든 결과물이다. 또한 내가 흠모하는 김대중 대통령에 대한 짝사랑의 연서 같은 것이다.

이 책은 글쓰기에 관한 책이다. 문학적 글쓰기와 실용적 글쓰기가 있다면 후자에 가깝다. 그중에서도 연설문이 주재료다. 더 정확하게는 김대중, 노무현 두 대통령의 연설문이다. 연설문은 말과 글의 중간 지점에 위치한다. 말을 하기 위해 준비한 글이 연설문이기 때문이다. 따라서 이 책은 말하는 방식과 글쓰기 방법을 아우르고 있다. 특히 토씨 하나도 허투루 하지 않는 대통령 연설문 특성상 전략적으로 말하고,

글을 쓰는 노하우를 소개하고 있다. 또한 마흔 가지 꼭지마다 두 대통령의 차이점과 공통점을 밝힘으로써 독자들이 자신에게 맞는 글쓰기 방법을 찾아갈 수 있도록 하는 데 주안점을 두었다.

국민의 정부와 참여정부 연설비서관실에서 함께 근무한 나영희 국장, 이승찬 국장, 강은봉 실장, 김철휘 비서관, 이훈 실장, 황종우 과장, 장훈 과장, 고대훈 과장, 양기욱 과장, 모두에게 진심으로 감사드린다.

특히 윤태영 실장의 조언과 최경환 선배의 책《김대중 리더십》은 많은 참고가 되었다. 이 책이 나올 수 있었던 것은 메디치미디어 김현종 대표 덕분이다. 송두나 님을 비롯한 나의 동료 편집자들, 그리고 에이케이스 유민영 대표에게도 고맙다는 인사를 전한다. 양가 부모님과 아내, 아들 하람 등 가족이 큰 힘이 됐음은 물론이다.

존경하는 김대중, 노무현 대통령 영전에 삼가 이 책을 바친다.

갑오년(2014) 정초

부디 새 정부에서는
《대통령의 글쓰기》가 잘 팔리지 않기를

느닷없이 《대통령의 글쓰기》가 불티나게 팔리기 시작했다. 대통령 연설문이 외부로 유출됐고, 그것을 고쳐주는 게 취미인 사람이 있었다는 사실이 밝혀지고 나서다. 대통령 연설문 작성 과정을 궁금해 하는 독자들이 《대통령의 글쓰기》를 찾았다.

이후 '리더라면 자기 글은 자신이 쓸 줄 알아야 한다', '그렇지 못하면 누군가가 그 자리를 꿰차게 된다'는 생각이 확산되면서 글쓰기에 관한 관심이 높아졌다. 손상받은 자존심을 치유받기 위해 《대통령의 글쓰기》를 다시 읽는 분들도 생겨났다. 우리도 한때는 김대중, 노무현 대통령같이 말과 글의 소통 능력을 갖춘 분을 대통령으로 가졌다는 것을 확인하면서 위로받고 싶어서다. 이유가 어쨌든 책이 많이 팔렸다. 최순실 씨나 박근혜 대통령에게 고맙다는 인사라도 해야 하나? 씁쓸하다. 화장실에 가서 혼자 웃을 수도 없고. 내겐 '웃픈' 현실이었다.

최순실의 국정 농단이 가능했던 이유는 자명하다. 자기 생각을 말과 글로 표현하지 못하는 지도자와, 그런 지도자 아래에서 침묵으로 자리를 연명하려 했던 참모들의 합작품이다. 말과 글이 가능하지 않은 대통령, 영혼 없이 받아쓰기만 하는 참모들 사이에서 최순실 씨는 얼마나 이 나라를 갖고 놀기 좋았을까.

　새 시대에는 말과 글이 다시 살아나야 한다. 지난 10년 가까이 말이 죽었다. 글이 멈춰 섰다. 김대중 정부가 출범할 즈음 지식정보화 시대가 본격적으로 열렸다. 지식과 정보가 권력이고 돈이 되는 시대가 되자 김대중 대통령은 지식 격차, 정보 격차를 줄이는 일이 무엇보다 중요하다는 것을 알았다. 이를 위해서는 말과 글이 풍성해져야 한다고 생각했다. 그는 말과 글의 중요성과 가치를 알고 그것을 통해 집권한 최초의 대통령이다. 말과 글로 정책을 설명하고 사람들을 설득해 대통령이 됐다.

　노무현 대통령은 한발 더 나아갔다. '토론공화국', 'NATO(No Action Talk Only) 정부'란 비아냥거림을 들으면서도 토론했다. 말과 글이 창조의 원천이라고 확신했다. 그러나 이명박 정부 출범과 함께 역주행을 시작했다. 박근혜 대통령은 그것이 잘못된 방향이었다는 것을 처참하게 확인시켜주었다.

　그동안 우리 사회에서는 많이 읽고 잘 듣는 사람이 성공했다. 이들은 무엇이 중요하고 무엇이 덜 중요한지, 배경과 맥락, 목적, 취지, 의도를 잘 파악했기 때문이다. 이런 학생이 공부를 잘한다. 우등생이 된다. 사회에 나가서도 상사 '말씀'을 잘 듣는다. 의도를 잘 파악해 시키지 않은 일도 알아서 척척 한다. '블랙리스트'란 말을 굳이 꺼내지 않아도 그것을 만들라는 소리라는 걸 안다. 승진이 빠르고 출세한다.

물론 이들의 공도 크다. 산업화 시대에 압축 성장을 가능하게 했다. 전 세계에서 가장 많이 읽고 들은 결과 모방 능력이 탁월해졌다. 그 덕분에 잘 베끼고 잘 쫓아간다. 그 힘으로 세계 11위 경제대국이 되었다. 삼성전자, 현대자동차 같은 재벌 기업도 나왔다.

그러나 딱 거기까지다. 이제부터는 앞장서 나아가야 한다. 더 이상 모방할 게 없는 상황에서는 없던 길을 만들어가야 한다. 하지만 읽고 들은 것만으로는 내 것, 내 생각을 만들어낼 수 없다. 내 것을 창조하려면 말하고 써야 한다.

우리 사회는 어떤가. 자기 생각을 표현하는 사람이 대접받지 못하는 세상이다. 모난 돌이 되어 정 맞기 일쑤다. 일제강점기에 독립운동한 분들이 그랬다. 그 탓에 3대가 힘들게 살았다. 군사독재 시절에도 함부로 말하면 잡혀갔다. 유신헌법이 잘못됐다고 말했을 뿐인데 그 죄로 징역을 살아야 했다.

사람들은 잘 알고 있다. 나대면 나만 손해 본다는 사실을. 이유를 묻지 말고, 호기심이나 궁금증도 갖지 말아야 한다. 그런 것 갖기 시작하면 자신만 괴롭다. 봐도 못 본 척, 알아도 모른 체하며 자기 앞에 주어진 일만 열심히 해야 한다. 옆에 사람이 죽어 나가도 경주마처럼 앞만 보고 달려야 한다. 우리 모두 사이코패스가 되어야 한다. 하지만 이런 사회를 정상적이라고 말할 수 있을까?

우리 사회의 정의를 바로 세우기 위해서라도 무엇보다 말과 글이 살아나야 한다. 말과 글이 살아 있는 사회가 열린사회다. 부정부패는 열린사회에서 설 땅을 잃는다. 부정, 부패, 비리, 농단은 말 없는 사회를 좋아한다. 말과 글이 죽은 사회는 그들이 마음껏 뛰어놀 수 있는 놀이터다. 아무도 그것에 시비 걸지 않고 문제 제기하지 않는다. 보고도 모른 체한다. 고발자는 배신자가 되고 이의를 제기하면 충성심이 부족한 사람이 되기 때문이다.

정치 정상화를 위해서도 그렇다. 언제까지 상대를 배제와 타도의 대상으로만 볼 것인가. 대화와 타협이 가능한 정치, 공존과 관용의 정치를 위해서도 말과 글이 살아나야 한다. 말과 글로 대화하고 토론하고 합의하는 정치가 되어야 한다. 그래야 우리의 미래가 밝다.

서로 협력하는 사회적 기풍을 만들기 위해서도 그렇다. 무한 경쟁 사회에서는 말과 글이 필요 없다. 오히려 거추장스럽다. 일사불란, 효율성 증대를 위해서는 조용한 게 좋다. 지시와 명령, 통제로 돌아가는 게 바람직하다. 그러나 이제는 아니다. 경쟁 일변도로는 지속 가능하지 않다.

무엇보다 국민 개개인의 행복한 삶을 위해 말과 글이 살아나야 한다. '화병'은 우리나라에만 있는 병이다. 왜 그런가. 표현하지 않기 때문이다. 자살률, 이혼율, 40대 암 발병률이 세계 최고 수준인 것도 이와 무관하지 않다고 생각한다. 2012년 미국 하버드대학 연구에 따르면 자기 이야기를 할 때 활성화되는 뇌 부위가 음식을 먹거나 돈이 생겼을 때 활성화되는 영역과 일치한다고 한다. 자기를 표현하는 일이 행복과 만족을 주는 것이다. 남의 것을 읽고 듣기만 하고 내 것을 표현하지 않는 삶이 어찌 행복하겠는가.

새 정부에 거는 기대가 크다. 적어도 국민 모두가 후련해졌으면 좋겠다. 속이 더부룩하고 답답한 정신적 만성변비 상태에서 해방되기를 바란다. 그런 세상에선 《대통령의 글쓰기》가 잘 팔리지 않겠지만 말이다.

2017년 5월

부록

김대중 대통령 제15대 대통령 취임사
노무현 대통령 제16대 대통령 취임사

국난 극복과 재도약의 새 시대를 엽시다

존경하고 사랑하는 국민 여러분!

오늘 저는 대한민국 제15대 대통령에 취임하게 되었습니다. 정부수립 50년 만에 처음 이루어진 여야 간 정권교체를 여러분과 함께 기뻐하면서, 온갖 시련과 장벽을 넘어 진정한 '국민의 정부'를 탄생시킨 국민 여러분께 찬양과 감사의 말씀을 드리는 바입니다.

그리고 저의 취임을 축하하기 위해 이 자리에 함께 해주신 김영삼 전임 대통령, 폰 바이체커 독일 전 대통령, 코라손 아키노 필리핀 전 대통령, 후안 안토니오 사마란치 IOC위원장 등 내외 귀빈을 비롯한 참석자 여러분께도 깊이 감사드립니다.

오늘 이 취임식의 역사적인 의미는 참으로 크다고 할 것입니다. 오늘은 이 땅에서 처음으로 민주적 정권교체가 실현되는 자랑스러운 날입니다. 또한 민주주의와 경제를 동시에 발전시키려는 정부가 마침내 탄생하는 역사적인 날이기도 합니다.

이 정부는 국민의 힘에 의해 이루어진 참된 '국민의 정부'입니다. 모든 영광과 축복을 국민 여러분께 드리면서, 제 몸과 마음을 다 바쳐 봉사할 것을 굳게 다짐하는 바입니다.

친애하는 국민 여러분!

우리는 3년 후면 새로운 세기를 맞게 됩니다. 21세기의 개막은 단순히 한 세기가 바뀌는 것만이 아니라, 새로운 혁명의 시작을 말합니다. 지구상에 인간이 탄생한 인간혁명으로부터 농업혁명, 도시혁명, 사상혁명, 산업혁명의 5대 혁명을 거쳐 인류는 이제 새로운 혁명의 시대로 들어서고 있는 것입니다.

세계는 지금, 유형의 자원이 경제발전의 요소였던 산업사회로부터, 무형의 지식과 정보가 경제발전의 원동력이 되는 지식정보사회로 나아가고 있습니다.

정보화 혁명은 세계를 하나의 지구촌으로 만들어, 국민경제 시대로부터 세계경제 시대로의 전환을 이끌고 있습니다. 정보화 시대는 누구나, 언제나, 어디서나, 손쉽고 값싸게 정보를 얻고 이용할 수 있는 시대를 말합니다. 이는 민주사회에서만 가능합니다.

우리는 이와 같은 문명사적 대전환기를 맞아 새로운 도전에 전력을 다하여 능동적으로 대응해야 합니다. 그러나 불행하게도 이 중차대한 시기에 우리에게는 6·25 이후 최대의 국난이라고 할 수 있는 외환위기가 닥쳐왔습니다.

잘못하다가는 나라가 파산할지도 모를 위기에 우리는 당면해 있습니다. 막대한 부채를 안고, 매일같이 밀려오는 만기외

채를 막는 데 급급하고 있습니다.

참으로 어이없는 일이 아닐 수 없습니다. 우리가 이나마 파국을 면하고 있는 것은 애국심으로 뭉친 국민 여러분의 협력과 국제통화기금, 세계은행, 아시아개발은행, 그리고 미국, 일본, 캐나다, 호주, EU국가 등 우방들의 도움 덕택입니다.

올 한 해 동안 물가는 오르고, 실업은 늘어날 것입니다. 소득은 떨어지고, 기업의 도산은 속출할 것입니다. 우리 모두는 지금 땀과 눈물을 요구받고 있습니다.

도대체 우리가 어찌해서 이렇게 되었는지 냉정하게 돌이켜봐야 합니다. 정치, 경제, 금융을 이끌어온 지도자들이 정경유착과 관치금융에 물들지 않았던들, 그리고 대기업들이 경쟁력 없는 기업들을 문어발처럼 거느리지 않았던들, 이러한 불행한 일은 일어나지 않았을 것입니다.

잘못은 지도층들이 저질러놓고 고통은 죄 없는 국민이 당하는 것을 생각할 때 한없는 아픔과 울분을 금할 수 없습니다. 이러한 파탄의 책임은 국민 앞에 마땅히 밝혀져야 할 것입니다.

존경하는 국민 여러분!

오늘의 어려움 속에서도 국민 여러분께서는 놀라운 애국심과 저력을 발휘하셨습니다. 우리는 IMF시대의 충격 속에서도 여야 간 평화적 정권교체의 위업을 이룩하였습니다.

국민 여러분은 나라의 위기를 극복하기 위해 '금 모으기'에 나섰고 이미 20억 달러가 넘는 금을 모아주셨습니다. 저는 황

금보다 더 귀중한 국민 여러분의 애국심을 한없이 자랑스럽게 생각합니다. 여러분 감사합니다.

한편 우리 근로자들은 자기 생활의 어려움도 무릅쓰고 자발적으로 임금을 동결하는 등 고통분담에 동참하고 있습니다. 기업은 수출에 전력을 다함으로써 지난 3개월간 연속해서 큰 규모의 경상수지 흑자를 내고 있습니다. 이러한 한국인의 애국심과 저력에 대해 세계가 경탄하고 있습니다.

노동자와 사용자 그리고 정부는 대화를 통한 대타협으로 국난극복의 주춧돌을 놓았습니다. 이 얼마나 자랑스러운 일입니까. 저는 이 일을 이루어낸 노사정 대표 여러분께 국민과 함께 큰 박수를 보내고 싶습니다.

국회의 다수당인 야당 여러분에게 간절히 부탁드립니다. 오늘의 난국은 여러분의 협력 없이는 결코 극복할 수 없습니다. 저도 모든 것을 여러분과 같이 상의하겠습니다. 나라가 벼랑 끝에 서 있는 금년 1년만이라도 저를 도와주셔야 하겠습니다. 저는 온 국민이 이를 바라고 있다고 믿습니다.

친애하는 국민 여러분!
지금 이 나라는 정치, 경제, 사회, 외교, 안보 그리고 남북문제 등 모든 분야에서 좌절과 위기에 처해 있습니다. 이를 극복하기 위해서는 총체적인 개혁이 이루어져야 합니다.

무엇보다 정치개혁이 선행되어야 합니다. 국민이 주인 대접을 받고 주인 역할을 하는 참여민주주의가 실현되어야 하겠습니다. 그래야만 국정이 투명하게 되고 부정부패도 사라집니다.

저는 '국민에 의한 정치', '국민이 주인되는 정치'를 국민과 함께 반드시 이루어내겠습니다.

'국민의 정부'는 어떠한 정치보복도 하지 않겠습니다. 어떠한 차별과 특혜도 용납하지 않겠습니다. 다시는 무슨 지역 정권이니 무슨 도道 차별이니 하는 말이 없도록 하겠다는 것을 굳게 다짐합니다.

정부가 고통분담에 앞장서서 효율적인 정부를 만들겠습니다. 중앙정부에 집중된 권한과 기능을 민간과 지방자치단체에 대폭 이양하겠습니다.

그러나 국민의 생명과 재산을 지키는 데에는 더욱 힘쓰겠습니다. 환경을 보존하고 복지를 증진시키는 데 적극 노력하겠습니다.

'작지만 강력한 정부', 이것이 '국민의 정부'가 지향하는 목표입니다.

'국민의 정부'가 당면한 최대의 과제는 우리의 경제적 국난을 극복하고 우리 경제를 재도약시키는 일입니다. '국민의 정부'는 민주주의와 경제발전을 병행시키겠습니다.

민주주의와 시장경제는 동전의 양면이고 수레의 양 바퀴와 같습니다. 결코 분리해서는 성공할 수 없습니다. 민주주의와 시장경제를 다 같이 받아들인 나라들은 한결같이 성공했습니다.

그러나 민주주의를 거부하고 시장경제만 받아들인 나라들

은 나치즘 독일과 군국주의 일본에서 보여준 바와 같이 참담한 좌절을 당하고 말았습니다. 이들 나라도 2차 대전 후 민주주의와 시장경제를 같이 받아들여 오늘과 같은 자유와 번영을 누리게 되었습니다.

민주주의와 시장경제가 조화를 이루면서 함께 발전하게 되면 정경유착이나 관치금융, 그리고 부정부패는 일어날 수 없습니다.

저는 우리가 겪고 있는 오늘의 위기는, 민주주의와 시장경제를 병행해서 실천함으로써 극복할 수 있다고 확신합니다.

경제를 살리기 위해서는 먼저 물가를 잡아야 합니다. 물가 안정 없이는 어떠한 경제정책도 성공할 수 없습니다. 대기업과 중소기업을 똑같이 중시하되, 대기업은 자율성을 보장하고 중소기업은 집중적으로 지원함으로써 양자가 다 같이 발전해 나가도록 하겠습니다.

또한 철저한 경쟁의 원리를 지켜나갈 것입니다. 세계에서 가장 품질 좋고 가장 값싼 상품을 만들어 외화를 많이 벌어들이는 기업인이 존경받는 나라를 만들겠습니다.

기술입국의 소신을 가지고, 21세기 첨단산업 시대에 기술강국으로 등장할 수 있는 정책을 과감히 추진해 나가겠습니다.

벤처기업은 새로운 세기의 꽃입니다. 이를 적극 육성하여 고부가가치의 제품을 만들어 경제를 비약적으로 발전시켜야 합니다. 벤처기업은 많은 일자리를 창출해서 실업문제를 해소하는 데도 크게 이바지할 것입니다.

'국민의 정부'가 대기업과 이미 합의한 5대 개혁, 즉 기업의 투명성, 상호지급보증의 금지, 건전한 재무구조, 핵심기업의 설정과 중소기업에 대한 협력, 그리고 지배주주와 경영자의 책임성 확립은 반드시 관철될 것입니다.

이것만이 기업이 살고 우리 경제가 다시 도약할 수 있는 길입니다. 정부는 기업의 자율성을 철저히 보장하겠습니다. 그러나 기업의 자기개혁 노력도 엄격히 요구할 것입니다.

'국민의 정부'는 수출 못지않게 외국자본의 투자유치에 힘쓰겠습니다. 외자유치야말로 외채를 갚고, 국내기업들의 경쟁력을 강화하며, 우리 경제의 투명성을 높이는 가장 효과적인 길입니다.

농업을 중시하고 특히 쌀의 자급자족은 반드시 실현시켜야 합니다. 농어가 부채경감, 재해보상, 농축수산물 가격의 보장, 그리고 농촌 교육여건의 우선적 개선 등 농어민의 소득과 복지를 향상시키기 위한 정책을 강력히 추진하겠습니다.

애국심과 의욕에 충만한 자랑스러운 국민 여러분과 같이 올바른 경제개혁을 추진해 나간다면, 우리 경제는 오늘의 난국을 반드시 극복하고 내년 후반부터는 새로운 활로를 개척해 나갈 수 있다고 저는 확실히 믿어 의심치 않습니다.

친애하는 국민 여러분!
저를 믿고 적극 도와주십시오. 국민 여러분의 기대에 반드시 부응해내겠습니다.

국민 여러분! 건강한 사회를 위한 정신의 혁명이 필요합니다. 인간이 존중되고 정의가 최고의 가치로 강조되는 정신혁명 말입니다. 바르게 산 사람이 성공하고 그렇지 못한 사람은 실패하는 그런 사회가 반드시 이루어져야 합니다. 고통도 보람도 같이 나누고, 기쁨도 함께 해야 합니다. 땀도 같이 흘리고 열매도 함께 거둬야 합니다.

저는 이러한 정신혁명과 바른 사회의 구현에 모든 것을 바쳐 앞장서겠습니다.

노인이나 장애인들도 일할 능력이 있는 사람에게는 일을 주고 그렇지 못한 사람은 따뜻하게 감싸주어야 합니다. 저는 소외된 사람들의 눈물을 닦아주고 한숨 짓는 사람에게 용기를 북돋아주는 그런 '국민의 대통령'이 되겠습니다.

우리 민족은 높은 교육수준과 찬란한 문화적 전통을 가진 민족입니다. 우리 민족은 21세기의 정보화사회에 큰 저력을 발휘할 수 있는 우수한 민족입니다. 새 정부는 우리의 자라나는 세대가 지식정보사회의 주역이 되도록 힘쓰겠습니다. 초등학교부터 컴퓨터를 가르치고 대학입시에서도 컴퓨터 과목을 선택할 수 있도록 하겠습니다. 세계에서 컴퓨터를 가장 잘 쓰는 나라를 만들어 정보대국의 토대를 튼튼히 닦아 나가겠습니다.

교육개혁은 오늘날 우리 사회가 안고 있는 산적한 문제를 해결하는 핵심적인 과제입니다. 대학입시제도를 획기적으로 개혁하고 능력위주의 사회를 만들겠습니다. 청소년들은 과외로부터 해방되고, 학부모들은 과중한 사교육비로부터 벗어나게 하겠습니다. 지식과 인격과 체력을 똑같이 중요시하는 지, 덕, 체의 전인교육을 실현시키겠습니다.

이러한 교육개혁은 만난을 무릅쓰고라도 반드시 성취하겠다는 것을 저는 이 자리를 빌려 굳게 다짐합니다.

우리는 민족문화의 세계화에 힘을 쏟아야 합니다. 우리의 전통문화 속에 담겨 있는 높은 문화적 가치를 계승 발전시키겠습니다. 문화산업은 21세기의 기간산업입니다. 관광산업, 회의체산업, 영상산업, 문화적 특산품 등 무한한 시장이 기다리고 있는 부의 보고입니다.

중산층은 나라의 기본입니다. 봉급생활자, 중소기업 그리고 자영업자 등 중산층이 안정되고 행복한 삶을 누릴 수 있도록 최선의 노력을 기울이겠습니다.

'국민의 정부'는 여성의 권익보장과 능력개발을 위해서 적극 힘쓰겠습니다. 가정에서나 사회에서나 직장에서나 남녀차별의 벽은 제거되어야 합니다.

청년은 나라의 희망이자 힘입니다. 그들을 위한 교육과 문화, 그리고 복지의 향상을 위해서 정부는 아낌없는 지원대책을 세워 나가겠습니다.

친애하는 국민 여러분!

21세기는 경쟁과 협력의 세기입니다. 세계화 시대의 외교는 냉전시대와는 다른, 발상의 전환을 요구하고 있습니다. 21세기 외교의 중심은 경제와 문화로 옮겨갈 것입니다. 협력 속에 이루어지는 무한경쟁 시대를 헤쳐 나가기 위해 무역, 투자, 관광, 문화교류를 확대해 나가겠습니다.

우리의 안보는 자주적 집단안보가 되어야 합니다. 국민적 단결과 사기 넘치는 강군을 토대로 자주적 안보태세를 강화하겠습니다. 동시에 한미안보체제를 더욱 굳건히 다지는 등의 집단안보를 결코 소홀히 하지 않겠습니다. 한반도에서의 평화구축을 위해 4자회담을 반드시 성공시키는 데 적극 노력하겠습니다.

남북관계는 화해와 협력 그리고 평화정착에 토대를 두고 발전시켜 나가야 합니다.

분단 반세기가 넘도록 대화와 교류는커녕 이산가족이 서로 부모형제의 생사조차 알지 못하는 냉전적 남북관계는 하루빨리 청산되어야 합니다. 1천3백여 년간 통일을 유지해온 우리 조상들에 대해서도 한없는 죄책감을 금할 길이 없습니다.

남북문제 해결의 길은 이미 열려 있습니다. 1991년 12월 13일에 채택된 남북기본합의서의 실천이 바로 그것입니다. 남북 간의 화해와 교류협력과 불가침, 이 세 가지 사항에 대한 완전한 합의가 이미 남북한 당국 간에 이루어져 있습니다. 이것을 그대로 실천만 하면 남북문제를 성공적으로 해결하고 통일에의 대로를 열어나갈 수 있습니다.

저는 이 자리에서 북한에 대해 당면한 3원칙을 밝히고자 합니다.

첫째, 어떠한 무력도발도 결코 용납하지 않겠습니다.

둘째, 우리는 북한을 해치거나 흡수할 생각이 없습니다.

셋째, 남북 간의 화해와 협력을 가능한 분야부터 적극적으로 추진해 나갈 것입니다.

남북 간에 교류협력이 이루어질 경우, 우리는 북한이 미국, 일본 등 우리의 우방국가나 국제기구와 교류협력을 추진해도 이를 지원할 용의가 있습니다.

새 정부는 현재와 같은 경제적 어려움에도 불구하고 북한의 경수로 건설과 관련한 약속을 이행할 것입니다. 식량도 정부와 민간이 합리적인 방법을 통해서 지원하는 데 인색하지 않겠습니다.

저는 북한 당국에게 간곡히 호소합니다. 수많은 이산가족들이 나이 들어 차츰 세상을 떠나고 있습니다. 하루빨리 남북의 가족들이 만나고 서로 소식을 전하도록 해야 합니다. 이 점에 관해서 최근 북한이 긍정적인 조짐을 보이고 있는 점을 예의 주목하고 있습니다. 그리고 문화와 학술의 교류, 정경분리에 입각한 경제교류도 확대되기를 희망합니다.

저는 남북기본합의서에 의한 남북 간의 여러 분야에서의 교류가 실현되기를 바랍니다. 우선 남북기본합의서의 이행을 위한 특사의 교환을 제의합니다. 북한이 원한다면 정상회담에도 응할 용의가 있습니다.

새 정부는 해외동포들과의 긴밀한 유대를 강화하고 그들의 권익을 보호하기 위해서 적극적인 노력을 기울일 것입니다.

우리는 해외동포들이 거주국 시민으로서의 권리와 의무를 다하면서 한국계로서 안정과 긍지를 가질 수 있도록 적극 돕겠습니다.

존경하고 사랑하는 국민 여러분!

지금 우리는 전진과 후퇴의 기로에 서 있습니다. 우리를 가로막고 있는 고난을 딛고 힘차게 전진합시다. 국난극복과 재도약의 새로운 시대를 열어갑시다.

반만년 역사가 우리를 지켜보고 있습니다. 조상들의 얼이 우리를 격려하고 있습니다.

민족수난의 굽이마다 불굴의 의지로 나라를 구한 자랑스러운 선조들처럼, 우리 또한 오늘의 고난을 극복하고 내일에의 도약을 실천하는 위대한 역사의 창조자가 됩시다. 오늘의 위기를 전화위복의 계기로 삼읍시다.

우리 국민은 해낼 수 있습니다. 6·25의 폐허에서 일어선 역사가 그것을 증명합니다. 제가 여러분의 선두에 서겠습니다. 우리 다 같이 손잡고 힘차게 나아갑시다. 국난을 극복합시다. 재도약을 이룩합시다.

그리하여, 대한민국의 영광을 다시 한번 드높입시다.

감사합니다.

평화와 번영과 도약의 시대로

존경하는 국민 여러분.

오늘 저는 대한민국의 제16대 대통령에 취임하기 위해 이 자리에 섰습니다. 국민 여러분의 위대한 선택으로, 저는 대한민국의 새 정부를 운영할 영광스러운 책임을 맡게 되었습니다.

국민 여러분께 뜨거운 감사를 올리면서, 이 벅찬 소명을 국민 여러분과 함께 완수해 나갈 것임을 약속드립니다.

아울러 이 자리에 참석해주신 김대중 대통령을 비롯한 전임 대통령 여러분, 고이즈미 준이치로 일본 총리를 비롯한 세계 각국의 경축 사절과 내외 귀빈 여러분께도 심심한 감사를 드립니다.

특별히 이 자리를 빌려, 대구 지하철 참사 희생자 여러분의 명복을 빌면서, 유가족 여러분께도 깊은 위로를 드립니다. 다시는 이런 불행이 되풀이되지 않게, 재난관리체계를 전면 점검하고 획기적으로 개선해 안전한 사회를 만들도록 최선을 다하겠습니다.

국민 여러분.

우리의 역사는 도전과 극복의 연속이었습니다. 열강의 틈에 놓인 한반도에서 숱한 고난을 이겨내고, 반만년 동안 민족의 자존과 독자적 문화를 지켜왔습니다. 해방 이후에는 분단과 전쟁과 가난을 딛고, 반세기 만에 세계 열두 번째의 경제 강국을 건설했습니다.

우리는 농경시대에서 산업화를 거쳐 지식정보화 시대에 성공적으로 진입했습니다. 그러나 지금 우리는 다시 세계사적 전환점에 직면했습니다. 도약이냐 후퇴냐, 평화냐 긴장이냐의 갈림길에 서 있습니다.

세계의 안보 상황이 불안합니다. 이라크 정세가 긴박합니다. 특히 북한 핵 문제를 둘러싼 국제사회의 우려가 고조되고 있습니다. 이럴수록 우리는 평화를 지키고 더욱 굳건히 뿌리내리게 해야 합니다. 대외 경제 환경도 어려워지고 있습니다. 선진국들은 끝없이 새로운 영역을 개척하며 뻗어가고 있습니다. 후발국들은 무섭게 추격해 옵니다. 우리는 새로운 성장 동력과 발전 전략을 요구받고 있습니다. 우리 사회 내부에도 국가의 명운을 결정지을 많은 문제들이 가로놓여 있습니다. 이들 과제는 국민 여러분의 지혜와 결단을 기다리고 있습니다.

이 모든 도전을 극복해야 합니다. 우리는 해낼 수 있습니다. 우리 국민이 힘을 합치면, 못할 것이 없습니다. 그런 저력으로 우리는 외환위기를 세계에서 가장 빨리 벗어났습니다. 지난해에는 월드컵 4강 신화를 창조했습니다. 대통령 선거의 모든 과정을 통해 참여민주주의의 꽃을 피웠습니다.

존경하는 국민 여러분.

이제 우리의 미래는 한반도에 갇혀 있을 수 없습니다. 우리 앞에는 동북아 시대가 도래하고 있습니다. 근대 이후 세계의 변방에 머물던 동북아가, 이제 세계경제의 새로운 활력으로 떠올랐습니다. 21세기는 동북아 시대가 될 것이라는 세계 석학들의 예측이 착착 현실로 나타나고 있습니다. 동북아의 경제 규모는 세계의 5분의 1을 차지합니다. 한·중·일 3국에만 유럽연합의 네 배가 넘는 인구가 살고 있습니다.

우리 한반도는 동북아의 중심에 자리 잡고 있습니다. 한반도는 중국과 일본, 대륙과 해양을 연결하는 다리입니다. 이런 지정학적 위치가 지난날에는 우리에게 고통을 주었습니다. 그러나 오늘날에는 오히려 기회를 주고 있습니다. 21세기 동북아 시대의 중심적 역할을 우리에게 요구하고 있는 것입니다.

우리는 고급 두뇌와 창의력, 세계 일류의 정보화 기반을 갖고 있습니다. 인천공항, 부산항, 광양항과 고속철도 등 하늘과 바다와 땅의 물류기반도 구비해 가고 있습니다. 21세기 동북아 시대를 주도적으로 열어 나갈 수 있는 기본적 조건을 갖추어 가고 있습니다. 한반도는 동북아의 물류와 금융의 중심지로 거듭날 수 있습니다.

동북아 시대는 경제에서 출발합니다. 동북아에 '번영의 공동체'를 이룩하고 이를 통해 세계의 번영에 기여해야 합니다.

그리고 언젠가는 '평화의 공동체'로 발전해야 합니다. 지금의 유럽연합과 같은 평화와 공생의 질서가 동북아에도 구축되게 하는 것이 저의 오랜 꿈입니다. 그렇게 되어야 동북아 시대는 완성됩니다. 그런 날이 가까워지도록 저는 혼신의 노력을 다할 것임을 굳게 약속드립니다.

국민 여러분.

진정한 동북아 시대를 열자면 먼저 한반도에 평화가 제도적으로 정착되어야 합니다. 한반도가 지구상의 마지막 냉전지대로 남은 것은 20세기의 불행한 유산입니다. 그런 한반도가 21세기에는 세계를 향해 평화를 발신하는 평화지대로 바뀌어야 합니다. 유라시아 대륙과 태평양을 잇는 동북아의 평화로운 관문으로 새롭게 태어나야 합니다. 부산에서 파리행 기차표를 사서 평양, 신의주, 중국, 몽골, 러시아를 거쳐 유럽의 한복판에 도착하는 날을 앞당겨야 합니다.

이제까지 우리는 한반도의 평화를 증진시키기 위해 많은 노력을 기울였습니다. 그 성과는 괄목할 만합니다. 남북한 사이에 사람과 물자의 교류가 일상적인 일처럼 빈번해졌습니다. 하늘과 바다와 땅의 길이 모두 열렸습니다. 그러나 정책의 추진 과정에서는 더욱 광범위한 국민적 합의를 얻어야 한다는 과제를 남겼습니다. 저는 그동안의 성과를 계승하고 발전시키면서, 정책의 추진방식은 개선해 나가고자 합니다.

저는 한반도 평화증진과 공동번영을 목표로 하는 '평화번영정책'을, 몇 가지 원칙을 가지고 추진해 나가겠습니다.

첫째, 모든 현안은 대화를 통해 풀도록 하겠습니다.

둘째, 상호신뢰를 우선하고 호혜주의를 실천해 나가겠습니다.

셋째, 남북 당사자 원칙에 기초해 원활한 국제협력을 추구하겠습니다.

넷째, 대내외적 투명성을 높이고 국민참여를 확대하며 초당적 협력을 얻겠습니다. 국민과 함께하는 '평화번영정책'이 되도록 하겠습니다.

북한의 핵무기 개발 의혹은 한반도를 비롯한 동북아와 세계의 평화에 중대한 위협이 되고 있습니다. 북한의 핵 개발은 용인될 수 없습니다. 북한은 핵 개발 계획을 포기해야 합니다. 북한이 핵 개발 계획을 포기한다면, 국제사회는 북한이 원하는 많은 것을 제공할 것입니다. 북한은 핵무기를 보유할 것인지, 체제안전과 경제지원을 약속받을 것인지를 선택해야 합니다.

아울러 저는 북한 핵 문제가 대화를 통해 평화적으로 해결되어야 한다는 점을 거듭 강조하고자 합니다. 어떤 형태로든 군사적 긴장이 고조되어서는 안 됩니다. 북한 핵 문제가 대화를 통해 해결되도록, 우리는 미국·일본과의 공조를 강화할 것입니다. 중국, 러시아, 유럽연합 등과도 긴밀하게 협력해 나가겠습니다.

올해는 한미동맹 50주년입니다. 한미동맹은 우리의 안전보장과 경제발전에 크게 기여해왔습니다. 우리 국민은 이에 대해 깊이 감사하고 있습니다. 우리는 한미동맹을 소중히 발전시켜 나갈 것입니다. 호혜평등의 관계로 더욱 성숙시켜 나갈 것입니다. 전통우방을 비롯한 다른 국가들과의 관계도 확대해 나가겠습니다.

국민 여러분.

동북아 시대를 열고, 한반도에 평화를 정착시키려면, 우리 사회가 건강하고 미래지향적이어야 합니다. 힘과 비전을 가져야합니다. 그러자면 개혁과 통합을 위한 지속적 노력이 필요합니다. 개혁은 성장의 동력이고, 통합은 도약의 디딤돌입니다.

새 정부는 개혁과 통합을 바탕으로, 국민과 함께하는 민주주의, 더불어 사는 균형발전사회, 평화와 번영의 동북아 시대를 열어 나갈 것입니다. 이러한 목표로 가기 위해 저는 원칙과 신뢰, 공정과 투명, 대화와 타협, 분권과 자율을 새 정부 국정운영의 좌표로 삼고자 합니다.

우리는 각 분야의 새로운 성장 동력을 창출해야 합니다. 외환위기를 초래했던 제반 요인들은 아직도 극복해야 할 과제로 남아 있습니다. 시장과 제도를 세계기준에 맞게 공정하고 투명하게 개혁해, 기업하기 좋은 나라, 투자하고 싶은 나라로 만들고자 합니다.

정치부터 바뀌어야 합니다. 진정으로 국민이 주인인 정치가 구현되어야 합니다. 당리당략보다 국리민복을 우선하는 정치풍토가 조성되어야 합니다. 대결과 갈등이 아니라 대화와 타협으로 문제를 푸는 정치문화가 자리 잡았으면 합니다. 저부터 야당과 대화하고 타협하겠습니다.

과학기술을 부단히 혁신해 '제2의 과학기술 입국'을 이루겠습니다. 지식정보화 기반을 지속적으로 확충하고 신산업을 육성하고자 합니다. 문화를 함양하고 문화산업의 발전도 적극 지원하겠습니다.

이러한 국가목표에 부응할 수 있도록 교육도 혁신되어야 합니다. 우리 아이들이 입시지옥에서 벗어나 저마다의 소질과 창의력을 마음껏 발휘할 수 있게 해주어야 합니다.

경제의 지속적 성장을 위해서도, 사회의 건강을 위해서도 부정부패를 없애야 합니다. 이를 위한 구조적 제도적 대안을 모색하겠습니다. 특히 사회지도층의 뼈를 깎는 성찰을 요망합니다.

중앙집권과 수도권 집중은 국가의 미래를 위해 더 이상 방치할 수 없습니다. 지방분권과 국가균형발전은 미룰 수 없는 과제가 되었습니다. 중앙과 지방은 조화와 균형을 이루며 발전해야 합니다. 지방은 자신의 미래를 자율적으로 설계하고, 중앙은 이를 도와야 합니다. 저는 비상한 결의로 이를 추진해 나갈 것입니다.

국민통합은 이 시대의 가장 중요한 숙제입니다. 지역구도를 완화하기 위해 새 정부는 지역탕평 인사를 포함한 가능한 모든 조치를 취해 나갈 것입니다. 소득격차를 비롯한 계층 간 격차를 좁히기 위해 교육과 세제 등의 개선을 강구하고자 합니다. 노사화합과 협력의 문화를 이루도록 노사 여러분과 함께 최선을 다하겠습니다.

노약자를 비롯한 소외받는 사람들에게 더 많은 관심을 기울이는 따뜻한 사회를 만들어야 합니다. 이를 위해 복지정책을 내실화하고자 합니다. 모든 종류의 불합리한 차별을 없애 나가겠습니다. 양성평등사회를 지향해 나가겠습니다. 개방화 시대를 맞아 농어업과 농어민을 위한 대책을 강구하겠습니다. 고령사회의 도래에 대한 준비에도 소홀함이 없도록 하겠습니다.

반칙과 특권이 용납되는 시대는 이제 끝나야 합니다. 정의가 패배하고 기회주의자가 득세하는 굴절된 풍토는 청산되어야 합니다. 원칙을 바로 세워 신뢰사회를 만듭시다. 정정당당하게 노력하는 사람이 성공하는 사회로 나아갑시다. 정직하고 성실한 대다수 국민이 보람을 느끼게 해드려야 합니다.

존경하는 국민 여러분.
오랜 세월 동안 우리는 변방의 역사를 살아왔습니다. 때로는 자신의 운명을 스스로 결정하지 못하는 의존의 역사를 강요받기도 했습니다. 그러나 이제 우리는 새로운 전기를 맞았습니다. 21세기 동북아 시대의 중심국가로 웅비할 기회가 우리에게 찾아왔습니다. 우리는 이 기회를 살려 나가야 합니다.

우리에게는 수많은 도전을 극복한 저력이 있습니다. 위기마저도 기회로 만드는 지혜가 있습니다. 그런 지혜와 저력으로 오늘 우리에게 닥친 도전을 극복합시다. 오늘 우리가 선조들을 기리는 것처럼, 먼 훗날 후손들이 오늘의 우리를 자랑스러운 조상으로 기억하게 합시다.

우리는 마음만 합치면 기적을 이루어내는 국민입니다. 우리 모두 마음을 모읍시다. 평화와 번영과 도약의 새 역사를 만드는 이 위대한 도정에 모두 동참합시다. 항상 국민 여러분과 함께 하겠습니다.

감사합니다.